重生婆婆鬥穿越兒媳

下

風文創 214

蕭九離 著

目錄

第十七章

顧晚晴的重音落在了「咱們」二字上，錦煙的臉色變得煞白起來。

顧晚晴怎麼對待媳婦，那都是姜家內宅的私事，輪不到外人來插手。一句「咱們姜家」，就將錦煙的關係撇開了十萬八千里。

而顧晚晴不知道的是，這句話戳中了錦煙心裡的痛處。

曾經，錦煙也是姜家的一分子，姜老太爺庶出的小女兒。錦煙出生不到一歲，生母就病逝了，一直養在嫡母膝下，兩個哥哥也都極為愛護這唯一的妹妹。

可是錦煙兩歲的時候，在一次出遊中，姜家被政敵派出的刺客襲擊，混亂之中錦煙和家人失散。

這件事一直是姜老太爺心中的痛，姜家也一直暗中尋找，直到姜老太爺臨終前，還一直唸叨著這個丟失的女兒。

幸虧皇天不負苦心人，姜恒終於找到了妹妹的線索，可是等他找到妹妹的時候，錦煙卻已墮入風塵。

原來當年錦煙和家人失散後，被人口販子拐走，人口販子見她生得漂亮，便將她高價賣到秦淮河畔的一間青樓。

那老鴇也是個識貨的，將錦煙好好養大，教她琴棋書畫、詩詞曲賦，待到錦煙十三歲時，就出來掛牌接客。

姜恒找到她的時候，她已經十五歲，風華正茂，名滿天下。京城裡諸多貴人都為了見這位第一美人而一擲千金。

錦煙兩歲丟失，根本就不知道自己的身世。兄妹相認自然是大喜事，可是相認之後，問題卻出現了，若是錦煙只是被養在普通人家，姜恒自然有辦法讓她認祖歸宗，可奈何她墮入風塵，名聲又大，任姜恒再有本事，也堵不住悠悠之口啊！

若是姜恒執意認了錦煙，這位失散多年的姜家小姐勢必會被京城的達官貴人見到，那麼今後錦煙的身上就印刻下了「姜家那位妓女小姐」的名號，一輩子都揮之不去，光是眾人的唾沫星子，都能淹死她。

所以姜恒權衡再三，最終選擇了一個穩妥的方法，那便是讓那位秦淮河畔的第一美女香消玉殞，而後姜家府邸裡則多了一個身分不明的女子——錦煙。

錦煙經歷風月之事無數，看淡一切，就這樣在平親王府裡過著風平浪靜的日子，只是心裡始終牽掛著一個男子——她十四歲那年，遭歹人擄走，所幸被路過的翩翩佳公子所救。錦煙對那位公子一見傾心，卻因為自己的身分而自卑，不想讓他知道自己是風塵女子，便謊稱是良家女子，在郊遊踏青時遭遇歹人，幸虧被他救下來。

而後那公子告訴錦煙，自己身負重任不能久留，便離開了。此後錦煙一直對他念念不忘，本以為此生再無相見之日，沒想到在姜炎洲大婚之時，錦煙去後花園散心，卻遇見了當年的恩人。

兩人重逢，自然異常歡喜，錦煙那時才知道，原來這位公子，竟然是安國侯的嫡長公子，小侯爺侯瑞峰。侯瑞峰亦對這位絕色女子念念不忘，當年他因邊關戰事吃緊，接到聖旨就馬上趕去邊關，故而負了佳人，而後久別重逢，贈了她自己的貼身玉珮。

錦煙自知不潔，是斷然不可能嫁給小侯爺的，便冷言冷語趕走了侯瑞峰，可是心中卻放不下他，只能打定主意，好好替他護著妹妹，就當報答當年的救命之恩。

當然這其中的曲折，只有姜恒與錦煙兩人知曉。若非錦煙年幼被劫，她如今應該是顧晚晴的小姑才對。

顧晚晴瞧著這位多管閒事的錦煙，不悅地皺起了眉頭，她不管這位錦煙姑娘和侯瑞峰的關係是什麼，哪怕她是哥哥的心上人，比起殺母之仇，又算得了什麼？難不成錦煙一心護著侯婉雲，她就不找侯婉雲復仇了？

翠蓮一聽那位錦煙姑娘居然敢這麼跟姜家主母說話，立馬挺身向前一步，喝道：「大膽！王妃的名諱，也是妳能直呼的？」

顧晚晴定定望著錦煙。「錦煙姑娘，我想知道，妳到底知不知道自己在做什麼？」

錦煙冷哼一聲。「錦煙自知身分低微，可是錦煙看不慣王妃如此仗勢欺負一個弱女子！」

弱女子？侯婉雲？顧晚晴笑了，她侯婉雲殺人不見血的時候，妳錦煙還不知道在幹麼呢。

「我仗勢欺人？」顧晚晴嘲諷笑道，看著錦煙，指著侯婉雲道：「雲兒，上次我為妳爭寵，助妳纏足，妳叫了妳父親來。這次妳求我給妳找人纏足，我好不容易找來了人，妳又叫了錦煙姑娘來為妳出頭，侯婉雲啊侯婉雲，妳這是在消遣我嗎？」

侯婉雲一聽，這矛頭又對準自己，嚇得臉都白了。

這次纏足可是她花了足足七萬兩白花花的銀子，還抬了五房姨娘，千求萬求才求來的！如今這錦煙，雖然是好心腸護著自己，可是侯婉雲還真怕她好心辦壞事，萬一又惹了惡婆婆不高興，這足又纏不成了，難不成要再出七萬兩銀子？

錦煙聽顧晚晴這麼說，眉毛蹙了起來，對侯婉雲道：「世子妃，妳是被迫纏足的吧？」

侯婉雲淚眼汪汪地看著錦煙，恨不得將她敲暈了，好讓她別再來攪局，一臉怯生生搖頭道：「錦煙姑娘，妳誤會了，是我求母親找人給我纏足的。母親是好心，雲兒感激還來不及呢。」

錦煙的眉頭皺得更深了，她知道侯婉雲如今成了大小腳，另一隻腳早晚是要纏的。可是這顧晚晴也太狡猾了吧？明明是折磨兒媳，卻生生成了兒媳在求她。錦煙憐惜地看著侯婉雲，心疼她敢怒不敢言。

顧晚晴哼了一聲。「錦煙姑娘，妳可聽見了吧？上次雲兒都是說自己是自願纏足的，妳不信。這次雲兒還說她是自願的，妳又不相信。我瞧妳是否每日太過悠閒，若是想找些事消磨時光，不如找些別的事，總是插手人家的家務事，是不是手伸得太長了點？」

錦煙被噎得說不出話來，美麗的臉上一陣紅、一陣白。

她一聽顧晚晴帶著纏足婆子直奔侯婉雲院子，就連忙趕來救人，誰知侯婉雲不但不領情，還幫著那婆婆說話，弄得她裡外不是人，多管閒事一般。

「錦煙姑娘，請妳別管這事了，回去吧。」侯婉雲拉著錦煙的衣角小聲哀求，這位姑奶奶再不走，惹惱了惡婆婆，受罪的可還是自己哇！

錦煙無奈扶額，肩膀垮了下來，嘆了口氣，一臉挫敗。「好，是我多管閒事，我走。」

「慢走，不送。」

顧晚晴揮揮帕子，輕哼一聲，帶過這個話題，而後舒舒服服地靠著椅背，對幾個婆子說：「行了，可以纏足了。」

看著侯婉雲哭天搶地的纏完足，顧晚晴心滿意足地帶著幾個婆子走了。剛回屋子，就有小丫鬟來跟翠蓮耳語了幾句。

翠蓮進屋，在顧晚晴耳邊輕聲說：「那位錦煙姑娘，從世子妃房裡出去，就直奔書房去了，王爺也在書房呢。」

顧晚晴眉毛一挑，難不成她跑去告狀了？

「走，咱們也去書房瞧瞧。」

顧晚晴起身，帶著翠蓮往門外走，剛走出去，就見姜惠茹氣喘吁吁地走進屋子，身後還跟著一臉不悅的霍曦辰。

「惠茹，妳怎麼下地了？」顧晚晴瞧見姪女來了，忙迎上去，翠蓮立刻遞了披風，顧晚晴親自給姜惠茹披上，生怕她著涼。

霍曦辰臉色黑得很，跟著進了屋。「給王妃請安。我正準備給姜小姐針灸，就有個丫鬟進來，不知在她耳旁說了什麼，她就跑了出來，我緊跟慢跟，她都不理睬我，只顧著走，我就隨她來了這裡。」

顧晚晴瞧著姜惠茹一臉欲言又止，知道這丫頭有話對自己說，便對霍曦辰道：「煩勞霍公子操心了，請霍公子先去偏廳用茶，我隨後便來。」

霍曦辰點點頭，翠蓮送著他出去，屋裡只剩下姜惠茹和顧晚晴兩人。

姜惠茹咬著唇，看著顧晚晴，內心掙扎。顧晚晴也不說話，安靜地給自己倒了杯茶，抿著茶水，等姜惠茹開口。

坐了有一炷香的時間，姜惠茹眼神終於堅定了，她開口道：「我聽說今天大伯母和錦煙姑娘起了爭執。」

顧晚晴點點頭，姜惠茹什麼時候開始關注這些了？

姜惠茹急切地抓著顧晚晴的手。「大伯母，妳以後勿要再與錦煙姑娘起爭端了。」

顧晚晴握著茶杯的手懸在半空，淡淡道：「為何不能？我是姜家主母，為何要忌憚她？

難不成，妳大伯寵她寵得無法無天，連我這個王妃都不放在眼裡了？」

姜惠茹拚命搖頭。「大伯母，妳誤會了。大伯與妳伉儷情深，可是錦煙姑娘她……」

姜惠茹心一橫，平日裡大伯母對她諸多寵愛，她不能眼看著大伯與大伯母起了嫌隙。就算是姜家的醜事，她也決定告訴大伯母。

「她怎樣？」

顧晚晴嘲弄地笑了笑，她知道錦煙在姜恒心中不一般，可她確實不知錦煙對姜恒有多重要，是否重要到連她這個妻子都要給錦煙讓路。

「大伯母，妳切勿誤會大伯，大伯對妳情深意重，這份心，惠茹瞧得明明白白。錦煙她……她是大伯的親妹妹，也就是我的親姑姑！」

顧晚晴吃驚地看著姜惠茹。她曾經在心裡作過諸多猜想，可是沒想到錦煙居然是姜恒的妹妹！

接下來，姜惠茹把她那日在屋外聽來的事告訴了顧晚晴。顧晚晴和姜惠茹雖然仍不知道錦煙不能認祖歸宗的內情，可是姜恒對錦煙的虧欠，以及錦煙對侯瑞峰的仰慕，還有姜恒答應了錦煙會維護侯婉雲之事，顧晚晴都清楚了。

末了，顧晚晴眉頭皺了起來，雖說男人一般甚少插手內宅之事，可是姜恒既然答應了下來……那麼事情似乎變得有些棘手。

姜惠茹看著大伯母的臉色不好，又將那日她看見侯婉雲用針扎了巧杏之事說出來。

「大伯母，惠茹相信大伯母不是無理取鬧的惡毒之人，大伯母做事一定有妳的道理，無論如何，惠茹是站在大伯母這邊的。」

說完，姜惠茹站起來道：「大伯母，素日裡大伯是最疼愛惠茹的。若是錦煙姑姑向大伯告狀，惠茹也去告狀，惠茹倒是要瞧瞧看，大伯到底更疼誰！」

顧晚晴失笑，忙拉著姜惠茹坐下，這孩子，也忒惹人喜歡了，真是沒白疼她！只是顧晚晴是真心疼愛姜惠茹，她性子單純，愛恨分明，但是身子太差，顧晚晴不希望她參與這些後宅之爭，只希望她好好養身子，而後找個好人家嫁人生子，一輩子安安生生。那些鬥啊爭啊，骯髒的東西，顧晚晴不希望髒了姜惠茹的手。

安撫了姜惠茹，而後又請霍曦辰同她回去，繼續未完成的針灸。霍曦辰老大不樂意地瞅著姜惠茹，明明只比她大三歲，卻一副醫者父母心的樣子，恨鐵不成鋼似的對姜惠茹道：「妳跑啊，再跑啊！外頭這麼冷的風吹著，連件披風都不穿就跑出來，又跑了一頭汗，再吹了冷風，又病得更重，妳就不能多愛惜自己的身子一點？」

姜惠茹嘟著嘴巴，小聲嘟囔道：「要你管！」而後小腰一扭，帶著丫鬟出了屋子。

「妳還跑！」

霍曦辰在後頭追著，氣得牙癢癢。平日裡他的病人，哪個不是恭恭敬敬的？偏巧這丫頭就是不拿自己當回事，他可是堂堂的神醫！神醫！怎麼如今淪落到像個跟班似的，追在她屁股後頭跑了？

顧晚晴笑著，瞧著他們一前一後地出了院子。翠蓮過來問：「王妃，咱們還去不去書房了？」

「不去了。」顧晚晴搖了搖頭，坐在榻上，拿了本書看了起來。

她與他夫妻幾年，她信他。

姜恒啊姜恒，你會教我失望嗎？

顧晚晴在這邊看書看得入迷，而姜恒的書房卻成了沒有硝煙的戰場。

錦煙眉頭緊緊鎖起來，胸口因激動的情緒而起伏著。姜恒沈著臉，站在書桌旁，手裡握著本書，因為握的力氣太大，連指節都泛出隱隱白色。

碧媛低著頭進去奉茶，被兩人之間詭異的氣場震得大氣不敢出，只得低著頭退出房間，和碧羅躲在自己的房間不敢出來，生怕惹了晦氣遭了殃。

書房裡，錦煙上前一步，聲音裡壓抑著怒氣。「你答應過我，會護著婉雲。今天顧晚晴帶人去給她纏足，我一得了消息就叫人來告訴你，為何你遲遲不去？」

姜恒半閉著眼，聲音聽不出喜怒。「錦煙，她是妳大嫂，妳怎可直呼她名諱？」

錦煙冷哼。「她是我大嫂？你也知道我是你妹妹！我的話，你從未放在心上過！」

「今日之事，是侯氏自己求來的，一個願打，一個願挨，況且兒媳婦纏足，那是她閨閣私事，我身為公公怎麼好插手？」

錦煙被姜恒噎得說不出話來，何況纏足之事，本來就是侯婉雲自己要求的，就算錦煙攔著，也攔不住，人家還覺得她多管閒事。而姜恒身為公公，本就不適合插手內宅之事，況且還是閨房爭寵的手段，姜恒若是插手，恐怕會惹來非議。

「可是……可是！」

錦煙可是了半天，也沒可是出個所以然，眼淚一下子湧了出來，她坐在椅子上，擦著眼淚，聲音澀然。

「大哥，我從未求過你什麼，只這一件事，你既然答應了我，為何還要袖手旁觀？若非仗著你撐腰，顧晚晴又怎麼會處處針對婉雲，與她為難？我瞧著婉雲性子柔弱，心底單純善良，為何要遭如此對待？」

姜恒嘆了口氣，聲音軟了些。「我問妳，在侯氏進門之前，妳覺得晚晴是個什麼樣的人？」

錦煙愣了愣，拿起帕子將臉頰上的淚花擦拭掉，垂著頭，細細回憶起顧晚晴進門後的點點滴滴。

她這位大嫂，雖說年紀小，出身不算太高，還是個庶出小姐，可沒有一點小家子氣，言行舉止得體有度，待人親切和善，卻又不失當家主母的威嚴。當年管家奪權展現出驚人手段，但素日裡從不隨意打罵下人，對待姜恒的幾個妾也從未刻意為難，又待幾個兒女，無論嫡出、庶出，都慈愛和善，絕非是做面子，而是真心喜愛那幾個孩子。就算是對待與她不對盤的錢氏之女姜惠茹，也並沒有因此遷怒，反而視如己出。
顧晚晴剛進門時，錦煙曾擔心過她會對自己處處為難。可是顧晚晴卻不善妒，對她的存在睜一隻眼閉一隻眼，甚至從不打聽她的來歷身世，這讓錦煙對她多了一分欣賞和喜愛。若非侯婉雲的出現，兩人也許會一直相安無事下去。
錦煙抬起頭，目光中帶著猶豫。
「婉雲進門之前，大嫂她、她……」
「她持家有方，待人和善，子女愛戴她，下人尊敬她，就連錦煙妳，也對她頗為欣賞，是不是？」姜恒嘆了口氣道：「錦煙，為何這麼大度和善之人，偏偏就針對侯氏處處為難？」
錦煙腦子裡像是裹了一團霧氣，迷迷茫茫得看不清楚，聽了姜恒這番話，忽然似迷霧撥開了一條縫隙似的，明白了點什麼。
姜恒坐在她身邊，繼續道：「錦煙，妳從小流落在外，雖說吃了不少苦，可是這內宅之事，妳卻知之甚少。」
錦煙安靜下來，情緒不似方才湧動，她看著姜恒道：「大哥，有話不妨直說。」
「婦人之爭，雖不若朝堂沙場，可是殺人不見血，其中殘酷若非親身經歷，是難以想像。當年我還年幼，其中諸多事端我也並不完全知情，只是母親早逝，也與當年後宅之爭有關。」

姜恒頓了頓，看著錦煙一臉若有所思，知道她聽進去了，便繼續道：「當年祖父所出的三個女兒，其中有一位是嫡女，另外兩位均是庶女。那兩位庶女，其中一位頗得祖父、祖母喜愛，還差點被祖母收進房裡當成嫡出小姐……」

姜恒停了一下，眉頭微微皺了起來，似是陷入回憶。

「我記得這位姑姑在祖母面前頗為乖巧，當年母親不被祖母喜愛，婆媳關係不睦，有一次我瞧見姑姑和母親單獨相處，那姑姑就似變了個人，全然不像人前那副模樣……再後來，內宅之爭越發激烈，那時我去書院唸書，在家裡待的時間少了，只知道那位最得寵的庶女姑姑不知為何惹怒了祖父、祖母，被冷落下來，過了幾年就病逝了。」

錦煙托著下巴，眉頭皺緊。「大哥，你的意思是，婉雲就好像那位庶出的姑姑？」

姜恒並沒有正面回答，只是低頭撫掌。「姜家百年世家，曾有過多少庶女想攀附嫡母上位，即便是精明如那位庶女姑姑，最後也功虧一簣，在內宅之爭中殞命，妳細細想想侯家吧。」

姜恒雖然未直言，但是錦煙細細一想就知，侯婉雲出身庶女，攀附嫡母成了嫡出小姐，而後又攀上昭和公主和太后嫁進姜家。按照她的出身，她是萬萬不可能有這樣的福氣的，若非運氣極佳，那就是心機極深了。

姜恒嘆了口氣。「錦煙，心思單純之人，是無法從後宅的鬥爭、傾軋中活下來的，更別說飛上枝頭變鳳凰了。侯氏，不是簡單的人物。侯氏雖然是侯瑞峰的妹妹，但是我瞧著侯瑞峰真正關心的，未必是這個庶出的妹妹。我聽說小侯爺與他的嫡妹侯婉心兄妹情深，對這個庶出的妹妹，無非是看著嫡妹的面子罷了。妳若想報小侯爺的救命之恩，自有別的法子，無須蹚後宅爭鬥的渾水。」

錦煙有些挫敗地垂下頭，起初她只想報答小侯爺，替他護著妹妹，而後又見顧晚晴處處針對侯婉雲，侯婉雲又一臉楚楚可憐，讓她不禁起了憐憫之心。

可是如今聽姜恒一說，錦煙一尋思，哥哥說得沒錯，心思單純之人，是不可能從一個小小的庶女，走到世子妃之位。再說，自己護著侯婉雲，只因為她是侯瑞峰的妹妹，如今聽說侯瑞峰對侯婉雲並未有多少感情，因此心裡頭護著侯婉雲的心思，也就淡了些。

姜恒知道錦煙是個聰明人，原先只是不知後宅的殘酷，加之報恩心切，如今點明了，待她想明白了，八成會改了心思。

話已經言明，姜恒回到書桌前，攤開一本書，淡淡道：「錦煙，我言盡於此，妳自個想想吧。我只保侯氏性命，也算是護著她了，至於後宅之事，我不便插手，就交與晚晴全權處理，晚晴不是個沒分寸的，我信她。」

顧晚晴在房間裡看書看了許久，翠蓮都替她著急了，可是她還是不慍不火。總歸該來的還是會來，著急上火也是沒用。

錦煙氣呼呼地奔向姜恒書房的事，自然也傳到了侯婉雲耳朵裡。侯婉雲新纏了小腳，疼得齜牙咧嘴，聽見錦煙為自己出頭，不禁心中得意。

在姜家好歹找了個人替自己出頭，雖然說不知錦煙是什麼身分，不過瞧著她與姜恒關係曖昧，想必也是個能說得上話的，讓她去告狀，就算不能讓公公為自己出頭，能挑撥公婆關係也是不錯的。

侯婉雲想著想著，就想起了公公姜恒的身影。人的經歷和心胸，決定了她的眼界。侯婉雲前世見到的，總是母親楚楚可憐地博取她父親的歡心，而她父親在岳家壓抑久了，自然很吃這一套，所以在侯婉雲心裡，如她父親那般的成功男人呢，都喜歡柔弱嬌的女子。

再想她那婆婆，跟弱不禁風真是一點也不沾邊，長得又高又壯，連點女性的嬌媚都沒有。若是自己在公公面前撒嬌示弱一下，說不定能得了公公的喜愛，在姜家，婆婆到底還是依附於公公的，若是公公護著自己，那自己還用怕誰？

只不過，姜恒素日事務繁忙，侯婉雲至今也僅匆匆見了他幾次而已。連話都沒說上幾句，要得到姜恒的注意和信賴，又談何容易？不過侯婉雲不怕，反正她在姜家日子長呢，總會有機會的。

傍晚時分，姜恒照例從書房出來，去顧晚晴屋裡同她一道用晚膳。翠蓮伺候完主子用膳，瞧見門口有個人影鬼鬼祟祟，定睛一看，這不是侯婉雲房裡的惜冬嗎？

翠蓮瞅著惜冬，見她巴巴往屋裡瞧著，就走了過去。「這不是惜冬嗎？怎麼在這呢？」

惜冬被翠蓮瞧見了，作賊心虛似的低下頭。「翠蓮姊姊，我是剛巧路過，就被姊姊瞧見了。」

翠蓮也不戳破，又見惜冬眼神閃爍，遮遮掩掩道：「翠蓮姊姊，我剛瞧著王爺過去了，臉色不太好，似乎是生氣了？」

翠蓮心裡翻了個白眼，這敢情是來套話了？不過人家要套話，翠蓮也就配合著道：「是啊，我瞧著不太高興呢。唉，這不我都躲出來了，免得撞了槍頭。」

惜冬一聽，心中暗喜。她總想著在侯婉雲面前立功露臉，所以就自作主張過來打聽。如今翠蓮說姜恒生氣了，那八成是錦煙告狀有了成效。惜冬與翠蓮寒暄幾句，就連忙往侯婉雲房裡跑，急著邀功去。

侯婉雲正尋思著，什麼時候找機會跟公公「邂逅」一番，惜冬就匆匆忙忙跑了進來，在她耳畔耳語道：「奴婢打聽到，方才錦煙姑娘去了王爺書房，似乎是去告狀了，現在王爺已在王妃屋裡了呢！」

侯婉雲眼睛一亮。「真的？妳可打聽清楚了？」

惜冬點點頭。「回世子妃的話，千真萬確呢。」

公婆不和，正是媳婦表現溫柔賢淑的時候。

侯婉雲忙起來梳妝一番，而後叫人備了軟轎，抬著她往顧晚晴屋裡去。

顧晚晴屋裡，夫妻兩人正坐著用膳，姜恒並未對纏足之事提一個字。顧晚晴見他不提，自己也不多說，兩人像什麼都沒發生似的，如往常一般用膳。

「晚晴，吃塊山藥。霍家那位神醫說了，山藥對妳身子有好處。」姜恒挾了一塊山藥，放進顧晚晴碟子裡。

顧晚晴吃下去，姜恒又盛了一小碗雞湯，顧晚晴伸手去接，剛接住碗，就聽見門外傳來翠蓮的聲音。「世子妃來了。」冷不防的，顧晚晴手裡的湯碗掉在地上，摔個粉碎。

侯婉雲進屋的時候，瞧見的就是姜恒手裡端著個碗，而後碗摔在地上。侯婉雲思及惜冬所言，再看見眼前一幕，以為公公、婆婆吵得連碗都摔了。

「雲兒給父親請安，給母親請安。」

侯婉雲行禮，腳下因為疼痛所以走得一瘸一拐，扶著門框站著，頗有弱柳扶風之姿。

「婉雲，妳怎麼這會兒來了？」顧晚晴放下筷子，瞅著她。

姜恒也微微皺著眉頭。「我聽說妳剛纏了足，不好好歇著，怎麼下地了？」

一聽姜恒關心自己，侯婉雲一顆心撲通撲通直跳，忙垂下頭，掩飾臉頰的紅暈，弱聲弱氣道：「兒媳是來給父親、母親賠不是的。」

「賠不是？」顧晚晴笑著瞧她，看她到底又想玩什麼花招。

侯婉雲點點頭，抬頭看了眼顧晚晴，又看了眼姜恒，眼眶頓時紅了，哽咽道：「纏足之事，都是雲兒不懂事，害父親錯怪了母親，雲兒深感不安，特來賠罪，希望父親明察，莫要錯怪了母親。」

侯婉雲說話時，眼神一直瞟向姜恒。

她這公公，真是越看越教人心馳神往。

顧晚晴差點笑出來，侯婉雲這眼淚還真是說來就來。

姜恒瞥了侯婉雲一眼，淡淡道：「知道了。」

侯婉雲見姜恒不為所動，輕輕咳嗽了一聲，一臉病弱，垂著眼，看著地上的碎瓷片。「雲兒害父親誤會了母親，都是雲兒的錯。雲兒今後定會加倍孝順父親、母親。」

姜恒笑了笑。「如此甚好。」聲音比前一次清冷了許多。

顧晚晴用帕子掩著口，吃吃笑著，招呼著侯婉雲道：「雲兒這說的是哪裡的話，我怎麼聽不懂呢？我和妳父親好著呢，哪有那麼多誤會。雲兒用過晚膳了嗎？沒用過就留下一起用。」正愁著這殘羹剩飯沒人打掃呢。

侯婉雲一聽，連忙答應了下來。

這公婆用膳，她在旁邊伺候著，既能表現她的孝順，又體現她的貼心，給公公布菜的時候，說不定還能眉目傳情，自然是大大的好事。

顧晚晴叫翠蓮加了雙碗筷，侯婉雲就坐在顧晚晴旁邊，姜恒對面。拿著筷子秀秀氣氣地挾了雞肉，放在顧晚晴碟子裡。「母親多吃些，雲兒伺候母親用膳。」

姜恒看著那雞肉，淡淡道：「妳母親不喜歡雞肉，妳伺候她飲食多日，難道不知？」

侯婉雲心下一緊，忙道：「是雲兒疏忽了，母親的口味，雲兒自然熟悉。」而後又挾了一塊筍子，要為姜恒布菜。

姜恒用目光止住她，侯婉雲拿著筷子愣了一下，顧晚晴便笑呵呵地按住她的手。「妳身子不舒服，怎能讓妳伺候人呢？別忙活了，好好用膳。」

顧晚晴和姜恒都已經吃得差不多了，顧晚晴瞧著那雞肉也沒了食慾，索性不吃了，拿了筷子不停往侯婉雲碟子裡挾菜。顧晚晴對侯婉雲的口味十分瞭解。她吃東西精細且挑剔，很多東西平日裡沾都不沾，於是顧晚晴淨挑些侯婉雲平時不碰的東西，堆得她面前滿滿一碟子。

侯婉雲本想著伺候公婆用膳，表現表現自己的賢慧，哪曉得婆婆根本不動筷子，反而興致勃勃地給自己挾菜。

侯婉雲瞧著那一疊自己不喜歡吃的菜，又不得不勉強吃光，整頓飯吃得極其痛苦，只覺得肚子脹得難受。

顧晚晴和姜恒喝了雞湯，還剩下小半甕沒喝完，於是顧晚晴又盛了雞湯給侯婉雲。「雲兒也嚐嚐這湯，味道挺不錯的。」

侯婉雲最討厭喝雞湯，聞著都想吐，那一陣陣雞湯的油腥味飄來，讓她胃裡一陣噁心，實在忍不住想吐了。顧晚晴還往她碗裡添雞湯，侯婉雲憋著推了幾下沒推開，想儘快從婆婆的糾纏中脫身，手上推湯碗的力道就大了點。

誰知她這一推，顧晚晴手上的雞湯碗就掉了下來，摔了個粉碎。侯婉雲也顧不得許多，反胃反得說不出話，直奔淨房去吐了。

在淨房吐得唏哩嘩啦，將剛才吃的東西都吐了乾淨，侯婉雲滿臉蒼白，這才好受了點。她知道剛才失了禮數，心中忐忑，回了房間，公公已經走了，只留婆婆一人，鐵青著臉瞧著她。

「我好心給妳布菜，伺候妳用膳，妳竟然不領情，還摔我的碗，這是打我的臉？」顧晚晴厲聲指著地上的碎片道。

「母親，不是的，我……」侯婉雲淚眼汪汪，忙跪了下來。「雲兒剛才突然覺得腹部難受，一陣噁心就忍不住了，怕污了母親屋子，才急忙跑了出去。」

顧晚晴瞧著跪在地上的侯婉雲，眉頭皺了皺。「妳這莫不是……有喜了？」

侯婉雲愣了下，她跟姜炎洲極少同房，哪可能懷了身子？剛要辯解，就見顧晚晴臉色變了，親親熱熱地扶著她起來。

「別跪了，若是有了身子是好事。翠蓮，快去請霍家公子來，為咱們世子妃診脈！」

第十八章

顧晚晴正說著讓翠蓮去請霍曦辰，姜惠茹就興高采烈地抱著喵兒進門了。

「大伯母！」姜惠茹叫了顧晚晴一聲，轉頭瞅見侯婉雲，臉色立馬變了。「大嫂也在啊。」

「惠茹來了啊。」侯婉雲瞧見姜惠茹懷裡的喵兒，又起了一身雞皮疙瘩。

自從發現侯婉雲用針戳丫鬟後，姜惠茹就不喜歡這位看似單純心善，背地裡卻對丫鬟下狠手的大嫂，她不想和侯婉雲待在一個屋子裡，便道：「大伯母，惠茹聽說您要請霍公子來，正巧惠茹要去霍公子那兒，不如惠茹去一趟好了。」

說罷，便抱著喵兒轉身往門口走。侯婉雲見她抱著貓走了，身子一下子鬆了下來，這一切都被顧晚晴看在眼裡。

霍曦辰是外男，住的院子離顧晚晴住的內院較遠，姜惠茹慢慢走了一炷香的工夫，才走到霍曦辰住的院子。

霍曦辰的院子裡擺著大大小小的籮筐，曬著各種叫不出名字的藥，還種了好些花花草草。姜惠茹頭一次來霍曦辰的院子，對這些很是好奇，隨手摸了幾下半乾的藥材。

「哎呀，別亂動！」霍曦辰匆匆忙忙從院子裡跑出來，一把抓住姜惠茹的手腕，將之甩到一邊。

姜惠茹猛地被男子抓住手，羞得滿臉通紅，怒道：「你做什麼？輕浮！」

霍曦辰翻了個白眼，指著那些藥材。「這些都是毒草，妳亂翻會中毒的！若非我及時趕到救了妳，妳早就被毒死了！」

「呀！毒草！」

姜惠茹心知是自己太魯莽，可是女孩子家面子薄，仍氣鼓鼓地小聲嘟囔。「都怪你，放些毒草在院子裡，也不說一聲，誰知道啊？還……還抓我的手，幸虧這裡沒有旁人，若是被人瞧見了，那可、可怎麼是好？」

姜惠茹一個未出閣的姑娘，被外男抓了手，傳出去有損名節。霍曦辰雖是大夫，但平日診脈也都隔著帕子的，男女大防絕對不逾越。

霍曦辰瞥了姜惠茹一眼，也小聲咕噥道：「怕什麼？若是被人瞧見，害妳損了名節，大不了我娶妳就是了。反正妳這病秧子，恐怕旁人也不敢娶。」

「你！怎能說這種話？浪蕩子！」姜惠茹羞得恨不得找個地縫鑽進去。

霍曦辰無奈地撣撣袖子。「妳這丫頭怎麼這麼不講理？我救了妳的命，妳罵我輕浮；我要負責，妳罵我浪蕩子。」

霍曦辰煞有介事地低下頭，扳著手指咕噥道：「我們霍家也是百年世家，不比你們姜家差，我若是娶了妳，也不算委屈了妳……只是妳身子不好，恐怕得調理調理，過幾年才能生娃娃……」

霍曦辰說得認真，彷彿真的在考慮和姜家聯姻的事。

誰要給他生娃娃！

姜惠茹瞅著霍曦辰，恨不得撕了他的嘴，可也不敢再說，生怕他再說出驚世駭俗的話，只能默默腹誹。為何同為百年望族的世家公子，霍曦辰這小子就跟大伯完全是兩個樣！

霍曦辰想了一會兒才抬頭，看著姜惠茹，皺眉道：「妳來找我有何事？」

姜惠茹輕呼一聲，光顧著跟霍曦辰嘔氣，差點把大伯母交代的差事忘了，連忙嘟著嘴扭過身子，不看霍曦辰，小聲道：「大伯母請你過去一趟，好像是要給大嫂瞧病來著。」

霍曦辰哦了一聲，轉身回去拿藥箱。霍曦辰此次是被姜太傅親自請來，專門給姜惠茹調養身子的，其他人一概不管。畢竟姜府有自己的大夫，按理來說，給世子妃瞧病，應該不會請到他霍家公子的。

可這次是平親王妃親自發話，霍曦辰雖然不知道王妃為何會來找他，不過他是個聰明人，知道王妃特地點名請他，必定有其用意，所以也不多問，二話不說拿了藥箱就跟姜惠茹一同往顧晚晴院子走去。

姜惠茹走在前頭，心裡小鹿亂撞，還想著方才霍曦辰的話。

她一個妙齡少女，被一個俊俏出身又好的公子哥那麼說，自然不可能一點想法也沒有。

兩人各懷心事，來到顧晚晴的院子，剛進門，顧晚晴就笑著招呼霍曦辰。「霍公子，這會兒得麻煩你給咱們家世子妃瞧瞧。方才她吐得厲害，我看像是有喜了，怕府上的大夫瞧著不放心，就想請霍公子親自瞧瞧。」

侯婉雲一直惴惴不安垂頭坐著，聽見顧晚晴點了自己的名，忙抬頭瞧著，見一個翩翩白衣少年，立在門口。那少年眉眼俊俏，一身貴氣，還帶了三分瀟灑。霍曦辰聽了顧晚晴的話，轉頭看向世子妃，正巧和侯婉雲的眼光對上。

霍曦辰為人坦蕩，本著大夫望聞問切之道，觀察侯婉雲的氣色。可他這一看，倒看得侯婉雲心頭發虛，如同百爪撓心。誰說古代沒美男？侯婉雲穿越過來見到的男人，真是各有千秋。本以為自己的夫君就已經是人中龍鳳，可見了姜恒才知一山還有一山高，就連如今這個霍家公子，那風流氣韻，也不輸給姜炎洲，況且姜炎洲還那般不待見她……

自己怎麼就偏偏挑了那麼個丈夫呢！

侯婉雲咬著唇，心裡悔意難平。

霍曦辰朝顧晚晴點點頭。「王妃見外了，舉手之勞而已。請世子妃坐下，讓我把脈。」

侯婉雲依言坐下，伸出胳膊，見霍曦辰的手指隔著帕子搭在她的脈搏上，輕輕那麼一按，侯婉雲身子都軟了。

霍曦辰皺了皺眉，診治了一會兒，抬頭看著顧晚晴，眼神變得晦澀許多，收回手道：「嘔吐是因為吃得積食了，並無大礙，也無喜脈。」

顧晚晴哦了一聲，顯得很失望，但仍對侯婉雲笑了笑。「我還以為是喜脈呢，真是白高興一場。」

侯婉雲垂著頭，不知在想什麼。屋裡人聚了一會兒就散了，霍曦辰知道顧晚晴有話要對自己說，便留下來。

屏退眾人，霍曦辰看著王妃的眼睛，褪去玩世不恭的神情，罕見地嚴肅道：「王妃，恕我直言，世子妃不知為何身子有虧損，恐怕無法再生養了。」

「什麼？」顧晚晴睜大眼睛盯著霍曦辰，急切問道：「她可是我們姜家的嫡長媳，怎能無所出呢？霍公子，你可有法子？」

霍曦辰搖搖頭。「世子妃身子虧損得厲害，連我也沒有法子。」

就連神醫霍曦辰也沒法子，就說明侯婉雲必定生不出孩子了，顧晚晴一臉憂心忡忡，心裡卻想著——這簡直是……太好了！

霍曦辰看著平親王妃的臉色，心裡默默嘆了口氣。這位王妃特地將自己找來，應該不是巧合，霍曦辰也是豪門世家出來的公子哥，霍家的人口比姜家的更要繁雜，對於內宅之爭他瞭解得不比姜恒少。

所以直覺告訴他，自己已經捲入了姜家的後宅之爭裡，而且是這位平親王妃把他拖下水的。

霍曦辰看著這位年輕王妃的目光，多了層深意。素日裡霍曦辰接觸姜家最多的就是姜家大小姐姜惠茹，姜惠茹十分喜歡這個大伯母，總是在他面前提起顧晚晴的好。如今霍曦辰瞧著眼前人，似乎瞧見了這位王妃的另一面。

霍曦辰總覺得平親王妃看似吃了一驚，但實際上對於兒媳婦不能生育之事並不意外，甚至是在意料之中。

若換了旁人，可能會顧忌姜家的勢力，不敢明言，畢竟若是說出了這話，那可是吃力不討好的事，可是霍曦辰不同，他的身分貴不可言，有些話旁人不敢說，並不代表他不敢。霍曦辰苦笑著，大概這就是平親王妃叫他來的原因吧。

霍曦辰深吸一口氣道：「實不相瞞，世子妃的身子虧損，是由於長期服食極為陰寒之物，傷了根本，故而無法生育。」

「霍公子此話何解？」

顧晚晴眼睛亮了亮，瞧著霍曦辰的眼裡多了分讚許。

霍曦辰皺了皺眉頭，這話一定要說得那麼明白嗎？

他抬頭盯著顧晚晴的眼睛，見這位王妃一雙眸子晶晶瑩瑩地瞧著自己，裡頭不帶有一絲塵埃，乾淨剔透。霍曦辰實在不願意相信，這雙眸子的主子，會捲入那骯髒的後宅之爭裡。

「我的意思是，世子妃不能生育，是因為她服食了藥性極為猛烈的絕子藥，而且此種藥下得甚為高明，若是旁的大夫瞧了，只會以為是先天體寒。」霍曦辰嘆了口氣，還是將這句話說了出來。

「霍公子可確定？」顧晚晴看著霍曦辰的眼睛，定定問道：「此事事關重大，若是真的，那定是有人要加害世子妃，我一定要徹查此事，揪出幕後凶手。」

霍曦辰搖搖頭道：「我只能確定她是服藥才導致身子虧損，至於是否有其他凶手，我也不知。」

顧晚晴嘆了口氣，坐在桌邊，對霍曦辰道：「此事茲事體大。還請霍公子在此稍等片刻，我去請了王爺過來。」

霍曦辰點點頭，事已至此，他都知道了人家後宅之事，想跑也跑不掉，不留下來，還能怎樣呢？

顧晚晴叫了翠蓮出來，低聲囑咐道：「去請王爺過來。」

翠蓮不知出了何事，只瞧見主子臉色凝重，忙應下，一路小跑親自去請姜恒。

屋子裡，顧晚晴親自替霍曦辰倒了杯茶，緩緩道：「霍公子，人說家醜不可外揚。這本是我姜家的家事，可是不慎牽連公子進來，希望霍公子能替我姜家保守秘密，免得傳了出去，有損姜家名聲。況且，婉雲這門親事，是太后指婚，若是出了不好的事……將來太后怪罪下來，那誰也擔當不起。」

霍曦辰知道事情的嚴重性，點點頭道：「王妃放心，我曉得其中利害關係。」

姜恒正在書房寫字，見顧晚晴的貼身丫鬟親自來請，二話不說就隨翠蓮一道來了顧晚晴屋子，剛進去，就見顧晚晴和霍曦辰在屋子裡。

顧晚晴神色看著還算悠閒，可是霍曦辰的臉色卻有些凝重。

「出了什麼事？」姜恒坐下，看了看顧晚晴。

顧晚晴嘆了口氣，眉頭皺了起來。「剛才婉雲吐了，我以為她有喜，正巧霍公子在府上，我怕旁的大夫瞧得不穩妥，就叫霍公子來給婉雲把脈，可誰知……」

顧晚晴朝霍曦辰努努嘴，霍曦辰頭皮一陣發麻，這平親王妃可真狡詐，又將燙手山芋丟給自己。

姜恒順著顧晚晴的目光看向霍曦辰，霍曦辰只能照實說：「我方才給世子妃把脈，從脈象來看，她身子虧損得厲害，已經不能生育了。」

「什麼?!」此話一出，就連一向淡定穩重的姜恒也吃了一驚。

姜炎洲是姜家嫡長子，不出意外的話，他將來就會承襲爵位，所以姜炎洲的嫡子，對姜家而言極為重要，如今霍曦辰卻說姜炎洲的嫡妻不能生育，這可是極為嚴重的事。

霍曦辰點點頭。「是，據我推斷，世子妃服食了一種性子極寒的絕子藥，那種藥一般大夫是瞧不出來的。」

姜恒倒吸一口氣，當年姜恒的祖父房裡，妻妾相爭，用絕子湯也不是稀罕事，可是如今竟然有人把絕子湯用在他嫡親大兒子的媳婦身上，這教姜恒怎能冷靜下來?

「晚晴，我姜家的後宅，怎麼還有這樣陰損的事發生？」姜恒看向顧晚晴，她是姜家主母，後宅出了事，顧晚晴首當其衝是要被問責的。姜恒就算再疼愛妻子，出了這樣的事，他也得先問顧晚晴。

顧晚晴起身，深深吸一口氣，面色嚴肅。「王爺，出了這樣的事，都是我的疏忽，導致歹人鑽了空子。請王爺給我些時間，徹查此事、揪出凶手，我作為姜家主母，此事責無旁貸。」

姜恒深深看了顧晚晴一眼，他隱約覺得顧晚晴是知道些什麼的，可是她卻不說，他頭一次發現，他有些看不透她。

「好，我給妳時間查明此事。」姜恒長吁一口氣。

「王爺，我還有個請求。」顧晚晴垂著眼道。

「說吧。」姜恒看著她那看似清澈見底的眼神，此時卻彷彿隔了層層迷霧般，撥也撥不開。

「我不通醫理，霍公子也說了，那藥一般大夫也瞧不出個所以然，就算瞧出來了，恐怕也為了明哲保身而不敢直言，所以想借了霍公子來，協助我徹查此事。」顧晚晴道。

姜恒看向霍曦辰。「可否請霍公子協助呢？」

雖說霍曦辰是姜恒向霍家老爺借來的，可人家畢竟是貴公子，姜恒就是仗著長輩的身分，也只能客客氣氣地問問霍曦辰的意思。

話都說到這個分上了，霍曦辰如今是被顧晚晴綁上了船，跑都跑不掉，只能答應下來。

「你去查吧，需要什麼，只管告訴我便是。」姜恒嘆了口氣。「記得要隱密行事，在結果出來之前，切勿走漏風聲，免得打草驚蛇了。」

見姜恒安排好此事，霍曦辰如蒙大赦一般，趕緊出了姜家主母的院子。

屋裡只餘下姜恒與顧晚晴二人，姜恒站在窗邊，定定瞧著自己的小妻子。她還是那般模樣，看似溫柔，眼神卻含著堅毅倔強，這種眼神，沒由來教姜恒心疼。

「晚晴。」姜恒走過去，輕輕握住顧晚晴的手。「天朝官吏以納妾為風尚，妳可知為何我不熱衷於此？」

顧晚晴愣了愣，不曉得為何姜恒要提及此事，便搖了搖頭。

「我年幼時，曾目睹祖父房中妻妾相爭，叔伯們骨肉相殘，後宅爭鬥之殘酷，我比誰都清楚，我母親也是因此年紀輕輕就去了。那時我便立下誓言，我姜恒定要護好我的妻子，不再教悲劇重演。所以我娶了妳，便絕了納妾的念頭，就連原先的幾房妾室，也只是好生養著她們。家中妾室少了，爭鬥也少，我希望這後宅的院子裡是乾乾淨淨的，妳可懂我的苦心？」

顧晚晴心中波濤起伏，她只知姜恒素日裡寵她，卻不知原來他心中是這般想法。

顧晚晴嘴角扯出一抹苦澀，她很想告訴姜恒，自從太后將侯婉雲指婚給了姜炎洲，你姜家就別想乾乾淨淨了。依侯婉雲的性子，她定要排除異己，將這後宅肅清了的。那時候姜家的後宅，不知道要埋葬多少女子的骸骨，夭折多少孩子的性命。

可是她無法告訴姜恒，更無法向姜恒解釋她所知道的一切。此時她忽然慶幸，幸虧是自己嫁進了姜家，否則若是換了別的女子嫁給姜恒，早就喝了侯婉雲的絕子湯而無法生兒育女，並被她楚楚可憐的外表矇騙，早晚會像前世的她一樣，死在自己信任憐愛的人手上。

姜恒看著顧晚晴，只見她眼裡起起伏伏的情緒，最終化作一片平靜。

顧晚晴忽然笑了，笑得溫婉，卻坦坦蕩蕩，她反握住姜恒的手，抬頭瞧著他的眼睛。

「夫君，你信我，我定會護著姜家上上下下，不負你的恩情。」

姜恒看著她，也綻開了笑。

「我一直是信妳的，從未懷疑過。」

深秋，顧晚晴的屋子裡生起了炭盆，桌上擺著鏤空鑲金的香爐，香氣裊裊升起，顧晚晴坐在桌邊，手邊放著本帳本。

門外掀簾子進來了個年近五旬的中年男子，那男子戴著頂圓帽，身材乾瘦，唯獨一雙眼睛泛著精光。

「李燕三給王妃請安。」

中年男子上前一步，給顧晚晴磕了個頭，而後利利索索地起來，垂首立在顧晚晴身旁。

「帳本我都瞧過，做得很好。」

顧晚晴瞧著李燕三，這個精明的帳房先生，是安國侯夫人的陪嫁劉嬤嬤的丈夫。劉嬤嬤一直在安國侯夫人身邊伺候，夫人過世了便伺候侯婉心，直到侯婉心過世，留了三間織造坊給劉嬤嬤，她這才回鄉安度晚年，劉嬤嬤得了三間織造坊，李燕三自然當起了老闆。

可是前陣子，有位公子哥登門造訪，開了極高的價請李燕三為自己做事，他就重新出山為那位公子哥工作。待到簽了契約，接下手中的新活，李燕三才驚覺，那位公子請他來，是為了打理其餘十幾間紅繡織造坊的生意。

李燕三呵呵一笑，垂頭道：「謝王妃誇獎。」

顧晚晴瞧著李燕三，笑意更深了。顧晚晴娘家有幾個旁支都是經商的，與顧老爺官商聯手，創下不小的家業，才讓當年顧晚晴嫁得風風光光。這旁系裡頭，有幾個堂兄弟極具經商天賦，人品可靠。

前陣子侯婉雲為了湊銀子，病急亂投醫，將織造坊十分之一的分子賣給了江南富商，而那位富商，正是顧晚晴的堂兄顧明。顧明受顧晚晴所託，出面買下了十分之一的分子，做起了明面上的老闆，可這些份額，實際是掌握在顧晚晴的手裡。

侯婉雲用織造坊的分子，換了顧明的七萬兩銀子，而後又將銀子交給了顧晚晴。顧晚晴與左相夫人是老相識，請個纏足的婆子那是小事中的小事，自然不需要花什麼銀子打點，於是那七萬兩銀子就留在了顧晚晴的口袋裡。

「那邊供應商們打點得如何了？」顧晚晴問。

「回王妃的話，都打點妥當了。我與那些下面鋪子的老闆都是老相識，不是我自誇，就憑我李燕三的名號，那些老闆都得給我三分薄面。」李燕三侃侃道。

「王妃您出手闊綽，原先織造坊裡的好些老人，都暗地裡向著您呢。如今咱們雖然只得了十分之一的分子，可是我瞧著，到了開春，還能吞回十分之一。」

「如此最好，我果然沒看錯你。」顧晚晴由衷誇獎道。

這些年織造坊的生意幾乎都交給下面的人打點，那些織造坊的老人就好像是半個老闆。原先他們都只認安國侯夫人，夫人去世後，就認嫡親小姐侯婉心的面子，可是這嫡小姐也去世了，換了個庶出的小姐繼承織造坊，裡頭就有些掌櫃暗地裡不服氣，憑什麼夫人、小姐苦心經營的鋪子，要給個卑微的庶女？

那些分鋪的掌櫃雖然對侯婉心的安排頗有微詞，可奈何人家是主子，他們也只能認了。壞就壞在，侯婉雲得了鋪子，越發得意起來，那幾年不僅在安國侯府一手遮天，對鋪子裡的掌櫃們也是橫挑鼻子豎挑眼。每每到了月彙報的時候，幾個有頭有臉的掌櫃總免不了被侯婉雲一頓連消帶打地訓斥。

侯婉雲的本意是想挫挫他們的銳氣，省得那些個活了一把年紀的人精看低了她一個十幾歲的庶女，可侯婉雲畢竟閱歷有限，眼皮子又淺，她賣乖裝純雖是一把好手，可是管事經商卻一塌糊塗，連帳本都看不好，所以很多掌櫃對侯婉雲是敢怒不敢言。

本就有了嫌隙，如今再讓李燕三去鬆鬆土，很多人的心思就活絡起來，觀望著情況，若是這位新加入的顧明顧老闆是個有能力的，跟著顧老闆總好過跟著那亂指點的小丫頭片子。

如今顧晚晴用侯婉雲的七萬兩銀子作本錢，到處打通關節，又利用顧家的人脈、姜家的勢力，還有前世的記憶，將好些被侯婉雲打壓的織造坊老人請了出山，打定主意要一點點將織造坊蠶食回來，不讓母親和自己的心血旁落仇人之手。

「最近臨近冬季，往年這個時節，織造坊就該從江南進貨，存到冬天，近年關的時候賣掉，好賺個高價。今年夏天江南好些地方發了水患，貨源吃緊，我已經事先跟江南那些蠶絲供應的老闆打好招呼了，咱們暗地吃進四成的蠶絲。」李燕三彙報著。

顧晚晴點點頭，翻開帳目，手指指著一行紅字。「我瞧著往年織造坊都要吞下江南七成的蠶絲，如今貨源吃緊，加之一下子少了四成，恐怕今年年關的好些訂單是完不了了。這可是一大筆損失呢，光是賠錢就得賠不少銀子。」

「織造坊最重信譽，若是違約不交貨，是得賠不少銀子。」李燕三嘿嘿一笑，他在織造坊經營多年，自然知道織造坊能造出多少東西，能接下多大的單子。如今這超額的單子背後，可都是顧老闆在幕後下的，顧老闆故意下了超額的單子，李燕三又買通了織造坊負責接單子的掌櫃，故意接下完不成的單子。到時候交不了貨，侯婉雲又得掏錢付賠款，李燕三知道，如今織造坊可賠不起這麼一筆鉅款，那時侯婉雲不得不再次賣出織造坊的分子，顧老闆正等著買呢，於是這賠款和分子自然都落在顧老闆的口袋裡。

而違約的對象是顧明，顧明自然不會到處宣揚織造坊違約。到時候侯婉雲還不能怪罪掌櫃，誰知道江南水患導致蠶絲數量銳減，以至於單子完不成呢？

這根本就是無本買賣，只要膽子夠大、路子夠廣，這事就能成。李燕三暗暗瞧著顧晚晴，也不知道這點子是顧明想出來的，還是這位王妃想出來的，這王妃瞧著慈眉善目，年紀又輕，無非就是個不通經商的閨閣婦人，八成是顧老闆想的，這位王妃恐怕是借著平親王府的名頭，給顧明打點鋪路罷了。

「行了，李掌櫃，其他事情都交予你處理，只須每月來跟我彙報一聲即可，我信得過你的人品和能力。」顧晚晴將帳本合上，看著李燕三，眼神裡都是信任。

在她還是侯婉心的時候，本就與李燕三熟識，如今選了他，亦是深思熟慮的結果。疑人不用，用人不疑。顧晚晴深知這個道理。

李燕三眼裡果然閃過一抹感動，這王妃果然比那姓侯的小丫頭會看人，忙點頭道：「王妃請放心，小的一定竭盡所能，不辜負王妃信任。」

打發走了李燕三，顧晚晴起身活動了幾下，這些日子姜炎洲房裡的兩個姨娘待產，顧晚晴忙裡忙外，身子也乏了許多。這不，剛歇了口氣，就聽見門外翠蓮來報。「霍公子來了。」

顧晚晴揉了揉肩膀，道：「快請霍公子進來。」

霍曦辰進了屋子，臉色黑得跟盆裡的煤炭有得一拚。顧晚晴瞧著，就幾乎忍不住笑了，心知定是惠茹又得罪了這位公子哥。

霍曦辰瞧見顧晚晴憋著笑，臉色更黑了，小聲嘟囔了幾句。

「王妃，您也不管管姜小姐，她又嫌我開的藥苦，非說我針對她，又逼著我先嚐了小半碗！還一直問我：『苦不苦！你自己喝喝苦不苦？』這良藥苦口，怎麼可能不苦呢？」

顧晚晴噗哧笑了出來。「好好，我回頭說她去。」

霍曦辰哼哼了一聲，而後臉色嚴峻起來。「王妃，這半個月我將世子妃的飲食查了幾遍，無論是飲食還是茶水湯藥，或者是器具，都沒有被下藥的痕跡。」

顧晚晴垂下眼簾。那藥是她在我這喝的，你在她院子裡查，自然查不到，不過等到時機到了，自然會教你查出來。

霍曦辰沒注意到顧晚晴的神色變化，接著道：「可是每日我替世子妃診脈，卻發現她體內的毒性與日俱增，這可真是奇了怪了！」

顧晚晴掩著帕子，狀似苦惱，兩人正說著，翠蓮冒冒失失闖進來，喊道：「畫姨娘剛差人來報，說畫姨娘喊著肚子疼，恐怕是要生了！」

顧晚晴騰地站起來，連霍曦辰都顧不上了，帶著翠蓮風風火火往畫姨娘院子裡去。青梅、青蘭也忙活起來，又是去叫穩婆，又是派人去請姜炎洲。姜恒這會兒進宮還未出來，顧晚晴也派了人去報信。

生孩子可是在鬼門關前走一遭，也是最容易遭人暗算的時刻，顧晚晴必須要親自坐鎮才放心。

待到顧晚晴趕到畫姨娘院子裡的時候，瞧見院子裡三三兩兩站了好幾個丫頭，有的端熱水，有的去叫人，忙成一團。

畫姨娘房裡的貼身丫鬟藍蝶、粉蝶，一瞧見王妃來了，趕忙迎上來跪在顧晚晴面前。

「奴婢給王妃請安！」

顧晚晴掃了藍蝶、粉蝶一眼，一抬頭就在屋簷一個不起眼的拐角瞧見了惜春。惜春都來了，那麼侯婉雲定然先自己一步到了。顧晚晴眉頭皺了起來，畫姨娘生產，自己居然比侯婉雲晚得到消息！

顧晚晴瞧著跪在地上的藍蝶、粉蝶的眼神，冷了幾分。她顧不上問其他，直接從兩人之間跨了過去，推了門就進了屋子。

顧晚晴一進門就瞧見畫姨娘躺在床上，侯婉雲坐在床邊握著她的手，旁邊立著她的貼身丫鬟惜冬和巧杏。

第十九章

顧晚晴一瞧見侯婉雲坐在畫姨娘的床頭，心裡一緊。

自從逍遙膏事件之後，顧晚晴就千般萬般地小心謹慎，生怕侯婉雲從中作梗，害了那兩個未出世的孩子。

琴姨娘還好說，大夫說懷的是丫頭，可這畫姨娘懷的是兒子，生下來可就是姜家長孫，侯婉雲哪能容得下這孩子？

正巧侯婉雲纏足，行動不便，顧晚晴就發了話，以世子妃身子不適為由，免了那幾房姨娘的晨昏定省。以侯婉雲的身子作藉口，這樣一來既不會讓人說閒話，說世子房裡短了規矩，連姨娘都不給正室請安了，又可以讓懷了身子的兩個妾室離侯婉雲遠遠的，以保平安。

顧晚晴都替姜家兩個未出世的孫兒打點到這個分上了，如今瞧見侯婉雲領著貼身丫鬟坐在畫姨娘床邊，而畫姨娘的丫鬟居然一個都沒在，這怎麼能不讓顧晚晴心裡發毛？

想到方才粉蝶、藍蝶不但不在屋子裡伺候著，顧晚晴一進院子她們就撲通跪在腳邊，這是要攔誰？

看來這姜家的內宅，得再肅清一遍了。

「婉雲、畫兒。」

顧晚晴趕忙上前一步，侯婉雲瞧見顧晚晴來了，忙起身讓到一旁，行禮道：「母親來了。」

顧晚晴坐到床邊，瞧著畫姨娘雖然已經疼得滿頭大汗，但是並無異狀，侯婉雲應該沒有對畫姨娘做什麼手腳，或者說沒來得及做手腳。

畫姨娘掙扎著想坐起來行禮，顧晚晴忙按住她。「都什麼時候了，還顧這些虛禮？妳好好躺著，莫要擔心，穩婆馬上就到，這可是全京城最好的穩婆，妳旁的不要管，安心生產便是。」

畫姨娘咬著嘴唇，點點頭。

侯婉雲也跟著附和。「母親說得是，畫兒妹妹，旁的事都有母親坐鎮，妳只管給咱們姜家生個大胖小子。」

一聽見大胖小子，畫姨娘的眼神就堅定了許多。她身為一個妾室，這輩子能指望的就是孩子了。她運氣好，第一胎就懷了男胎，只要平安生下兒子，她下半輩子就不用愁了。

「穩婆來了。」

翠蓮去門口瞧了一趟，回來後跟著兩個模樣穩重的嬤嬤。

「這是孫嬤嬤、這是楊嬤嬤。」翠蓮指著兩個穩婆一一介紹。兩個穩婆朝顧晚晴和侯婉雲行了禮，而後顧晚晴起身道：「兩位嬤嬤，這裡就交給二位了，請二位務必保證母子平安。」

兩個穩婆道：「是，王妃。」

接著顧晚晴拉著侯婉雲的手。「走，咱們出去，省得在這裡礙手礙腳。」侯婉雲跟著顧晚晴走了出去，巧杏和惜冬也跟在後頭。翠蓮想跟著走，被顧晚晴喊住。

「翠蓮，妳在這裡伺候著，我一會叫妳娘和碧羅、碧媛也過來幫襯著。」如今這畫姨娘屋裡的丫鬟，顧晚晴是誰也不信了。翠蓮和孫婆子是自己人，信得過，碧羅、碧媛是能跟著姜恒伺候的丫鬟，自然也是可靠的。畫姨娘生產，交給這幾個人看著，應該萬無一失。

「奴婢一定小心伺候。」翠蓮曉得顧晚晴謹慎小心的意思，忙應了下來。

顧晚晴扯著侯婉雲出了畫姨娘屋子，同她一道去主廳坐著，瞧見來來往往的丫鬟們在廚房裡頭忙活著燒熱水、燙帕子。顧晚晴叫來一個小丫鬟，差她去叫自己院子裡的青梅、青蘭、青竹、青菊四大丫鬟。

沒一會兒工夫，顧晚晴院子裡有頭有臉的丫鬟，以及姜恒屋裡的碧羅、碧媛，全聚在畫姨娘的院子裡。

「碧羅、碧媛，妳們同孫婆子和翠蓮，在屋裡頭伺候。」顧晚晴坐在主位，有條不紊地指派眾人。

「青梅、青蘭、青竹、青菊，妳們就委屈點，去廚房燒水幫忙。把畫姨娘屋裡的丫鬟全都給我撤下來，讓她們在偏廳裡候著，一個都不能走。青梅，王爺和世子什麼時候能趕回來？」

青梅忙道：「回王妃的話，奴婢已經差人去報，世子還有一刻鐘的工夫就能趕回來，王爺進宮了，恐怕還要半個時辰。」

顧晚晴點點頭。「行了，都去忙吧。都小心伺候著，若是出了岔子……」眉峰一掃，眾人不由得打了個寒顫。

幾個丫鬟瞧見主母罕有的嚴肅，大氣都不敢出，領了差事就趕緊去辦事。

侯婉雲在一旁瞧著這陣仗，不由得背後直冒冷汗。顧晚晴把畫姨娘房裡的丫鬟全都撤了，讓自己的親信丫鬟接手，難不成她是察覺了什麼？

這些日子侯婉雲雖然纏了小腳，行動不便，可是她暗地裡讓丫鬟去跟畫姨娘、琴姨娘屋裡的丫鬟套近乎。俗話說有錢能使鬼推磨，侯婉雲暗中讓丫鬟塞了好些銀子給粉蝶、藍蝶，收買了這二人。

女人生產本就是鬼門關前走一遭，前世學醫的侯婉雲再做點手腳，就能神不知鬼不覺讓畫姨娘難產，母子雙亡，可是壞就壞在，粉蝶、藍蝶雖然貪錢，卻不是精明的人，今兒個畫姨娘一說肚子疼，粉蝶頭一個就跑去報告侯婉雲，而後藍蝶才差人去請了顧晚晴過來。

侯婉雲當時自己先趕來，還以為是因為自己走得急，才會頭一個趕到，沒料到卻是丫鬟先通知她，而後才通知顧晚晴。

雖僅是這一前一後的差距，就讓顧晚晴覺察出不對來了。

畫姨娘屋裡的貼身丫鬟本是她親自挑的丫鬟，看著老實可靠才安排給畫姨娘，可如今竟然有人吃裡扒外。顧晚晴暗自捏了把冷汗，真幸虧她一聽見消息就趕來了，否則萬一畫姨娘和孩子出了意外，那她便要悔恨終生了。

侯婉雲在一旁坐著，看著婆婆一臉陰晴不定。生怕粉蝶、藍蝶萬一說漏了嘴，那可就壞了。

於是她朝巧杏使了個眼色，讓巧杏通風報信。

巧杏心領神會，她本就站得離門邊近，就挪著挪著悄悄地往門口走。剛走了幾步，就見惜春從門外進來，朝巧杏憨憨一笑。「巧杏，我正尋妳呢，原來在這兒。」

惜春這一聲招呼，讓陷入深思的顧晚晴轉頭看過去，只見巧杏站在門邊，而門外的惜春正巧堵在門口，一臉憨厚。

「巧杏，這茶涼了，給我換一杯。」顧晚晴用手撐著額頭，對巧杏招招手。

巧杏咬著唇，她被王妃盯上了，想走也走不掉，於是只得過去，給顧晚晴換了杯茶，而後立在一旁伺候著。

侯婉雲見通風報信的丫鬟被扣住了，心下著急，絞著帕子。顧晚晴瞥見她都快把帕子絞爛了，淡笑地看著她。

「婉雲，手下輕些，帕子絞壞了不要緊，怕是傷了妳的手，細皮嫩肉的，要是破了皮就不好了。」

侯婉雲大驚，忙鬆手，急急解釋道：「母親，雲兒是擔心畫姨娘呢。」

顧晚晴低低一笑。「我曉得，這姜家最關心畫姨娘肚子的，當然就是雲兒了。」

顧晚晴這話說得讓侯婉雲一陣心虛，顧晚晴瞧著她的神色，又補充了一句。「咱們家雲兒是個好媳婦，關心子嗣，那是自然的。」

侯婉雲忙垂頭應道：「母親說得極是，夫君的骨血，雲兒自然格外關心，以後這孩子也是要叫雲兒一聲母親的，雲兒疼他都來不及了。」

顧晚晴笑了出來，侯婉雲這話說得怎麼就不臉紅呢？

懶得與這虛偽的女人周旋，顧晚晴半閉著眸子，喝著茶，眼神往惜春那瞟了瞟。惜春此時正站在門口，愣愣的不知道在想什麼。顧晚晴暗暗搖頭，這些日子她特別留神惜春，想看看她到底有什麼目的，可惜她鮮少與人打交道，不是伺候侯婉雲，就是待在自己屋裡，除了跟同屋的巧杏熟稔一些，與旁人都不太來往。

不過既然是故人，顧晚晴自然不會為難她，便放任她不管了。

坐了一會兒，姜炎洲房裡的其他姨娘都得了消息，紛紛趕來，聚在廳裡。

薔薇是第一個趕到的，薔薇已經生了長孫女，如今雖然眼紅畫姨娘生兒子，可畢竟長孫女頗得王爺、王妃喜愛，她又是王妃陪嫁，如今可算是這幾個姨娘裡後半輩子最安穩的一個。

跟在薔薇後來的，是書姨娘和棋姨娘。

兩人雖然是來道喜的，可眉眼間卻掩不住豔羨。琴姨娘挺著大肚子姍姍來遲，她也即將臨盆，就算不來，也無人會說什麼，可她要是不來，怎麼顯得她們姊妹情深呢？所以琴姨娘由兩個丫鬟攙扶，挺著圓滾滾的肚子，一手扶著腰，也來了廳裡。

「琴兒，妳別站著了，快坐下。」顧晚晴親切招呼著。

琴姨娘低頭應了一聲，兩手捧著肚子，跟捧了個寶貝似的，慢慢地坐了下來。這幾位姨娘在主母和正室面前，都得站著伺候，唯獨琴姨娘因為懷了身子而坐著，顯得格外扎眼。

「琴兒，妳身子不方便，就不用來了。」顧晚晴喝了口茶，笑道。

琴姨娘柔柔順順地笑了笑。「回王妃的話，我也是擔心畫兒妹妹，就忍不住過來了。」棋姨娘趕忙附和。「琴兒姊姊和畫兒妹妹一向感情好，我就猜著琴兒姊姊肯定坐不住，定要親自守著畫兒妹妹才放心。」

書姨娘則在一旁笑著，顯得有些不合群。她是琴棋書畫裡讀書最多的，算是半個才女，自然有些清高之氣，不屑於趨炎附勢之事。

侯婉雲也笑道：「素日裡幾位妹妹感情是極好的，真是再好不過了。我瞧著琴姨娘也就是這幾日生產了，說不準也能給咱們姜家添個大胖小子呢！」

琴姨娘一聽，臉色略起了潮紅。她何嘗不想生個兒子呢？同為一道進世子院子的人，畫兒為何就這般好運，先她一步懷了身子，還懷的是男胎，將來母憑子貴，下半輩子就不用愁了。

可自己的肚子就這般不爭氣，不但遲了人家一步，還懷了個女兒。將來生下庶女，上有薔薇生的長孫女，自己這女兒定是不受重視的。論起福氣，終究是讓畫兒把自己的福氣搶走了。琴姨娘每每想起此事，就心中鬱結，如今侯婉雲提起，教她心裡不舒服起來。

「世子妃說笑了，我哪有這福氣呢？大夫瞧了幾次，都說懷的是女兒。」琴姨娘摸著肚子細聲細氣道，面色雖然是平靜的，可眼底終究泛起了波瀾。

書姨娘、棋姨娘都在一旁心裡翻了個白眼，能懷上就不錯了，還巴望什麼？

「女兒怎麼了？兒子、女兒都一樣疼！」

門口，姜炎洲的聲音響起。他進了屋，心情極好，對於即將誕生的長子，十分期待。

「炎洲回來了。」

顧晚晴笑著放下手裡的茶杯，姜炎洲趕忙上前給顧晚晴請安，而後幾個妻妾對姜炎洲請安。

眾人在場，姜炎洲也不好太過冷落正妻，只得硬著頭皮扶起侯婉雲，而後坐在她旁邊。

姜炎洲額頭上還有細細的汗珠，侯婉雲取了帕子出來遞給他擦汗，姜炎洲擺了擺手，推開帕子，用袖子抹了把汗，對琴姨娘道：「誰說生女兒就是沒福氣的？我瞧著女兒好，看咱們小音音多乖巧，誰見了都喜歡。」

聽見姜炎洲誇女兒，薔薇臉上一喜，忙垂著頭喝了口茶，掩飾眼裡的得意神色。幸虧當年王妃目光遠，讓她去服侍世子，這才生了長孫女，於是薔薇心裡，就更記著顧晚晴的好了。

琴姨娘臉紅了紅，嬌聲道：「是，是我說錯話了。」

眾人正說著話呢，就聽見畫姨娘房裡傳來慘叫聲。

顧晚晴眉頭皺了起來，姜炎洲更是擔心，蹭地站起來，大喊道：「這是怎麼回事？」在場的幾個婦人，除了薔薇之外，都是沒有生過孩子的，她們哪知道啊。琴姨娘捧著肚子，一聽那慘叫，嚇得腿都快軟了。

顧晚晴看著姜炎洲往門口衝，忙起身攔住他。「炎洲，產房那地方，豈是你能進的？畫兒是頭胎，生產起來定是要受不少罪的，我瞧著她肯定沒事。你們都在這兒等著，我去屋裡看看是怎麼回事。琴姨娘就先回去，我瞧妳臉色發白，別是受驚了，當心動了胎氣。」

顧晚晴說完，利利索索地出了大廳，直往畫姨娘屋子裡去。

剛掀了簾子進去，就聞到一股濃重的血腥味。兩個穩婆在床邊伺候著，翠蓮和孫婆子在一邊幫忙，青蘭手裡端著盆子往外頭走，顧晚晴一瞧，那盆子裡的水竟都是紅的！

一瞧見血，顧晚晴的心懸了起來。

翠蓮見顧晚晴進來，忙迎過來，顧晚晴問道：「怎麼這就見紅了？」

穩婆孫嬤嬤忙得一臉是汗，轉身回話道：「回王妃的話，畫姨娘身子虛弱，又是頭胎，生起來自然困難些。」

畫姨娘在床上躺著，喊得聲嘶力竭。顧晚晴瞧著她那樣就覺得揪心。

顧晚晴什麼忙都幫不上，索性出去等著，剛出門就見姜炎洲立在院子裡，焦心地朝屋子望著，畫姨娘每喊一聲，姜炎洲的眉頭就皺得更緊。

姜炎洲一見顧晚晴出來，忙過來道：「母親，畫兒現在如何？孩子如何了？」

顧晚晴定了定心神，露出一個寬慰的笑。「穩婆說畫兒是頭胎，自然生得艱難些。炎洲你放心，定會母子平安的。你在這裡立著也不是個事，回廳裡等著吧。」

姜炎洲一臉擔憂，點了點頭，跟在顧晚晴身後，走了幾步，又不放心地回頭朝屋裡喊了一聲。

「畫兒，妳一定要平安無事！我在外頭等著妳和孩子！」

顧晚晴瞧著姜炎洲那樣子，欣慰地點點頭，這孩子雖然不待見侯婉雲，可是對幾個妾室以及孩子，倒是真真挑不出錯來。

畫兒正疼得迷迷糊糊，忽聽見姜炎洲的聲音，便清醒過來。碧媛一見她清醒了些，忙過去使勁攥著她的手。「畫姨娘，妳可要爭氣，定要平平安安把孩子生下來，姜家上上下下，可都盼著這孩子呢！畫姨娘，為母則強，就是為了孩子，妳也得爭氣！」

為母則強。畫姨娘聽見這句話，眼睛瞪得大大的，反抓住碧媛的手。穩婆一見產婦精神了不少，忙在旁邊說：「吸氣、呼氣、用力！」

這日頭漸漸偏西了，產房裡的慘叫斷斷續續。姜炎洲急得在廳裡頭不斷踱步，姜恒從宮裡回來，來瞧過一趟，便回去書房了。

顧晚晴半閉著眼，手邊的茶水已經換了不知道多少杯了，旁的妾室都被她打發走了，只有侯婉雲和她的丫鬟們在跟前伺候著。

侯婉雲瞧著婆婆臉色不對，大氣也不敢出，肚子餓得咕嚕直叫。剛才傳過了晚膳，但姜炎洲心繫畫姨娘和孩子，沒吃下幾口，顧晚晴心裡頭裝著事，也沒動筷子。婆婆和丈夫都沒胃口，侯婉雲雖然早就餓得前胸貼後背，可也只敢吃了幾口，就放下筷子。

又過了幾個時辰，入了夜，侯婉雲等得昏昏欲睡，卻不敢回去休息，門口突然跑進來個滿身是血的婆子，帶著哭腔喊道：「王妃，不好了，畫姨娘難產了，大出血！」

顧晚晴從椅子上跳了起來，楊嬤嬤跪了下來，哭道：「畫姨娘原本只是體弱，使不上勁，可奴婢瞧著不像是個會難產的。誰知道方才就血崩了，那血止都止不住，現在看著人怕是要不行了！」

姜炎洲「啊」的一聲，臉色慘白，立在原地說不出話來。侯婉雲也作出驚恐的表情，垂下頭掩飾眼裡一閃而過的得意神情。

顧晚晴沈著臉，呵斥道：「哭什麼哭？人還沒死呢！妳快回畫姨娘身旁伺候，無論如何要保母子平安！」

楊嬤嬤是經驗豐富的穩婆，什麼陣仗沒見過，於是磕了幾個頭，道：「奴婢自然會竭盡所能，可是不得不問一句，若真的出事，您是要保大還是保小？」

顧晚晴一聽，心知畫姨娘的情況是真心不妙。

按理來說，畫姨娘不過是個身分卑微的姨娘，可她肚子裡的卻是姜家長孫。楊嬤嬤不用問都知道，定是要保孩子，如今來問一句，不過是走個形式而已。

楊嬤嬤是這麼想的，侯婉雲自然也是這麼想的，她不認為這些不拿女子當人看的古人，會去保一個低賤姨娘的性命，而且子嗣對於姜家這種高門大戶來說，當然比個姨娘重要得多。

侯婉雲本就打算除掉畫姨娘和她的兒子，若是畫姨娘難產而亡，留下的幼子，定是要抱去正妻房裡養著。而那嬰兒的死活，都拿捏在自己手上，反正古代醫療條件差，隨便一個頭疼腦熱小毛病，都可能令嬰兒夭折。

於是侯婉雲立起來，上前一步道：「自然是姜家子嗣為重，若是情況十分危急，就只能怪畫兒妹妹沒福氣了。」

顧晚晴一聽，眉頭皺了起來，剛要發話，就見姜炎洲暴跳如雷，一個耳光狠狠摑在侯婉雲臉上。

「妳說的這是什麼鬼話？狗屁不通！」

姜炎洲瞪著血紅的眼睛，額上青筋直跳，他素來風度翩翩，如今竟然爆出粗話，他指著侯婉雲，氣得身子直發抖。

「孩子的命是命，畫兒的命就不是命？孩子沒了還能再生，孩子娘沒了，以後孩子問我要娘，我上哪給他賠個娘來？沒娘的孩子有多苦，妳這毒婦怎能知道？」

而後姜炎洲臉色陰沈沈對楊嬤嬤道：「妳盡力保畫姨娘母子平安，若是實在不行，也定要保住大人，孩子就……那是他的命。」

楊嬤嬤也被姜炎洲的爆發震住了，忙在地上又磕了個頭。「奴婢知道了。」而後起身一路小跑回了產房。

侯婉雲呆呆坐在地上，捂著臉。她的臉頰被打得腫了起來，嘴角滲著血，瞧著形容異常狼狽。她望著姜炎洲，心裡的恨意像瘋了一樣增長，憑什麼同為姜炎洲的女人，畫兒那賤婢就受盡寵愛，輪到自己，就從來沒有好臉色過？憑什麼?!

連顧晚晴都被姜炎洲震住了，她沒想到姜炎洲的反應這麼大，居然一反常態出手打了侯婉雲一巴掌，要知道雖然他素日裡不待見侯婉雲，可打女人這種事，姜炎洲也是不齒的。

不過聽了姜炎洲那話，顧晚晴就釋然了。姜炎洲自幼失母，雖然長在高門大戶，又是嫡長子，從小錦衣玉食，可是其中難免有些心酸，一聽見侯婉雲說棄大保小，就想到了生母，明烈郡主在姜炎洲幼年時就撒手人寰，是姜炎洲此生大憾，故而他對待此事的態度，是與別人截然不同的。

巧杏扶起侯婉雲，拿了帕子給她擦了臉。姜炎洲在廳裡踱了幾步，對門口自己帶來的小廝道：「快去請霍公子來。」

霍曦辰雖然不是婦科大夫，可畢竟有神醫之名，興許他有什麼法子能救得了畫兒母子的性命。

沒一會兒，霍曦辰就黑著臉趕來了，姜惠茹也跟著後頭趕到。姜惠茹一進門，就拉著顧晚晴問道：「大伯母，畫姨娘怎麼樣了？」

顧晚晴沈著臉，搖搖頭。姜惠茹看這情況，心知定然是裡頭情況不妙，所以連霍曦辰都請來了。

果然，霍曦辰一開口就道：「姜兄，我又不是婦科大夫，你找我來做甚？難不成讓我去給你的姨娘接生？這成何體統？」

姜炎洲上前一步，哀求道：「霍兄，我知道不妥。可人命關天，請你救救我的姨娘和孩子吧！我叫人拉個簾子，將你和產婦隔開，你隔著簾子為畫兒診脈，開個方子、針灸什麼的都好！算我求你了！」

姜惠茹也跟著幫腔。「霍家哥哥，人說醫者父母心，如今畫姨娘和孩子都危在旦夕，就請你救救他們母子吧！救人一命勝造七級浮屠啊！」

霍曦辰瞧著姜惠茹，嘟囔道：「平日裡怎麼不見妳這般溫柔？如今有求於我，才喊我什麼霍家哥哥。」

姜惠茹眉毛一皺，哼道：「你到底救不救？」

姜惠茹話音剛落，門口翠蓮就慌慌張張跑進來。「畫姨娘不光大出血，還難產了，方才生出了一隻腳來！這會兒整個人都不好了，只有進的氣，沒出的氣了！」

姜惠茹一聽，哇地哭了出來，扯著霍曦辰的袖子。「霍家哥哥，求你去救救畫姨娘和惠茹的小侄子吧！以後惠茹不與你頂嘴，什麼都聽你的了！」

人命關天，霍曦辰不是那種見死不救的人，他一咬牙道：「行，我去試試。」說完就往門外走。

這時候一直默不作聲的惜春忽然出聲。「王妃，奴婢以前在鄉下的時候，幫人接生過，讓奴婢也跟去瞧瞧，興許能幫上忙。」

顧晚晴轉頭，瞧著惜春。惜春這話說得不假，當年劉家三娘隨軍的時候，小小年紀也替隨軍的婦人接生過，就連軍馬生小馬也是她接生的。顧晚晴擔心侯婉雲害了畫姨娘和孩子，可是她相信劉三娘的秉性，這位手帕交是不會做出傷天害理之事。

「行，妳也去吧，索性是死馬當活馬醫了，若真的有什麼，也沒人會怪妳的。」

惜春和霍曦辰一併去了畫姨娘屋裡。剛進屋，滿屋子的血腥味就熏得惜春五官皺在一起。床邊拉著帷幕將產婦與大夫隔開，畫兒躺在裡頭，只伸了隻手出來。

霍曦辰並不急著診脈，他先是在屋裡繞了幾圈，然後眉頭緊緊皺了起來，使勁吸了吸鼻子，大喊道：「妳們快去將門窗都敞開！」

兩個穩婆忙道：「萬萬不可，如今外頭天涼，產婦可不能受涼！」

翠蓮曉得霍神醫這麼說，自是有他的道理，忙招呼幾個丫鬟開窗。屋子裡通風了，血腥味漸漸散去，翠蓮吸了吸鼻子，這才覺得屋裡有股淡淡的香味。

霍曦辰在屋子裡轉圈，邊轉邊到處嗅來嗅去，然後在床邊停下，轉身背對著床，皺著眉對翠蓮道：「妳進去聞聞。」

翠蓮應了一聲，忙鑽進帷帳裡。帷帳裡，血腥味更濃了。翠蓮低頭嗅了嗅，聞見畫姨娘的被子上有一股淡淡的香味，然後鑽出帷帳，對霍曦辰道：「霍公子，畫姨娘的被子是香的。」

「快把那被子拿出來！」

翠蓮又鑽進去，把那散發香味的被子抱了出來，碧羅忙從櫃子裡又取了一床出來，給畫姨娘蓋上。

那被子上沾著血，濃重的血腥味遮蓋了淡淡的香味，若不靠近了仔細聞，還真聞不太出來。霍曦辰捏起被子一角，在鼻端嗅了嗅，臉色陰沈了起來。

「將這被子放在旁邊的屋子，叫人看著，千萬不要出了岔子。」然後坐在床邊，給畫姨娘診脈，開了方子交給碧羅熬藥。

「我只能開方子給她止血，順胎位，至於其他的，就看天意了。」霍曦辰起身，淨了手，走出房子，拐進旁邊放被子的房間，關了門，不知在裡頭搗鼓什麼。

藥一會兒就熬好端來，畫姨娘已經迷迷糊糊的了，翠蓮將藥給她強灌了下去，過了一會兒見出血少了，可是胎位還是正不過來，在場的穩婆都在商量著，實在不行就只能棄小保大了。

這時候惜春默不作聲地淨手，對穩婆道：「我來試試吧。」穩婆一看，也沒法子了，只能讓這小姑娘試試。惜春坐在畫姨娘腿間，抓住那露出的小腳，手上一使巧勁，讓小腳塞了進去，然後一隻手在裡頭摸索著。原先她在軍營的時候，遇見軍馬生小馬難產，也是這麼處理的，這是她頭一次遇見婦人這般難產，就將給軍馬接生的那一套用在了人身上。

畫姨娘喝了藥，恢復了些精神。惜春摸索著挪正了胎位，對畫姨娘道：「妳再用力試試。」

畫姨娘點點頭，咬著牙用力，努力了許久，終於聽見「哇」的一聲，孩子出生了！那一聲嘹亮的哭聲，驚醒了整個晨曦。

「畫姨娘生了男孩，母子平安！」

姜炎洲聽見這句話的時候，呆立在廳裡，而後抱著頭蹲了下來，嗚嗚地哭起來。門口霍曦辰黑著臉進來，對姜炎洲道：「連自己的女人都保護不好，還有臉哭！」而後將手裡染血的被子扔在姜炎洲身上。「有人要謀害產婦性命。」

此話一出，在場所有人臉色都煞白起來。

第二十章

聽見霍曦辰那句話，幾乎是下意識的，顧晚晴轉頭看向了侯婉雲，眼光如同含著刀子，恨不得從她身上剜掉幾塊肉來。千防萬防，還是讓她鑽了空子！

不光是顧晚晴，就連姜炎洲，甚至是姜惠茹，都不約而同地看向侯婉雲。

侯婉雲驚慌失措地瞧著眾人看向自己，眼淚在眼眶裡打轉。所謂作賊心虛，侯婉雲一下子慌了手腳，不過立刻她就想明白了，有人要害畫姨娘，那就是姜炎洲房裡出的事，她作為正室，自然是首當其衝要被問責的，所以眾人一起看她，也是理所當然。

想明白這點，侯婉雲鎮定了心神。上前一步，對霍曦辰福身道：「還請霍家公子說得清楚些，怎麼就憑這染血的被子，來說有人想害畫姨娘呢？」

霍曦辰冷哼一聲。「這被子上的薰香具有活血通絡之效，若是常人聞了可強身健體，可是產婦在生產時聞了，卻會導致大出血。我不信姜家會給產婦用這種薰香，妳說不是有人動了手腳，那還能是什麼？」

侯婉雲又道：「敢問霍家公子，這薰香到底是什麼香？」

霍曦辰皺眉。「我不知是何種香，我從未見過這種薰香。」

侯婉雲心裡暗暗得意。哼，你這古人自然不知道精油這種高級玩意。

就在畫姨娘生產的前三天，侯婉雲的隨身空間忽然進化了。在那片混沌不清的空間裡，居然出現了她前世的公寓，除了電器沒有通電無法使用外，其他的東西都彷彿時間停滯似的，不會變質腐爛。侯婉雲在洗手間找到了她平時使用的玫瑰、依蘭精油，然後將之混合起來用冷水勾兌，用小噴霧瓶子裝好放在冰箱裡，方才去屋裡探望畫姨娘的時候，她趁著人不注意，從空間裡取出小噴霧，在畫姨娘的被子裡頭噴了噴，然後又將噴霧放回空間，神不知鬼不覺。

精油被冷水勾兌，揮發得慢，氣味不容易散出，加上產房裡本來就腥味重，又燃著炭火，各種氣味混合起來遮蓋了精油的香味。精油不同於一般薰香，效果比這時代的薰香強得多。畫姨娘本就體弱，又有胎位不正的徵兆，用了這精油，更是雪上加霜，引發大出血。

這個年代，玫瑰和依蘭均未引進到天朝，所以就連對藥草頗有研究的霍曦辰，也不知道這薰香究竟為何物。所以侯婉雲有恃無恐，就憑這麼一床帶著不知是何香氣的被子，就說有人要害產婦，根本無憑無據，況且那精油的小噴霧被放在隨身空間裡，根本不著痕跡。

「既然霍家公子不知這是何種薰香，那又怎知是被子上的薰香害了產婦？」侯婉雲追問道。

「我自小天賦異稟，對各種氣味、草藥異常敏感，有些藥材，我只需要聞一聞，對其藥性就知道得八九不離十。方才我聞了那香味，覺得氣血順暢許多，故而知道那薰香是有問題的。」

霍曦辰小小年紀就有神醫之稱號，眾人對他的話深信不疑。

顧晚晴眉頭皺得更深了。按理來說，畫姨娘出事，除了侯婉雲之外，其他幾位姨娘都有作案動機，可這薰香如此特別，連霍曦辰都不知曉這是何物，這偏門的手段，就與當初那過敏的手段如出一轍，顧晚晴已經百分百篤定，此事定然是侯婉雲做的。

只是……苦無證據。

「此事關係甚大，去請王爺過來。」顧晚晴發話了，她掃了在場眾人一眼，呼出一口氣道：「此事事關人命，我要徹查此事，若是查出來有人要害人性命，定嚴懲不貸！」

「去把畫姨娘院子裡的丫鬟、婆子都帶過來。」顧晚晴道。

一屋子的丫鬟、婆子，許久不進食，都餓得七葷八素、眼冒金星，如今被人領著來了，瞧見主母一臉肅容地坐著，連忙跪了一地。

顧晚晴掃了她們一眼，淡淡道：「有人要害妳們主子的性命，一會兒教我查出來是誰，我定讓那人血債血償。」

說罷，顧晚晴目光落在粉蝶、藍蝶身上。這兩個丫鬟的打扮與別房的大丫鬟們並無不同，可是粉蝶頭上那根玉簪子，雖然瞧著不起眼，可那價值卻不是一個丫鬟能戴得起的。畫姨娘喜歡華麗的首飾，並無這樣素雅的玉簪，定不是畫姨娘賞的。

「妳叫粉蝶？」顧晚晴盯著粉蝶，聲音冷沈。

粉蝶壓抑著瑟瑟發抖的身子，忙道：「回王妃的話，奴婢是粉蝶。」

「妳每月的月錢是多少?」顧晚晴又問。

粉蝶愣了下,偷偷抬頭瞧了顧晚晴一眼,而後低下頭道:「回王妃的話,奴婢的月錢是一兩銀子,偶爾有主子打賞的,不過幾吊錢。」

顧晚晴冷哼一聲,將茶杯砸在粉蝶面前,碎了一地的渣子飛濺。「妳每月只有一兩月錢,卻戴得起十兩的玉簪子,我瞧妳得的賞可不少呢!說,妳這玉簪子是哪來的?」

粉蝶心下一驚,趕緊道:「回王妃的話,這簪子是奴婢存錢買的。」

藍蝶在一旁垂著頭,瞪了粉蝶一眼,早叫這妮子將簪子賣了換銀子,可她偏不聽,非要戴著顯擺!

「買的?給我掌嘴,看她的嘴有多硬!」顧晚晴眼裡含著冰。

兩個婆子忙上去按住粉蝶,粉蝶大喊:「王妃明鑑,奴婢冤枉啊!真的是奴婢買的!」

粉蝶掙扎著,袖裡一雙鎏金鐲子從袖口掉到手腕上,顧晚晴盯著那鐲子冷笑。「這對鎏金鐲子,起碼價值十五兩,不會也是妳自己買的吧?妳個丫鬟,身家竟比妳家主子還闊綽!」

粉蝶大為驚恐,不住磕頭。

兩個婆子賣力地抽著粉蝶,才打了十幾下,粉蝶就哭喊道:「別打了,別打了!奴婢知錯了,奴婢什麼都說!」

「妳可想好了再說,別說錯了。」顧晚晴道。

此時姜恒抵達院子，看到的就是粉蝶被掌嘴的一幕。

他皺了皺眉頭，走進屋子，坐在顧晚晴身旁，對她道：「這裡的事我都聽說了，交由妳來處理吧。」

粉蝶一看王爺都來了，知道事情鬧大了，要瞞是瞞不住的，哭著道：「這些首飾，都是薔薇姨娘給奴婢的！」

薔薇？

薔薇是顧晚晴房裡出去的陪嫁丫鬟，說薔薇，不就是在暗指她嗎？顧晚晴冷笑著。我且看著，妳還能演什麼好戲！

既然提到了薔薇，顧晚晴就派人叫了薔薇過來，薔薇一臉茫然地來到廳裡。

「薔薇給妳首飾做什麼？」顧晚晴看了眼薔薇，問粉蝶。

「薔薇姨娘讓奴婢幫她個忙，掉包了畫姨娘屋裡的薰香。」粉蝶捂著臉嗚咽。

薔薇一聽這話就急了，二話不說，直接衝上去給了粉蝶一腳，罵道：「妳這賤婢，胡扯什麼，我何時給過妳首飾了?!」

侯婉雲在一旁陰惻惻道：「薔薇，妳這是做什麼？下那麼重的手。謀害子嗣可是死罪，難不成妳想當著這麼多人的面殺人滅口？」

薔薇雖然魯莽，卻也不笨，她瞧了瞧形勢，也就明白是怎麼回事了，於是整了衣裳，垂頭道：「回世子妃的話，婢妾這一腳，死不了人。婢妾行得正坐得端，相信王妃自然會給婢妾一個公道。」而後端端正正地跪下。

粉蝶哆哆嗦嗦地道：「前陣子薔薇姨娘來瞧畫姨娘，臨走的時候遇見奴婢，給了奴婢一包香草，說這香草是薔薇姨娘家鄉的偏方，有安神之效。奴婢還怕薰香有什麼不妥，特地在自己床頭放了一夜，只覺得聞著那香味神清氣爽，夜裡也睡得更沈，這才敢給畫姨娘用上。薔薇姨娘還說奴婢照顧畫姨娘辛苦，那些首飾是犒勞奴婢的，奴婢百般推辭不掉才收了。奴婢方才是怕王妃責罵奴婢私收主子財物，才扯謊說是自己買的，奴婢給被子薰香，也是好心啊！若是知道這薰香會害得主子大出血，奴婢萬萬不敢給畫姨娘用！」

一聽粉蝶這話，薔薇磕頭道：「婢妾從未給過粉蝶什麼薰香、首飾，粉蝶所說，簡直一派胡言。婢妾雖不知粉蝶為何要栽贓陷害，但是婢妾敢對天發誓，婢妾從未做過任何傷天害理之事，更不會謀害畫姨娘和孩子。」

顧晚晴冷哼一聲。「粉蝶啊，妳一直被關在房子裡，有人看守著，對產房的事渾然不知。方才被帶進廳裡，我也沒聽見誰告訴妳畫姨娘大出血了，妳是怎麼知道是那薰香讓畫姨娘大出血呢？」

粉蝶大驚失色，知道自己說漏嘴了，驚慌轉身，一把抓住薔薇的袖子，哭道：「薔薇姨娘，您救救奴婢吧！奴婢也是為您辦事，才貪了您的好處，幫奴婢求王妃饒命啊！」

薔薇推開粉蝶罵道：「妳求我做甚？此事與我無關，妳謀害主子，死到臨頭還要誣陷我，妳好歹毒！」

雙方各執一詞，薔薇是顧晚晴院子裡出去的丫頭，她相信薔薇不會做出這種傷天害理的事，可是不能太偏袒薔薇，免得教人說她有失公道，包庇凶手。

「粉蝶，妳說薔薇給了妳薰香，如今那薰香何在？」侯婉雲突然開口。

「薰香後來又被薔薇姨娘要了回去，如今不在奴婢手上。」

侯婉雲道：「這可好辦，既然妳說薰香被薔薇要了回去，那搜搜便知，若是找出來了，人證物證俱在，可就抵不了賴。當然，若薔薇是冤枉的，也正好為她洗刷冤屈不是？咱們王妃秉公辦事，自然不會因為薔薇是陪嫁而有所偏袒。」

顧晚晴看著侯婉雲的眼睛，轉頭對手下的婆子道：「妳們現在去薔薇姨娘的院子裡，給我好好地搜！碧羅、碧媛，妳們去看著點，莫要讓人在裡頭動了手腳。」

「是！」

碧羅、碧媛領著幾個婆子去搜院子，留下廳裡幾人一片寂靜。姜恒仍是那處變不驚的樣子，姜炎洲臉色則難看到了極點。

約莫過了半個時辰，碧羅、碧媛帶著婆子們搜完回來了。碧媛手上捧著個小錦袋，來到顧晚晴面前。

「奴婢們在薔薇姨娘院子的棗樹下挖出來這個袋子。」

顧晚晴心頭一顫，當侯婉雲提出搜薰香的時候，她就知道其中必有後手，可是這要求合情合理，當著眾人的面，她又不能不搜。薔薇的院子不是什麼機密重地，素日裡人來人往，想要動手腳埋東西不是難事。顧晚晴接過袋子，打開來看，見裡頭是些乾枯的花瓣。

顧晚晴合上，將袋子遞給碧媛。「拿去給霍神醫瞧瞧。」

霍曦辰接過袋子，聞了聞，又用手指撥弄了幾下乾花，抬頭道：「我雖未見過這些香草，可是有十足把握，這袋子裡的香草，和畫姨娘被子上的香味，是同樣的。」

姜炎洲看著薔薇的眼神，頓時複雜起來。薔薇兩眼發直，癱倒在地上，嘴裡喃喃唸叨著：「我是冤枉的……婢妾是冤枉的……」

侯婉雲瞧著顧晚晴，再瞧了瞧薔薇，嘴角勾起一抹得意的笑。姜恒的目光從眾人的神情上滑過，最後眼角餘光迅速掃到侯婉雲的臉色，而後垂著頭，吹了吹手裡的茶杯。

侯婉雲指著薔薇道：「母親待妳不薄，姜家上上下下哪個苛待妳了？可妳居然包藏禍心，做出這等畜生不如的事！」

而後淚光盈盈地走到薔薇身旁跪下，一臉悲戚。「如今人證物證俱在，還請父親、母親，替畫姨娘主持公道，嚴懲凶手！」

薔薇緩過神來，不住磕頭，哭道：「婢妾是冤枉的！婢妾連見都沒見過這種薰香，更不知道怎麼出現在婢妾院子裡！」

霍曦辰抬頭，看了看跪了一地的主子丫鬟、婆子，他本是外人不想牽連進姜家的內宅之事，可是事與願違。

前頭世子妃絕子的事還沒查出來呢，這會兒又來了畫姨娘難產之事，這姜家看似平靜，人口也不多，可是這事情卻真不少。

顧晚晴心知這事絕對是侯婉雲動的手腳，可是就如侯婉雲所說，人證物證俱在，就算薔薇長了一百張嘴，也說不清楚。

她望著薔薇，又看了看粉蝶，陷入深思，忽然，腦中靈光一閃，似是抓住了什麼。她對翠蓮道：「去將粉蝶收來的玉簪子和鐲子呈上來。」

翠蓮照做，將兩樣事物用托盤呈上。

姜家分發給主子的首飾都是從店裡訂做的，顧晚晴瞧著那首飾，從做工樣式來看，正是出自那家店。

顧晚晴篤定道：「我瞧著這首飾都是姜家分發的分例，去將庫房的管事叫來，咱們來瞧瞧這到底是誰屋子裡的東西。」

粉蝶的臉色忽然變得煞白起來，配上腫脹的臉，顯出詭異的紫青色。翠蓮忙往庫房跑，請了管事的婆子和記帳的來。

沒一會兒，翠蓮領著兩個人進來。那兩人一老一少，老的年逾五旬，是個胖乎乎的婆子，年輕的約莫十幾歲，頗有幾分姿色，就是身子瘦弱得很，瞧著怯生生的，懷裡抱著厚厚的帳簿。

這胖乎乎的婆子，是如今庫房分管的張婆子，姜家的家生奴婢，世世代代服侍姜家的主子們，而這抱著帳簿的少婦，則是周帳房的妾室——柳月。

張婆子和柳月進來，雙雙跪下磕頭。顧晚晴讓翠蓮將盤子端給張婆子和柳月看。「張婆子，妳掌管姜家庫房多年，妳瞧瞧這兩樣首飾，是否是經由庫房之手發放的？」

張婆子拿起玉簪子細細看了看，又捏著鎏金鐲子觀察一番，垂首道：「回王妃的話，這兩樣首飾確實是姜家庫房發放的首飾。」

顧晚晴的心一下子提了起來，既然是姜家庫房發放的東西，定然登記在冊，若是按照冊子尋找，就可以知道是誰的東西了。

「妳們找找，看這兩樣東西發給誰了？」顧晚晴道。

於是張婆子和柳月翻開厚厚的帳簿，開始尋找。張婆子年事已高，眼睛花得看不清，記帳之事早就交給柳月，張婆子發了東西，柳月在一旁記著。如今也是柳月快速翻看，張婆子在旁邊吃力地瞧著那紙上的字。

翻了大約一盞茶的工夫，柳月指著上面的字，道：「奴婢找著發放的紀錄了，還是一年前的紀錄。冊子上說，這兩樣首飾是去年年關的時候，發給琴姨娘的。」

顧晚晴臉色一沈，叫翠蓮捧了帳簿上來，親自一瞧，果然紀錄是發給琴姨娘的，而且上頭並無半點修改痕跡。

顧晚晴的眉頭深深擰了起來。侯婉雲啊侯婉雲，妳不但遠在還未過門的時候，就給未來婆婆下絕子湯，就連準備陷害人的事，也早就安插了人進來，自己還是太大意了，太小瞧了她！

一說是琴姨娘的首飾，姜炎洲的臉色就更難看了。

「竟還有這事！」侯婉雲故作吃驚。「這……這怎麼可能？居然是琴姨娘？母親，我瞧著琴姨娘是個善心的，怎麼會做這種事？興許是誰偷了琴姨娘的首飾，一年前琴姨娘可曾丟過首飾？」

這玉簪子和鎏金鐲子價值不菲，若是丟了，琴姨娘不可能不聲張，可是在場的丫鬟、婆子都搖搖頭，說琴姨娘從未說過失丟首飾的事。

侯婉雲聽了，跪在地上，拿帕子抹著淚，哽咽道：「是我錯信了她，平日裡將她當親姊妹般看待，可琴姨娘卻做出這樣讓人心寒之事。莫不成是琴姨娘嫉妒畫姨娘生了兒子，所以起歹念，要謀害畫姨娘，然後嫁禍給薔薇？若非母親明察秋毫，咱們就要冤枉薔薇妹妹，讓真凶逍遙法外了！請父親、母親務必要給畫姨娘一個說法！」

粉蝶捂臉跪著，一見廳裡形勢變化，哭喊道：「王妃英明，奴婢再也不敢說假話了，這首飾確實是琴姨娘給的，琴姨娘不光給了奴婢首飾，還給了奴婢好些銀子，就藏在奴婢床下的磚頭縫裡。琴姨娘不但給了奴婢薰香，還囑咐奴婢，若是被人發現了，就說是薔薇姨娘給的！」

粉蝶說的銀子，很快就被搜出來了。顧晚晴冷冷看著粉蝶道：「一會兒說首飾是自己買的，一會兒說首飾是薔薇給妳的，一會兒又說是琴姨娘給的，妳嘴裡謊話連篇，橫豎都是妳兩片嘴皮一碰，什麼話都教妳說完了！」

粉蝶忙哭道：「這次奴婢說的是實話，真的是琴姨娘指使奴婢！琴姨娘還許諾奴婢，若是此事成功，就幫奴婢贖身，再給奴婢些嫁妝，讓奴婢找個好人家嫁了！奴婢是鬼迷心竅，才會答應琴姨娘！王妃若是不信，可叫琴姨娘過來，奴婢與她對質！」

「放肆！」

顧晚晴一拍桌子，氣得瑟瑟發抖。

琴姨娘即將臨盆，若真將她找來對質，說不定才說幾句話，就會驚得動了胎氣。侯婉雲先是謀害畫姨娘，若非霍曦辰發現破綻，畫姨娘和孩子早就命喪黃泉了，後來被發現又嫁禍薔薇，嫁禍完了薔薇，居然還有後手，連琴姨娘肚子裡的孩子都算計上了！這是想讓姜炎洲一房無後！

「妳這賤人，琴姨娘臨盆在即，妳要與她對質，是要害她動了胎氣，好除了她和孩子，遂了某人的意？」顧晚晴怒目瞪著粉蝶。

「晚晴。」姜恒突然放下茶杯，看著她，眼眸深不見底，可只這樣瞧著顧晚晴，卻讓她覺出別樣的安心來，心中的怒火一下子熄滅了不少，人也清醒許多。

「今日之事內情複雜，一時半刻也說不清楚，將相關的丫鬟、婆子扣押起來。薔薇妳回院子裡待著，在事情水落石出之前，不要出院子。」姜恒淡淡掃了眾人一眼，而後看向侯婉雲，聲音難得地透了幾分溫和。「婉雲，妳莫要總是跪著，省得傷了身子，快起來吧。」

公公居然這麼和善地和自己說話！語氣還這麼關切！侯婉雲頓覺受寵若驚，忙用帕子作擦淚狀，掩飾著臉上的紅暈，細聲細氣道：「是，多謝父親關心。」而後朝巧杏招招手。

巧杏忙走過去，扶起侯婉雲。侯婉雲跪久了，腿有些麻，搖搖晃晃地站起來，身子依著巧杏。

姜恒看了看巧杏，又看了看跪在地上的柳月，看似不經意地說了一句。「兒媳房裡的大丫鬟，倒和周帳房的妾長得挺像，光看著她們立在一處不說話，還以為是親姊妹呢。晚晴，妳看呢？」

眾人順著姜恒的目光，看向那並排的兩個丫鬟。

原本柳月纖細，臉尖尖的；巧杏吃得好，臉龐有些圓。可是這些日子巧杏擔憂妹妹，愁得吃不下飯、睡不著覺，整個人瘦了一圈，連下巴都尖了，如今兩個人立在一起，倒真有九分相似。

顧晚晴心裡一愣，她就說為何第一眼看柳月，怎麼這麼熟悉呢？原來是跟巧杏長得像！原先在侯家的時候，聽說巧杏有個妹妹……

姜恒此話一出，侯婉雲臉上隱隱的得意之色，瞬間僵在臉上。

柳月與巧杏是親姊妹，長得也越來越像，她千算萬算，怎麼就漏了這麼一齣？若是知道這兩個妮子長得越來越像，她早就想辦法毀了巧杏的容貌。

這柳月本是一直垂著頭跪著，眾人也不甚留心她的容貌，如今被姜恒這麼一點出，乍看之下，兩人倒真是長得很像。

這麼一來，就變得有意思了。張婆子年事已高，老眼昏花，庫房的記錄工早就交給柳月一個人完成，她想在冊子裡做些手腳相當容易。柳月的身分查起來並不難，她是周帳房買回來的妾，只要去調查買她的人，順藤摸瓜，柳月的真實身分就會真相大白。

顧晚晴看著姜恒，眼裡露著欽佩。

比起朝堂上那些暗流湧動的黨派之爭，也許在姜恒看來，後宅裡那點事，就跟小孩子扮家家酒似的。他不是不知道，只是懶得管，堂堂平親王，是不會把精力浪費在後宅上的。除非像今日，有人處心積慮要謀害姜家子嗣，陷害旁人，姜恒才會出手。

顧晚晴毫不掩飾眼裡明媚的神采——別人家的主母得自己撐起一片天，鬥小妾、鬥妯娌、鬥兒媳，可她顧晚晴有夫君撐腰，她怕什麼？

姜惠茹一直在一旁安靜坐著，此時聽了大伯的話，便起身走過去，一手拉著柳月，一手拉著巧杏，笑嘻嘻地將兩個人打量一番。

「大嫂，這兩個丫鬟就跟一個模子刻出來似的，這天底下怎會有長得這麼像的人呢？」

侯婉雲扯出一個勉強的乾笑。「是有點像，我以前倒是沒注意。不過這天下長得像的人多了去，只是湊巧罷了。」

「湊巧？」姜惠茹笑得跟朵花似的，轉頭看著顧晚晴。「大伯母，妳說這事多湊巧啊！惠茹只在書裡瞧見過一句話，叫做『無巧不成書』，沒想到今天居然碰上了，真是天大的『巧事』呢！」

姜惠茹拉著柳月道：「柳月，快告訴我，妳和巧杏是親姊妹吧？妳姊姊可真狠，把妳嫁給那麼大年紀的周帳房，我聽說周帳房脾氣不好，經常打罵妾室，真是委屈妳了……」

柳月咬著唇，她與姊姊相見卻不能相認，心裡苦極，只能搖搖頭道：「回大小姐的話，奴婢自小無父無母，也無兄弟姊妹，是個孤兒。」

「嘖嘖，不是親姊妹，還這樣相像，真是太巧了！」姜惠茹咋舌道。

「這天底下湊巧的事多了，只是妳沒見過罷了。」

錦煙不知何時來到門口，她比姜惠茹輩分高，因此對姜惠茹說話，就不自覺帶了幾分長輩的威嚴。

姜惠茹循聲看去，只見錦煙立在門口，嘴巴一下子嘟了起來，她就知道錦煙姑姑一來，準沒好事，肯定是要護著侯婉雲的。

錦煙朝前走了幾步，對姜恒夫婦行禮，而後道：「王爺，此事有粉蝶為人證，庫房的冊子、首飾、薔薇院子裡挖出的薰香花瓣為物證，事實清楚，請王爺、王妃務必給畫姨娘一個公道。」

只說粉蝶和那幾個死物，卻不提柳月與巧杏可能為親姊妹的事，錦煙這話袒護意味十足，就連姜恒都皺起眉頭。

顧晚晴把目光投向姜恒，輕聲道：「請王爺秉公處理，莫要冤枉好人，也莫要放過壞人。」

姜恒放下茶杯，淡淡道：「將粉蝶和畫姨娘屋裡的婆子、丫鬟都收監待查，其餘人等都散了吧，記得管住自己的嘴巴，若是琴姨娘聽見了什麼不該聽見的話，動了胎氣……想想你們長了幾個腦袋！」

而後姜恒起身，眉眼間帶了一絲厭倦，自顧自地往門外走。

顧晚晴雖然有異議，不過姜恒既然這麼說，自有他的安排，於是也跟著姜恒出了門。

光把畫姨娘屋子裡的人收監，那柳月和巧杏呢？就這麼放她們回去？姜惠茹心直口快，剛想質問大伯，一隻手便抓住了她的胳膊，將她拽了回來。

姜惠茹一回頭，瞧見是霍曦辰拉著她，忙道：「你抓我做什麼？」

霍曦辰一臉恨鐵不成鋼，將姜惠茹拉到院子外頭一個僻靜的角落。「妳大伯方才都那麼說了，妳再上去質問他，豈不是在那麼多人面前讓妳大伯沒臉？」

姜惠茹氣鼓鼓道：「大伯偏心，錦煙姑娘一來，他就偏心！惠茹看不慣！那兩個丫鬟明明就有問題，惠茹瞧著肯定是大嫂在裡頭做了手腳！」

霍曦辰無奈道：「難不成妳以為就妳聰明，就妳能看出來？妳大伯是什麼人，他會瞧不出裡頭的門道？」

霍曦辰此話不假，姜恒不是糊塗人，他能一語道出柳月、巧杏的容貌相似，絕對不是隨口一說。霍曦辰見姜惠茹若有所思，繼續道：「我瞧著王爺應該已經知道凶手是誰，只是礙於某些原因，不能明擺著說出來，只能先敲打敲打那人，讓那人知道害怕，收斂一些。」

姜惠茹是個一根筋的姑娘，她跺著腳道：「惠茹不管，惠茹只知道殺人償命，天經地義，惠茹要去問大伯！」

說罷，姜惠茹一個扭腰就跑了，留霍曦辰在後頭直嘆氣。

姜惠茹到了書房，門口的碧羅一瞧見這位大小姐的臉色，明明白白寫著「興師問罪」四個大字，不用問，就知道為何而來。

姜惠茹進屋裡時，姜恒正和顧晚晴在書房裡，姜惠茹道：「大伯，今日之事，你為何只調查畫姨娘屋裡的人，卻放了柳月和巧杏回去？」

姜恒淡淡看了眼這火急火燎的姪女，顧晚晴忙上去，拉著姜惠茹坐下，又往她手裡塞了杯茶。「瞧妳急得一臉汗，快喝些茶休息下。」

姜惠茹喝了口茶，嘟著嘴巴看著姜恒，撒嬌道：「大伯，那巧杏、柳月明明就有問題，大伯為何不查她們？」

姜恒笑得慈愛，搖搖頭道：「不用查。」

「為什麼不用查？」姜惠茹吃驚道。「難不成讓凶手逍遙法外？」

姜恒笑了笑，問道：「惠茹，將來妳嫁人，成了人家的兒媳婦，妳房裡的小妾被人害了，妳要如何處理？」

姜惠茹想都不想，答道：「自然是查明真相，告之公婆，將凶手繩之以法。」

姜恒點點頭。「若是公婆已經知道真相了呢？」

姜惠茹愣住了，對啊，之所以調查，就是要讓姜家地位最高的兩個人知道真相。因為只有他們有權處置凶手，否則就算所有人都知道凶手是誰，又有何意義？

看樣子大伯、大伯母都知道背後的凶手是誰了，那麼查下去的意義又何在？

「已經知道了……那、那就公布真相，懲罰凶手，血債血償！」姜惠茹道。

姜恒又道：「若是暫時無法將凶手繩之以法呢？」

「為什麼不能？」姜惠茹不解地看著姜恒。「我姜家百年世家，竟連個毒婦都懲治不了？難不成還怕了誰不成？」

「惠茹莫急，妳大伯說了，只是暫時而已。」顧晚晴拉著姜惠茹的手，替她這正義又可愛的姪女攏了攏頭髮。「方才妳大伯告訴我，前日邊關來報，說安國侯平定了南疆的叛亂，小侯爺在西北痛擊匈奴，打了大勝仗，從此後至少十年，南疆與西北再無戰亂，這可是天朝開國以來，最大的功勞了。再過半個月，安國侯和小侯爺就要回京領賞受封了，聖上龍顏大悅，如今安國侯和小侯爺乃是當今聖上面前的第一紅人。」

顧晚晴此話一出，姜惠茹眉頭皺了起來。她雖然心思純淨，可並不傻，侯家正得聖心，就算查出侯婉雲謀害子嗣之事，也只能不了了之，難不成為了個小妾，去把第一功臣最寵愛的女兒砍了頭？

想通了這一層，姜惠茹的腦袋耷拉了下來，她知道侯婉雲這次定是有驚無險，誰也不會在這個節骨眼上找她的麻煩。姜惠茹嘟囔著，有些不甘心。「難不成大伯就放任她繼續害人？」

姜恒淡淡笑了笑。「惠茹莫急，我與妳大伯母心裡有數，日子還長著呢，待時候到了，咱們秋後算帳。」

第二十一章

姜恒親自吩咐手下暗中調查畫姨娘難產一事。

姜恒的人脈遍布朝堂，侯婉雲只是個深閨婦人，就算有通天的本事，也瞞不過姜恒的眼睛。

當然，明面上的功夫還是要做的。姜家後宅裡，顧晚晴配合著演了場戲，先是連著三天三夜，把畫姨娘院子裡的一干丫鬟、婆子輪番審問，可還沒審出個結果，粉蝶、藍蝶就畏罪自盡了。

與此同時，姜家一處偏僻的別院住進了兩個不起眼的鄉下小姐，誰也沒有注意到。

沸沸揚揚的畫姨娘難產一案，就在粉蝶、藍蝶的死後結案。顧晚晴得出結論——粉蝶、藍蝶謀害主子，薔薇和琴姨娘是被陷害的，並未參與其中，那些首飾是粉蝶偷來的，並非別人饋贈。

顯然這一結論漏洞百出，不過姜家主母審的案子，誰敢說個不字？

可是明面上無人非議，卻堵不住暗地裡的流言四起。薔薇是顧晚晴的陪嫁丫鬟，所以在粉蝶、藍蝶自盡後，姜府裡就有流言蜚語傳出，說姜家主母護短，縱容陪嫁丫鬟爭寵，謀害子嗣。

翠蓮聽見後很是氣憤，為顧晚晴抱不平，可是顧晚晴聽見謠言之後，只是淡淡地笑了。

「這是好事，若非有這謠言，那些人的狐狸尾巴怎可能這麼快就露出來。翠蓮，妳可還記得當年我管家奪權之前，叫妳和妳娘去府裡探聽消息的事？」

翠蓮眼睛一轉，忙道：「奴婢記得。」

顧晚晴點頭。「去，暗地裡打探打探，都是誰在傳這些消息，將名單都記下來，交給我。」

翠蓮應了一聲，忙去辦事。

顧晚晴一個人靜靜坐著沈思，這姜家早就被她肅清了一遍，可現在還是有吃裡扒外的東西，這些人是萬萬不能留的。

顧晚晴又是審案，又是忙著照顧畫姨娘和剛出生的姜家長孫姜玄安。這名字是姜恒親自取的，玄字一輩，安字意寓平安，玄安兩字諧音懸案，又指這孩子出生時引發的懸案。姜玄安先天不足，生時又逢難產，故而體虛柔弱，讓顧晚晴操了不少心。

前前後後折騰了十來天，姜家主母終於操勞過度，病倒了。

安國侯和小侯爺立功的事此時也傳遍了朝野，再過五日他們就要抵京受封接賞了。

娘家勢大，侯婉雲的腰桿子挺直了不少，再瞧著那病殃殃的婆婆，侯婉雲突然覺得風水輪流轉。

原先是婆婆仗著身分壓自己一頭；如今侯家將要晉爵封王，父兄至少十年內會駐紮在京城裡，自己就有了靠山。

安國侯、小侯爺大捷而歸，聖上龍心大悅，犒賞三軍，在宮中擺下宴席，為安國侯慶功。

如此盛大的宴會，除了官員參與，自然還有命婦，姜恒夫婦當然不能缺席。而侯婉雲是功臣之女，所以也特許她入宮參加。

宴會當天，侯婉雲早早就梳洗打扮好。

顧晚晴按照命婦規矩穿戴打扮，可這幾日操勞過度，身子真是有些不爽，臉色顯得蠟黃。

「王妃，您怎麼不多敷點粉呢？瞧著這樣子多憔悴，這幾日王爺都心疼得不行。」翠蓮道。

顧晚晴擺擺手。「不必敷那麼厚的粉，這樣便好。」她既然病了，就得病得有些價值，哪能白白讓身子受罪？

收拾妥當，眾人去前廳集合。

顧晚晴瞧見了侯婉雲，梳著流雲飛月髻，穿著錦繡繁花袍，面上妝容精緻，神色楚楚可憐，好似一朵無瑕的白蓮花。

比起兒媳婦，顧晚晴站在侯婉雲旁邊，別提有多憔悴了。

姜恒瞧見妻子這樣，心疼得直皺眉頭。

三人分別上了轎子，進宮赴宴。

宴會設立在夜華廳，轎子先是經過了九道門，而後按照品級換了宮中軟轎，將女賓送至偏廳、男賓送至主廳。

婆媳二人同其他貴婦人一道吃茶說話。其間侯婉雲表現得恭敬孝順，顧晚晴十分配合地對兒媳婦讚不絕口。

這邊婆媳妳來我往，相互誇耀。

那邊姜恒與安國侯坐在一處，聊得甚為開懷。

姜恒轉頭，朝偏廳瞧了一眼，隔著碎碎密密的珠簾，看見顧晚晴的身影，旁邊還站著那亭亭玉立的兒媳。

這些日子，姜恒調查畫姨娘難產之事，意外發現了其他的蛛絲馬跡，這些幕後之事讓姜恒對這位出身庶女，卻成功飛上枝頭變鳳凰的兒媳婦格外留心。

事實證明，被這位第一權臣惦記上，是沒有好結果的。

姜恒回頭淺笑看著意氣風發的安國侯，聊著聊著，不經意就將話題拐到了安國侯去世的夫人和嫡親大小姐身上。

姜恒看著安國侯，寬慰道：「我亦深知喪妻之痛，對侯爺之痛感同身受。令人欣慰的是，侯爺還有個孝順懂事的好女兒。」姜恒這話，指的自然是侯婉雲。

安國侯嘴角扯出一抹笑，聽見姜恒提到「侯婉雲」，並未流露出更多神色。看來他對這個庶出女兒，並不怎麼上心，是看著逝去妻女的面子，才對她另眼相看。

兩人坐著喝茶談心，而後傳旨的公公進來，告知大臣們去前殿，皇帝要封賞侯家。前朝議事，沒有婦人的事，婦人們都聚集在偏廳裡喝茶聊天，等著封賞完後的宴席。

侯婉雲惦記著封賞之事，時不時向外頭看，待到快入夜了，前頭才傳來消息，說聖上封安國侯為安國公，世襲三代降爵，封安國公世子侯瑞峰為從二品鎮軍大將軍，除了犒賞三軍之外，還賞良田千頃、黃金萬兩、珠寶無數，又將京城南郊一處皇家別院賞給侯家。

顧晚晴從懷中掏出一個繡金的紅錦囊來，遞給傳消息的小太監。「辛苦公公了。」

小太監掂了掂分量，笑得嘴巴都快咧到耳根了。「安國公和鎮軍大將軍領了賞，而後安國公說自己年事已高，要頤養天年，聖上雖然再三挽留，但安國公一再堅持，最後交了兵權。」

顧晚晴笑了笑，父親是個聰明人，並不貪戀權勢，急流勇退方是長久之策，可保侯家長久平安。

侯婉雲露出得意之色，這下她的靠山可是又穩又大了。

前朝封賞完畢，後頭的宴席也擺好了。

官員和命婦們按照等級落坐，顧晚晴恰巧與左相夫人挨著坐，而侯婉雲則在婆婆身旁伺候。

皇帝攙著太后、皇后落坐，宴席開始。

酒過三巡，觀看歌舞表演，聖上興致極高，宴會的氣氛也輕鬆不少。顧晚晴不動聲色地掃了一眼太后、皇后那邊。昭和公主也來參與宴會了，昭和公主已經出嫁，許是婚後生活甜蜜，因此氣色極好，面色紅潤，整個人容光煥發。

只見昭和公主對太后耳語幾句，太后先是皺了皺眉，而後昭和公主嘟著嘴說了幾句，太后無奈地笑了，接著朝侯婉雲招招手。「婉雲，過來來哀家身邊坐著。許久不見，哀家怪想妳的。」

按照侯婉雲的身分，本輪不到她去太后身旁的。

太后此舉，明明白白告訴眾人，在太后心裡，侯家這位女兒是受重視的，本次慶功宴本就為侯家父子所辦，如今侯家之女又得了太后的關注，侯家的榮寵之盛自不必說。

侯婉雲面色微微泛紅，走了過去。太后和昭和公主一人拉著她一隻手，親切地說著話，而後還叫人加了椅子，讓她坐在旁邊。眾目睽睽之下，被天朝最尊貴的兩個女人當眾施恩，侯婉雲覺得脊梁挺得更直了。

太后這邊的動靜，姜恒自然看見了。

他朝侯婉雲望了一眼，並未把此事太放在心上。宮裡的人，個個都是人精，自侯婉雲將姜家後宅之事鬧大後，精明如太后，不可能看不穿其中門道。太后此舉，多半是做做樣子，拉攏安國公罷了。

酒宴進行得差不多了，官員們同聖上一起去看歌舞表演，女賓們則同太后和公主遊園。此時已經入冬，院子引入南山的溫泉，專門闢了一處太掖池，裡頭養了些花兒，奇巧的工匠算準時間，正好讓花兒在宴會當晚綻放。

滿園的花朵爭奇鬥豔，看花了人眼，女賓們三三兩兩地遊園賞花。

顧晚晴約了左相夫人一道同行，剛走幾步，就見芳姑姑過來。「給兩位貴人請安，太后請王妃陪著去賞花呢。」

顧晚晴告別左相夫人，跟著芳姑姑一路往太掖池走去。

太后和昭和公主在太掖池中央的宮殿裡，需要乘坐小船過去。芳姑姑同顧晚晴上了船，船行了一會兒，穿過層層荷葉，有清秀的宮女接船，扶了顧晚晴上岸。「奴婢給王妃請安，王妃請隨奴婢這邊來。」

太掖池中間的宮殿，說是宮殿，不如說是半個露臺，四周掛著紗帳，裡面傳出美妙的樂曲，夾雜著女子的嬉笑聲。

顧晚晴進了宮殿，正襟跪下。

「臣妾給太后、公主請安。」

太后溫和又不失威嚴的聲音在頭頂飄蕩。

「平身，給平親王妃賜座。」

芳姑姑扶著顧晚晴起來，顧晚晴一抬頭，瞧見侯婉雲親暱地依偎在太后身邊。侯婉雲看見顧晚晴朝自己看來，眼眶立馬紅了，用那濕漉漉的眼睛望著太后，似是委屈，卻不敢求助，而後垂下頭，吸了吸鼻子，再抬頭，已露出略帶勉強的溫順笑容。

顧晚晴一瞧，心裡就止不住的噁心。

侯婉雲嘴上不說，委屈全寫臉上，還偏生裝作深明大義，將苦水全往肚子裡吞的模樣。

顧晚晴垂頭，目光偏了偏，瞧見芳姑姑朝自己投來的寬慰眼神。芳姑姑是太后跟前的老人，深知太后脾氣，太后的態度，就是芳姑姑的態度，瞧著芳姑姑對自己諸多照顧，顧晚晴反而不擔心了。

太后面容親切，跟顧晚晴話了些家常。

顧晚晴身子本就帶著病，如今更顯出疲態，不過還是挺直身子坐著，只是臉色太差，太后一眼就瞧出她身子有恙。

「哀家瞧著王妃臉色不太好，可是身子不適？」太后關切問道。

顧晚晴笑著答道：「回太后的話，臣妾最近身子是有些不大好，不過都是小毛病，多謝太后關心。」

顧晚晴話音剛落，侯婉雲的聲音就悠悠響起。

「回稟太后，母親最近連日操勞，又憂思深重，所以才患病的。是雲兒不好，未能替母親分憂。」

太后眼中閃過一絲不快，她跟平親王妃說話呢，侯婉雲怎麼就跑來插嘴了？當著自己的面，都能截她婆婆的話，誰知道在姜家會翻出什麼浪呢？上次不是叫芳姑姑特地去提點她了，怎麼就沒點長進？虧她還是自己親自指婚的媳婦，真是丟皇室的臉。

太后就是太后，雖然心裡不痛快，卻沒表現出異樣，也不接侯婉雲的話，而是笑著看著顧晚晴的反應。顧晚晴只看了侯婉雲一眼，笑容沒有一絲鬆動，也不接侯婉雲的話，而是扯開話題。「年關將近，宮裡頭想必事情繁多，請太后保重鳳體，皇上和太后身體康健了，才是我們做臣子的福氣。」

昭和公主一直在旁欣賞歌舞。

彼時她還待字閨中，被太后保護得極好，雖說身處宮廷，卻極少遇見勾心鬥角之事。如今她已嫁為人婦，雖然身分尊貴，可是畢竟離了宮廷，住在夫家，就算無姨娘庶子的糟心事，可是婆媳、妯娌、姑嫂之間，難免暗流湧動。昭和公主的夫家是天朝極有威望的世家，她的小姑還未出嫁，在家中甚得父母兄長喜愛。遇見那小姑，也讓昭和公主見識到什麼叫人心險惡、口蜜腹劍，如今的昭和公主，褪去稚氣，顯得成熟許多。

顧晚晴看著曾經的玩伴不再是單純衝動的小女孩，眼裡多了幾分欣慰。昭和公主也似感應到了什麼，對上顧晚晴的眸子，只看了一眼，就晃了心神。

那面容、那眼睛，都是陌生的，昭和公主從未見過這位平親王妃，可是不知為何卻對她的眼神異常熟悉。昭和公主的心思被顧晚晴吸引了過去，也無心欣賞歌舞，而是暗暗留意起這邊的動靜。

侯婉雲垂著頭，咬著唇，她本想藉著機會把畫姨娘難產的事抖出來，讓太后覺得顧晚晴治家無方，如此一來她作為大兒媳肯定是要執掌家業的，只是那婆婆又將話題岔到一旁！

太后見顧晚晴一笑置之，心裡頗為讚許，這王妃一瞧就是個識大體之人，若是顧晚晴當眾表示不滿，那也就失了體面，有什麼話可以留著回家慢慢說，畢竟家醜不可外揚。

侯婉雲見太后和顧晚晴話題越扯越遠，不禁有些焦急，恰巧此時有宮女捧著新鮮的瓜果進來，侯婉雲靈機一動，忙起身接了果盤來，先是親手捧給太后和公主，而後捧著果盤走到顧晚晴身邊，恭順道：「這些瓜果都是極好的，這個時節外頭可吃不到呢。母親連日操勞，讓媳婦侍奉母親用些吧。」

顧晚晴眼裡帶著笑。「雲兒有心了。」

宮女撥了片新鮮的瓜遞給太后，太后品嚐一口，笑著說：「這瓜果是讓人種在溫泉附近，藉著地氣，方才能這個時節開花結果。雲兒未出嫁時，不是蓋了個琉璃屋嗎？據說裡頭四季如春，就連冬天都繁花似錦。雲兒不如在姜府也蓋一座，好讓妳母親時時能吃上新鮮瓜果。」

這朝代的琉璃是極為貴重之物，當年侯婉雲本著捨不得孩子套不到狼的心態，傾盡所有賞賜才蓋了一間，還是為了圖謀嫡母的財產。如今這惡婆婆處處與她為難，上次又藉纏足之事狠狠敲了她一筆，如今織造坊財政緊張，要勒緊褲帶湊銀子，才能再蓋一間。

這賠本的買賣，侯婉雲心裡是一萬個不願意，但她儘量讓自己笑得自然。「太后說得是，若是母親喜歡，雲兒再為母親蓋一間便是。」

顧晚晴忙笑著道：「回太后的話，臣妾也聽說過琉璃屋，據說當年安國公夫人喜歡吃江南的新鮮蔬果，又苦於京城路途遙遠，總吃不上。雲兒這孩子孝順，特地蓋了那琉璃屋給她嫡母栽培蔬果，那可是雲兒對自己娘親的一片孝心，臣妾這個當婆婆的，怎麼好意思讓兒媳婦破費？」

顧晚晴此話一出，侯婉雲是不想答應也得答應了，若她推託不肯，就明擺著說婆婆不如嫡母，親疏有別，那孝心的分量也不同。

於是侯婉雲趕忙說：「母親這話就見外了，銀子不過是身外之物，哪裡比得上母親重要？」

太后笑咪咪地看著侯婉雲，方才她恃寵而驕地插嘴，如今得給她教訓，吃點苦頭才好。「孝順」二字不是僅僅翻翻嘴皮子，漂亮話誰不會說呀？總歸誇侯婉雲兩句好話又不費銀子，太后笑開花了，連連讚許道：「雲兒這孩子就是孝順，昭和啊，妳可得多學著點，好好侍奉公婆。」

昭和公主笑道：「是，女兒知道了。」

光為了太后口中「孝順」兩字，侯婉雲這次又得出不少血。自己還沒開口告狀呢，就先被榨出一大筆銀子，侯婉雲不禁肉疼，瞧著天色晚了，再不說出來，恐怕太后就要回宮就寢了，不免有些心浮氣躁。

顧晚晴瞧著侯婉雲的神色，知道她不甘心，定要在太后面前告一狀。她撿了塊瓜果放在口中，細細咀嚼，心裡盤算起來——侯婉雲以為畫姨娘難產之事以粉蝶、藍蝶自盡告終，並未追查出更多幕後，更不會牽扯到她自己身上，卻不知她那當朝第一權臣的公公姜恒，已經暗中調查清楚了。就算太后真的追究起顧晚晴治家不嚴，她也能拿出證據，況且……若此事真的抖落出來，還不知該擔驚受怕的是誰呢！

果然，侯婉雲伺候顧晚晴用了幾片瓜果後，眼眶就泛紅了，顧晚晴很配合地問道：「雲兒這是怎麼了？這大好的日子，怎麼哭了？」

侯婉雲用帕子擦了擦眼，勉強笑道：「雲兒瞧母親憔悴的，心裡頭難受，心疼母親連日操勞。」

昭和公主一直默不作聲，此時突然開口。

「王妃辛苦了，將近年關，事情是多了些，可不至於累得病了啊，家裡難道連個幫襯的人都沒有？」

這話暗地裡是在指責侯婉雲不幫婆母分憂，可是侯婉雲此時急著想告狀，一時沒聽出昭和公主的弦外之音，還以為她如同往常在幫自己說話。

於是侯婉雲接了話，拐著彎將畫姨娘難產，顧晚晴包庇陪嫁丫鬟，讓關鍵證人死在牢裡的事說了出來。

言語裡都是心疼婆婆持家不易，可是話外之意，卻是婆婆無能，連後宅都管不好，甚至險些將姜家長孫的命賠進去，甚至還隱隱責怪婆婆不該給自己丈夫安排那麼多房姨娘，弄得大房烏煙瘴氣。

侯婉雲哭訴完，末了抹了把眼淚，抬頭瞅著太后。

太后臉上始終掛著淡淡的笑。昭和公主臉色卻不好，嘆了口氣，輕輕搖了搖頭。

顧晚晴側頭看了一眼芳姑姑，見芳姑姑朝自己擺擺手，於是眼觀鼻、鼻觀心地坐著，時不時用幾片瓜果，似乎侯婉雲說的全然不關她的事。

場面上身分最尊貴的三個女人都沈默著，偌大的宮殿突兀靜了下來，只聽著呼呼的風捲著紗簾的聲音。

太后面上不露喜怒，心裡卻恨不得將這討人嫌的東西轟出去！

這京城大戶裡，哪家的後宅沒這些糟心事？

身為姜家嫡長房的媳婦，連自己院子裡那幾個姨娘都收拾不住，還險些鬧出一屍兩命，這是治家無能！還讓婆婆給她收拾爛攤子，將婆婆累病了，竟有臉指責婆婆，這是對上不孝！

婆婆幫她管那些姨娘是情分，說明這是心疼兒媳，她卻不好好反省，還有臉跑到宮裡哭訴？

就算是皇上後宮出了謀害懷孕妃嬪之事，太后第一個要問責的也是皇后啊！

小戶人家的閨女都知道「家醜不可外揚」的道理，還是侯婉雲明知家醜不可外揚，卻仗著父兄立功，料定了太后看在安國公的面子會偏袒她，才這般肆無忌憚？

皇家最忌諱當臣子的挾恩自重，如今安國公的戰功熱呼呼地剛出爐，侯婉雲就來了這麼一齣，怎麼能不讓太后心裡生厭？

太后想到的，昭和公主自然也想到了，如今她也冷眼瞅著侯婉雲，不再出聲。

侯婉雲瞧著一時間冷了場，頓時尷尬起來。她看了看氣定神閒的顧晚晴，又求助似的看向昭和公主。昭和公主彷彿沒看見她似的，眼神和她對了個空，而後轉過頭望著外頭的夜色，不知在想什麼。

侯婉雲頭皮有些發麻，怯生生地看著太后。太后面上瞧不出喜怒，高深莫測。

「太后？」侯婉雲心虛地喚了一聲。

「嗯……」太后悠悠地應了一聲。

雖然很想把這煩人精轟出去，但是畢竟她父兄的功勳放在那兒呢，人家前腳勝利回朝，太后若是後腳就罰了人家的女兒，怕寒了功臣的心。

所以太后雖然心裡一萬個不樂意，還是得作個姿態。

「王妃啊，雲兒說的可是真的？若屬實，那姜家的後宅是有些不太平了啊！」

太后隱隱頭疼，這平親王妃可是姜太傅的愛妻，誰都知道姜恒愛妻如命，萬一話說重了，顧晚晴一個委屈，回家教姜恒瞧出來，這可不美。只希望顧晚晴能瞧出她的不易，別當場跟侯婉雲翻了臉，讓她左右為難。

顧晚晴面上帶著恭敬的笑。「回太后的話，雲兒方才所說，倒是九分不虛，只是那案子並未結案，臣妾還在追查，事關人命，臣妾不敢輕率，定要仔細追究清楚。臣妾自知持家無方，實在愧疚，不敢推託罪責。臣妾今後必當自省，兢兢業業，管理好姜家內宅。」

聽了顧晚晴這話，太后心裡寬慰，平親王妃果然知道什麼時候該進，什麼時候該退。如今顧晚晴嘴上服個軟，認個錯，讓太后免去為難尷尬，這個情分，太后記在心裡。

侯婉雲垂著頭不屑地撇嘴。粉蝶、藍蝶人都死了，妳上哪兒追查？這麼說分明是怕太后怪罪妳無能，所以故意說案子還在查吧！

於是侯婉雲立刻朝顧晚晴屈身行禮。「原來案子還在追查，真是辛苦母親了，母親要多保重身子啊。」

而後對太后跪拜，懇懇切切道：「啟稟太后，那凶徒窮凶極惡，又累得母親病倒，待到他日水落石出，將凶手緝拿歸案，還請太后為我姜家主持公道，嚴懲凶手！」

侯婉雲篤定這事死無對證，咬死了顧晚晴治家無能！

顧晚晴心裡倒是樂了。原本還發愁過些日子等侯家的風頭過後，怎麼把畫姨娘難產的內情讓太后知道，又不會顯得刻意，侯婉雲就自己送上門來了！

聽侯婉雲這麼一說，太后又是一陣頭疼，人家平親王妃嘴上都服軟了，說自己治家無方，今後會改正，可這侯婉雲怎麼非要死磕著？

太后不想搭理侯婉雲，可是面子上的功夫還是要做做的，於是笑道：「哀家自然會主持公道。」

得了太后的應許，侯婉雲總算滿意了點，可是瞧著太后沒責備顧晚晴，還是不甘心，剛想繼續煽風點火，就被昭和公主截了話頭。

「雲兒，妳陪我去園子裡逛逛，妳我許久都沒好好說說話了，今兒得空好容易聚聚，咱們出去說會兒話。」

昭和公主實在看不慣侯婉雲那蹬鼻子上臉的樣子，分明是咄咄逼人告婆婆狀，還裝得跟朵小白花似的，跟她那討人厭的小姑一模一樣！無奈太后都給了她幾分薄面，昭和公主也不好發作，只能趕緊帶走侯婉雲，還太后一個清靜。

太后一看女兒來解圍，巴不得侯婉雲趕緊走呢。「是啊，妳們許久未見，定有許多體己話說，就去園子裡逛逛吧。」

侯婉雲一聽昭和公主都這麼說了，心想這次就放過那惡婆婆，總歸讓太后心裡有數就夠了，於是高高興興跟著昭和公主往外頭走。

太后瞧著侯婉雲的背影，長吁一口氣。顧晚晴一直微笑坐著，將太后眼中那抹一閃而過的厭惡盡收眼底。

天色漸晚，顧晚晴陪太后說了會兒話，太后便說身子乏了，顧晚晴知趣告退。

芳姑姑親自送顧晚晴上船，將她送去園子裡。顧晚晴塞了包沈甸甸的小金錠子給芳姑姑，笑道：「煩勞姑姑提點了，時辰也不早了，我去尋了我家兒媳婦，該出宮了。」

芳姑姑派了兩個侍女提著燈籠服侍顧晚晴左右，而後回去伺候太后。

侯婉雲跟昭和公主正在太掖池邊的亭子裡欣賞歌舞，那歌舞臺搭建在湖上，有身姿曼妙的女子在輕舞，遠遠望去如同仙子。顧晚晴進了亭子，昭和公主熱情地招呼她坐下。「這是西域新進貢的茶品，還有南疆秘製的點心，王妃請慢用。」

三個端著托盤的清秀宮女走上前來，將茶品點心擺在三人面前。顧晚晴剛捻起一塊糕點，就瞧見眼前寒光一閃，其中一個宮女從袖子裡拔出一把短劍，直直朝昭和公主刺來！

侯婉雲的位置本是擋在昭和公主和那宮女之間，她見狀一個閃身，躲到一旁，倒將昭和公主整個人都晾了出來，暴露在那短劍的寒光下。

亭子裡都是女子，此時都驚呆了，眼看著那短劍就要刺到昭和公主。太后此時還在湖心的露臺上，將這一幕盡收眼底，驚呼一聲：「昭和！」

昭和公主一時愣在原地，忽然旁邊立起一人，飛起一腳踹在那刺客手臂上，而後一隻手抓住刺客手腕奪過短劍。

「有刺客！快保護公主！」顧晚晴一手持劍立在昭和公主身前，大聲呼喊。

場面一下子混亂起來，不知道從哪裡湧出一大批刺客，朝亭子衝來。今晚這園子專門接待女客，男侍衛都在園子外保護著，如今園子裡伺候的除了宮女就是太監，眾人驚慌亂竄。

顧晚晴見狀，知道大事不妙。一手持劍，一手拉著昭和公主，低聲說：「公主，這裡人多，妳跟我躲起來。」

顧晚晴拉著昭和公主出了亭子，找了一處假山躲著。昭和公主嚇得瑟瑟發抖，顧晚晴使勁捏了捏她的手，堅定道：「公主莫怕，臣妾就算拚了這條命，也會護著公主周全！」

昭和公主點點頭，躲在顧晚晴身後，兩人蜷縮在假山的縫隙裡。忽然，一個刺客發現了她們，大喊：「那狗公主在此！快來殺了她！」

刺客轉身，張牙舞爪地衝過來。顧晚晴一咬牙閃身迎上，出其不意將短劍戳進刺客心窩。那刺客悶哼一聲，倒在地上。顧晚晴雖在軍中待過，卻沒殺過人，此時她強忍著手抖，趕緊撿刺客的短劍塞給昭和公主。「公主，妳拿著劍，必要時就往刺客心窩上刺！」

昭和公主看著地上的屍體，臉嚇得煞白，愣愣點頭。就在這時，刺客的同黨到了，三個扮作宮女的女刺客逼近。顧晚晴讓昭和公主往假山深處跑，自己仗著所學的劍法，硬著頭皮出去跟那三人纏鬥。顧晚晴劍法並不高明，也無多少實戰經驗，身上很快就掛彩，所幸傷的位置並不致命。

那幾個刺客顯然目標明確，是要刺殺公主。其中兩人纏住顧晚晴，一人朝昭和公主奔去。顧晚晴見狀大驚，以肋下受了一劍為代價，殺死了一個刺客。

昭和公主握著短劍，瑟瑟發抖看著逼近的刺客，絕望地閉上眼睛，忽然聽見耳邊有人在喊。「碩兒！用我教妳的長溝落月！快！」

昭和公主閉著眼，一咬牙，一個反身刺出了手中的劍。那女刺客沒料到嚇破膽的公主竟會突然出手，毫無防備地中劍倒地身亡。

「公主，沒事吧？」顧晚晴解決了另一個刺客，踉蹌著跑來，一把抓著昭和公主檢查她是否受傷。

昭和公主此時渾身發抖，大腦一片空白，腦子裡都迴盪著方才顧晚晴喊的那句。「碩兒，用我教妳的長溝落月！」

碩兒，這世上只有兩個人這麼稱呼她。一個是當朝太后，另一個是她從小的玩伴，已經去世的安國公嫡長女——侯婉心。

而那招長溝落月，是侯婉心教她的唯一一招劍法。

第二十二章

尖叫奔跑的宮女、花容失色的貴婦，在刀光劍影中，滿院子的繁花散落。侯瑞峰一手持劍，四處張望，搜尋著昭和公主的身影。

這次南疆戰敗，與天朝談和，可南疆有一部分主戰派的大臣堅決反對議和，於是派出了殺手。

天朝皇帝身邊重兵把守，憑藉刺客的力量根本無法近身，所以他們就把主意打到皇親國戚的身上。

這個院裡都是女眷，太后、公主和朝中重臣的家眷在其中，侍衛都在周邊把守。太后身在湖中的露臺宮殿，難以接近，而昭和公主在院中看戲賞花，故而被鎖定為刺殺的目標。那批南疆的刺客認為只要殺掉昭和公主，那麼天朝和南疆就勢必不可能坐下議和，戰事又將開啟，那時候他們就可以藉此機會發動內亂，篡位奪權。

刺殺行動一曝光，皇帝就立刻派了侍衛營救，侯瑞峰也領命前來，此時宮中侍衛和刺客們殺成一團，喊殺聲響徹整座皇宮。

夜幕濃重，四處光影重重，假山處隱約能聽見有人呼喊。

侯瑞峰朝那邊看去，看不清那人的正臉，只見那個身影一手握著短劍，和女刺客纏鬥。

那女子武藝並不高強，乍看之下除了身形修長一些，和院中其他女子並無特別之處。

可是就是這麼一個平凡無奇的身影，讓侯瑞峰的呼吸幾乎停滯下來。眼前的身影，和記憶中的人影漸漸重合……

「哥，你看我這套劍法耍得如何？」少女如花的笑靨在眼前閃動，揚起充滿青春活力的臉龐，稚嫩的臉上滿是期待。

「我家婉心真是冰雪聰明！一學就會！」侯瑞峰笑著迎上去，用乾淨的帕子替妹妹拭去臉上的汗珠，接過妹妹手裡的劍，道：「婉心，哥再耍一遍給妳看，妳注意看著點。」

梨花樹下，意氣風發的少年舞動長劍，少女一臉傾慕地站在一旁，拍手叫好。「真不愧是哥，這劍法讓我耍來軟綿綿的，可是哥哥使出來便剛勁有力，比我使的強多了。」

侯瑞峰收起劍，寵溺地摸了摸妹妹的頭髮。

「婉心，妳記好了，這可是保命的招式。練劍並非一朝一夕之事，妳才學了一遍，能耍成那樣已是不易。」

「哥，那我再試一次！」少女興奮得滿臉通紅，接過劍來，身影靈活地舞動……

那是侯家的家傳劍法！

侯瑞峰渾身的血液都沸騰起來，他握著劍，飛速朝那女子的方向狂奔而去，心急如焚。

妳到底是誰？怎麼會侯家的家傳劍法？婉心，是妳嗎？

不，婉心已經去世了，那她會是誰？

待侯瑞峰趕到時，假山外面只留了兩具女刺客的屍體。侯瑞峰稍稍站定，看著地上蜿蜒的血跡，一直延伸到假山中。

侯瑞峰知道，她就在裡面，身受重傷，生死不明。

持劍而入，他下意識屏住呼吸，在黑暗中搜尋那女子的身影。

忽然腳下踢到一具屍體，侯瑞峰提著一顆心，藉著微弱的月光看清那是個女刺客時，心才又放下了。

繼續朝裡走了幾步，侯瑞峰看見昭和公主坐在地上，懷中抱著一個滿身是血的女子。

「公主？」

侯瑞峰半跪在地上，裡頭光線昏暗，看不清臉，可憑著衣著身形，他認出了昭和公主懷中之人，就是方才在外面使出侯家劍法的女子。

昭和公主失了神般，聽見有人喚她，抬頭，認出是侯瑞峰，忙大喊：「將軍！快叫御醫來救人，本宮不能讓她死，本宮還有話要問她！她不能有事！」

昭和公主低頭，眼淚止不住地落在懷中之人的臉上。

方才顧晚晴滿身是血地跑進來，在看到昭和公主沒有受傷之後，一句話都沒來得及說，就暈了過去。

侯瑞峰心繫著那女子，忙點點頭道：「公主放心，微臣定會保護公主周全。」而後出了假山，看到侍衛已經將刺客抓得差不多了，侯瑞峰招呼了幾個侍衛過來護駕，返身入了假山。

「公主，外頭已經安全，請跟微臣出去吧。」

昭和公主方才殺了人，嚇得不輕，但還能勉強保持鎮定和公主的體面，她點點頭。「快出去，平親王妃傷得不輕，得要速速醫治。」

平親王妃？

方才那使侯家劍法的女子，居然是平親王妃！昭和公主輕輕將顧晚晴平放在自己懷中，侯瑞峰這才看清她面容，確實是妹妹的婆婆平親王妃，此時她渾身是血，腹部一處劍傷仍在往外淌血。

太后寢宮。宮女將平親王妃送入內殿，太醫跟進去診治。

侯瑞峰是個男子，只能焦急地在外殿徘徊。

他有很多話要問那位王妃，他想知道她為何會使只有侯家人才會的劍法？那套劍法，安國公只教給了侯瑞峰，而後由侯瑞峰教給了侯婉心。

除了侯家的三人，就連當年和侯婉心極為親近的劉三娘，也並不會侯家的家傳劍法。

侯瑞峰篤定，這套劍法並無第四個人會使，可與侯家非親非故的平親王妃，為何會使正宗的侯家劍法？

一個一個問題縈繞在侯瑞峰心頭，他恨不得立刻衝進去問個清楚。可是王妃此時身受重傷，昏迷不醒，侯瑞峰也只能焦急等候。

「昭和，我的兒啊，妳沒受傷吧？」

太后一見到愛女滿身鮮血地回來，急得眼淚直流。她雖貴為太后，可也是個母親，方才她遠遠看見昭和公主遇難，恨不得替女兒受難。

「母后，女兒並未受傷，請母后放心。」

昭和公主拉著太后的手寬慰道：「女兒身上的血都是平親王妃的，她為了救女兒，和好幾個女刺客纏鬥，身受重傷。」

太后見女兒毫髮無損，可王妃卻為了保護女兒身受重傷，心中不禁動容。

「公主！」此時從門外跑進來一個哭哭啼啼的女子，哭喊著撲向昭和公主，一把扯著她的衣袖大哭起來。

「公主，您可有受傷？雲兒好生擔心公主！方才刺客襲擊，雲兒嚇得不知所措，待到反應過來之時，公主已經不知所蹤了。雲兒好生擔心，恨不得代替公主受苦！如今瞧著公主平安回來，雲兒也就放心了，嗚嗚嗚……」

侯婉雲哭得梨花帶雨、悲痛萬分、情真意切。

但那時她躲開刺客襲擊，陷昭和公主於險境的畫面，太后可都看得一清二楚。

侯婉雲是個弱女子，她嚇呆了下意識閃躲，情有可原。太后縱然不高興，但也能理解她一個沒見過刀光劍影的女子，在那種情況下做出的本能反應。

可是她如今脫險了還跑出來哭訴……讓太后不禁厭惡起來。出事的時候跑得比誰都快；如今邀功，倒是比誰都積極。

昭和公主對侯婉雲的態度也冷了下來。

人都說患難見真情，只見過一面的平親王妃尚能捨身救人，可這位從小一起長大的伴讀侯婉雲，一遇見危險就溜之大吉，真教她寒了心。

昭和公主甩開袖子，冷冰冰道：「本宮先進去瞧瞧王妃傷勢如何。侯氏，裡頭躺著的可是妳的婆婆，妳就一點都不擔心？」

昭和公主不管侯婉雲脹成豬肝似的臉色，連衣服都顧不上換，就穿著渾身是血的衣裳，大步流星地往內殿走去。

內殿，宮女太監忙成一團。太醫院院首捻著鬍鬚，搖著一頭白花花的頭髮，在為顧晚晴診脈。

「太醫，王妃的傷勢如何？」昭和公主坐在床邊，看著顧晚晴失了血色的臉，緊張地問太醫。

太醫搖搖頭。「啟稟公主，王妃傷勢不輕，失血過多。微臣已經為王妃開了方子。」

「那王妃什麼時候能醒來？」昭和公主輕輕撫摸著顧晚晴的臉頰，心中默唸。

妳一定要醒來，我有話要問妳……

妳怎麼知道我叫碩兒？妳怎麼知道長溝落月？妳怎麼會說是「妳」教我的長溝落月？婉心，是妳嗎？

太醫嘆了口氣道：「啟稟公主，老臣無能。王妃何時會醒，只得聽天由命，看王妃的造化了。只是……王妃傷及臟腑，就算康復了，怕是會影響生育……」

太醫院院首醫術高明，從不虛言。昭和公主攥著顧晚晴的手，眼淚嘩啦啦地流了下來。

皇上趕到太后寢宮，一瞧見平親王妃重傷，眉頭就皺了起來。方才刺客之事，已經在前殿的大臣中傳開了，姜太傅早就急得團團轉，若非忌憚內宮的規矩，他恨不得親自來尋妻子。

而後又聽消息說平親王妃為了保護昭和公主受傷，姜恒看那來通傳侍衛的眼神，簡直就要殺人。

根據與姜恒同朝多年的官員描述，從未見過一向溫潤如玉的姜太傅有那樣可怕的眼神，當時姜恒幾乎要闖了禁宮，幸虧被安國公攔了下來。

安國公說侯瑞峰以護衛名義在太后寢宮保護眾人安全，一旦得了消息就會第一時間告知，叫他不要衝動行事，雖然說愛妻心切是人之常情，可是宮中規矩不可廢。姜恒這才強壓住闖宮的念頭。

如今皇帝看見平親王妃半死不活的樣子，又聽說可能影響生育，皇上頓時覺得頭大如斗。

人家好好的王妃來遊園賞花，如今卻弄成這般模樣，這可如何向那愛妻如命的姜恒交代啊？

長夜漫漫，初冬的寒風席捲著整個皇宮。姜恒獨坐在房中，望著蠟燭，沈著臉，足足有一個半時辰沒有說話了。

四更了，姜恒瞧著外頭濃重的夜色，眉頭緊緊皺了起來，心裡越發焦急。若是晚晴安然無恙，皇帝自然會派人告知他，可是如今連個通報的侍衛都沒有，可見那邊的情況危急。

平日裡妻子的音容笑貌在腦海中浮現，可是閉上眼睛就彷彿看見顧晚晴倒在血泊中的樣子，一想到此，他心如刀割。

忽地，外頭響起匆匆的腳步聲。姜恒蹭地站了起來，推門出去，見到那人，愣了一下。門外之人是霍曦辰。

霍曦辰大半夜被人叫醒，說宮裡來了聖旨，叫他進宮治病。一問才知道，平親王妃為了保護昭和公主而身受重傷，生死未卜。霍曦辰立刻動身進宮，並囑咐切莫將王妃遇刺之事告訴姜惠茹。

霍曦辰進宮，直奔太后寢宮，見顧晚晴面無血色地躺在床上，身上多處受傷，血雖然已經止住了，可是失血過度，怕是凶多吉少。

於是他使出平生所學，全力施救，也只堪堪保住王妃不死，至於何時甦醒，就連霍曦辰也沒有把握。

剩下的，只能聽天命了。

救治完畢之後，霍曦辰聽說姜恒在宮裡等著消息，就徑直奔了過來。

霍曦辰瞧著姜恒的臉色，同他進屋，將顧晚晴的傷勢一五一十告訴了姜恒，末了又瞧了瞧他的臉色，補了一句。「王妃腹部受傷，今後人若救回來，恐怕也不能生育了……」

顧晚晴還未曾生育過子女，偏偏子嗣是非常重要的。姜恒聽了，只是痛苦地握緊拳頭，嘆息一聲。

「只要晚晴能好起來，沒有子嗣又有什麼關係？別說我已有三個兒子了，就算我一個孩子都沒有，又有什麼關係呢？我只盼著晚晴能好起來，沒有任何東西比她的命重要。」

霍曦辰垂著頭，一股無力感油然而生。他行醫這麼久，頭一次覺得自己這般無能為力。

他並非太醫，不能留宿內宮，便索性出宮回姜府待命，宮裡由其他太醫守著。回到姜府時，天還沒亮，剛進門，就見姜惠茹哭得撕心裂肺，撲過來扯著他的袖子。

「霍家哥哥，我聽說大伯母出事了，你快告訴我，大伯母如今情況如何？」

翠蓮也跟著姜惠茹，抹著眼淚。霍曦辰頓時一陣頭大，不是都囑咐過了先不要讓姜惠茹知道嗎？這丫頭身子不好，萬一聽了消息，有個三長兩短，那可怎麼是好？

「王妃傷得有些重，不能挪動，所以留在宮裡休養。妳莫要擔心，王妃性命無虞，只是需要些時日調養罷了。」

姜惠茹哭著說：「霍家哥哥，你莫要騙我了。宮中御醫那麼多，若是大伯母性命無虞，皇上又怎麼會特地請你診治呢？定是御醫都沒了手段，才會請你出手。霍家哥哥，請你不要瞞我，告訴我大伯母到底情況如何？」

霍曦辰知道瞞不過她，就簡單說了一下顧晚晴的傷勢。姜惠茹一聽，哭得唏哩嘩啦，扯著霍曦辰的袖子求道：「霍家哥哥，惠茹求你帶惠茹進宮，惠茹一定要見大伯母一面才安心！」

「妳莫哭了，要不這樣吧，等天亮我再進宮一次，跟太后說說讓妳進宮去瞧瞧。」霍曦辰道。

得了霍曦辰的許諾，姜惠茹這才不哭了。霍曦辰又哄著姜惠茹回去休息等消息。

顧晚晴重傷的消息天一亮就傳遍整個姜府，整個姜家一片愁雲慘霧，就連素日裡與顧晚晴看不對眼的二房錢氏，也不禁擔憂起來。

天亮沒多久，侯婉雲就從宮裡出來，回到姜府。

二房錢氏一瞧見侯婉雲，就沒給她好臉色，言語裡夾槍帶棒。「侄兒媳婦怎麼回來了，不在婆婆跟前伺候著？宮裡各位貴人都瞅著呢，侄兒媳婦不好好表現表現，過了這個村就沒這個店了。」

侯婉雲臉上一陣紅一陣白，可是礙於錢氏是長輩也不好發作，只敷衍幾句就匆匆回了房間。其實她是被變相從宮裡趕出來的，錢氏這麼一說，恰好戳中了她的痛腳。

侯婉雲本想在宮裡伺候著，哭天抹淚地嚷嚷著要親自伺候婆婆，可是太后實在看夠了她虛偽的嘴臉，又加上之前姜太傅特地叫人傳話，叫侯婉雲不必親自伺候婆婆，請太后恩准侯婉雲出宮回家休息，於是太后二話不說，幾句軟話就把侯婉雲打發回去休息了。

昭和公主一直衣不解帶地守在顧晚晴床邊。殿外侯瑞峰亦是心如火烤，腦子裡有無數的疑問在盤旋。

皇帝回去上早朝了，姜恒也在，頂著一對烏青的眼圈，一臉憔悴，一瞧就是擔心得一宿沒睡的形容，皇上看姜恒這模樣，一顆心懸了起來。眾位大臣都很有眼色地離姜太傅遠點，省得觸了霉頭。

皇帝知道姜恒心繫妻子安危，早朝過後特地准了姜恒入內殿見顧晚晴一面。

姜恒見到顧晚晴毫無血色的臉，瞧著素日裡笑語嫣然的小妻子，此時奄奄一息地躺在床上，心疼得快要窒息了。

「晚晴，妳快醒醒，晚晴……」

姜恒坐在床邊，拉著顧晚晴的手，輕輕喚她的名字，希望她像往常一樣，朝他回眸一笑。

可回應姜恒的，只是一張枯萎失去生氣的臉。一向鎮定自若，泰山崩於前也面不改色的姜太傅，此時心裡湧起了深深的恐懼，他害怕就這麼失去她，從未這麼害怕過。

姜府。

霍曦辰請了太后旨意，特准姜家大小姐姜惠茹進宮探望平親王妃。姜惠茹一臉憔悴，眼下亦是一片烏青，眼睛還沒消腫。她急匆匆上車，對霍曦辰道：「霍家哥哥，你叫馬車快一些！」

霍曦辰知道她心急，點點頭答應下來。

馬車駛出姜府大門，忽地一抹白色不知從哪個角落躥了出來，蹭蹭幾下跳上馬車，鑽進車廂。

「元寶！」

姜惠茹瞧見一個雪團猛地朝她撲過來，鑽進她懷裡，她抱住元寶便嗚嗚地哭。

「元寶，大伯母受傷了，我要進宮去看大伯母，你在家裡待著，等我回來。」

元寶似是能聽懂人話，盯著姜惠茹的眸子，搖搖頭。

姜惠茹摸著元寶油光水滑的皮毛，問道：「元寶，你是要與我一起去看大伯母嗎？」

元寶點點頭，在她懷裡蹭了幾下，不願意走。

姜惠茹此時惦記著顧晚晴的傷勢，也顧不上細想，嘆了口氣道：「那你與我同去吧，你要乖乖的，莫要亂跑，宮裡地方可大著呢，你若是跑丟了，我可找不著。」

元寶乖巧地趴在姜惠茹懷裡，二人一狐狸，披著晨曦的光輝，進入皇宮之中。

第二十三章

姜府的馬車一路朝皇宮趕去，才行至一半，外頭就變了天。太陽被不知從哪飄來的烏雲遮住了，烏雲蓋頂，漫天狂風大作，霎時飛沙走石，到處是被狂風捲起的枯枝落葉，拍打在馬車車廂外。

姜惠茹掀開簾子一看，嚇了一跳，這天才剛亮怎麼就像要入夜似的？姜惠茹懷裡的元寶也反常起來，瑟瑟縮縮地躲在她懷裡。

忽然，外頭轟隆隆一聲悶響，竟然打雷了！冬雷滾滾，甚是詭異。在馬車外騎馬的霍曦辰忙策馬來到車邊，對裡面的姜惠茹道：「莫怕，只是打雷了，再有一盞茶的工夫就進宮了。」

姜惠茹點點頭，又將懷裡的元寶摟得更緊了。

「多謝霍家哥哥關心，惠茹曉得了。」

馬車行駛至宮門，遞了牌子，又駛進內宮，換了軟轎。姜惠茹懷抱著元寶，坐在軟轎上，望著外頭的天空。原本那一絲晨光，徹底被漫天烏雲遮蔽住了，連一點光都透不下來。

四處狂風呼嘯，時不時有雷聲傳來，姜惠茹朝天邊望了眼，看見一道明亮的閃電，將烏雲撕開一個口子。

這天色，詭異得嚇人。

行至太后寢宮，姜惠茹讓霍曦辰抱著元寶，自己先向皇上、太后請安。太后瞧姜惠茹一臉憔悴，眼睛餘腫未消，心知她掛心顧晚晴的安危，著急得連禮數都出了錯。

所以太后一眼就看出來，這是個真性情的姑娘，真真牽掛著平親王妃，比侯婉雲那表裡不一的虛偽小人可愛多了，於是立刻安排她進去瞧顧晚晴。

霍曦辰抱著元寶在正殿外頭等候了一陣，瞧見姜惠茹出來，忙與她一同往顧晚晴所在的偏殿去。

路上遇見正在巡視的侯瑞峰，侯瑞峰一眼就認出那位姜家大小姐懷裡抱著的元寶。元寶是侯婉雲的寵物，卻與侯婉心最是親近。若放在平日，侯瑞峰看見元寶八成不會多想，可是現在不同了。

侯瑞峰在殿外巡視了一夜，也思量了一夜。他篤定了侯家的家傳劍法只有安國公、自己、妹妹侯婉心三人才會。而根據侯瑞峰所知，這位平親王妃在出閣之前並不認識侯婉心，更沒有機會學侯家的家傳劍法，可當時他看得真真切切，那劍法的一招一式，絕對是自家劍法無疑，而且平親王妃使劍法的習慣，也和侯婉心驚人得相似。

侯瑞峰四處行軍、走南闖北，雖然年紀輕輕，可是見識極廣。早些年他就聽說過南疆有一種秘術，名叫移魂術，可以將一個人的靈魂移到另一具身體裡。移魂術雖然只是個傳說，並未有人親眼見過，可是侯瑞峰認為移魂術並非空穴來風。於是忽然間，腦子裡突然冒出一個大膽念頭——難道有人用了移魂術，將侯婉心的靈魂移到了顧晚晴的身體裡？

侯瑞峰被自己這個念頭驚出一身冷汗。連忙叫來自己的心腹手下，命令他秘密調查平親王妃的底細。

姜惠茹抱著元寶，與侯瑞峰擦肩而過。

寢宮裡靜悄悄的，昭和公主守了一夜，加上受驚過度，到了早上終於支撐不住，被太后勸去休息了。

姜惠茹輕手輕腳地掀開珠簾走進去，看見一個熟悉的背影坐在床邊，正是姜恒。

一向瀟灑俊逸的姜恒，如今卻狼狽憔悴得不像樣。

「大伯，惠茹來了。」

姜惠茹走過去，輕輕喚了一句。

姜恒似是沒聽見，眼睛一眨也不眨地望著自己的妻子，頭也不回。

姜惠茹走到床邊，看清了顧晚晴的樣子，眼淚一下子湧了出來，趴在床邊忍不住嗚嗚哭了起來，哽咽道：「大伯母，昨天妳進宮的時候還好好的，怎麼就……嗚嗚嗚，大伯母，惠茹來看妳了，快醒醒吧。妳看大伯多傷心，快睜開眼睛看一眼啊……」

姜惠茹懷裡的元寶乘機跳了出來，躥到床上。

姜恒看見元寶，他知道顧晚晴素日裡喜歡這隻小狐狸，但又怕元寶不小心傷了她，就伸出手要將元寶捉住。

元寶靈活地閃避了姜恒的手，輕輕沿著被子走，一點都沒踩到顧晚晴。

外頭的雷聲越來越響了，聲音由遠及近，在頭頂上轟鳴作響。窗外的風颳得越發大了，似是要將整座宮殿都吹起來。天空頻繁出現閃電，猙獰地撕開了烏雲，顯得陰森可怕。

姜恒聽著雷聲，看了眼外頭的天象。

這天象是大凶之相，不是有高人要渡劫，就是有災禍要發生。再看看妻子傷成這樣，姜恒心亂如麻，隱隱有不祥之感。

「姜大人，皇上和太后請大人過去一趟。」門外進來一位宮女，輕聲通報。

姜恒嘆了口氣，南疆刺殺之事茲事體大，皇上定是要他去商議的。雖說他想守著妻子，可是皇命難違，不得不去。

姜惠茹道：「大伯，你快去吧，這裡有惠茹照看著，還有霍家哥哥也在，大伯母不會有事的。」

姜恒起身，點點頭，又仔仔細細看了妻子一遍。

姜恒走後，霍曦辰上前，又替顧晚晴把脈。姜惠茹急忙問：「霍家哥哥，我大伯母怎麼樣了？」

霍曦辰皺眉道：「從王妃的脈象上來看，已是性命無憂，又用了藥，不應該還昏迷著啊，真是奇怪。」

姜惠茹抹了把眼淚哭道：「你不是神醫嗎？你快讓大伯母醒來啊！」

霍曦辰苦笑，他是大夫，又不是神仙。

趁著兩人說話的工夫，元寶繞著顧晚晴轉了好幾圈，而後跳躍起來，蹦上了顧晚晴的胸口坐著，認真地盯著她。

「元寶你做什麼?!快下來！」姜惠茹一看元寶坐在大伯母胸口，生怕壓壞了她，忙過去要捉元寶。

「別動！」

「什麼別動？霍家哥哥，元寶要是弄傷了大伯母可怎麼……辦？」姜惠茹一個辦字還沒說出口，突然意識到，方才那句「別動」並不是出自霍曦辰之口。霍曦辰明明站在自己身後的，可是那聲音卻是從前方的床上傳來的！

床上除了依然昏迷不醒的顧晚晴，就只有一個活物——元寶。

還沒等姜惠茹回過神來，忽然一聲巨響，一記悶雷在偏殿寢宮上空炸開，而後一道明亮閃電直直劈了下來。

巨大的電流瞬間擊穿了屋頂，整個偏殿陷入一片火海。姜惠茹還沒反應過來發生了什麼事，就看見四處都開始著火。火勢蔓延極快，再過一小會兒，就會燒到幾人身邊來！

「啊！走水了！」姜惠茹驚得大叫起來，霍曦辰也大吃一驚，趕忙衝過去，抓著姜惠茹的胳膊道：「這裡危險，快出去！」

「大伯母、元寶！」姜惠茹在危機之中還不忘大伯母。

「惠茹別怕，我抱著王妃，妳帶著元寶，咱們衝出去！」霍曦辰堅定道。

「好！」

姜惠茹看著霍曦辰，不知道哪來的勇氣，突然不怕了。

霍曦辰忙俯身要去抱起顧晚晴，而姜惠茹則伸手抓元寶。

就在他倆碰到顧晚晴、元寶的一瞬間，一道白光閃過。

兩人覺得眼前一片白茫茫，如同掉入大漩渦，在裡頭翻騰的人都快散架了……

姜府，烏雲蔽日，人人都躲在屋裡，為這反常的異象感到害怕，誰也沒有注意到世子妃侯婉雲不見了。

侯婉雲素日就看姜惠茹養的那隻貓兒不順眼，可是無奈有顧晚晴坐鎮家中，姜惠茹又大門不出，二門不邁，侯婉雲想下手都沒有機會。如今顧晚晴重傷昏迷，姜惠茹也進了宮，喵兒就落了單。

侯婉雲在宮裡受了氣，正好怒火無處發洩，趁這機會，用食物誘拐了喵兒，又怕被人瞧見了，就將喵兒帶入一個她認為絕對安全，不會有人發現的地方——隨身空間中她的公寓裡。

侯婉雲前世的公寓裡有整套攝影設備，可以讓她重操舊業，感受虐貓的快感，所以可憐的喵兒就這樣被帶了進去，還以為能吃上美味的食物呢，誰知等待牠的卻是侯婉雲的魔爪。

「死貓！掐死你！」侯婉雲箍住喵兒的脖子，對著攝影機猙獰地笑。

喵兒被勒得難受，聲嘶力竭地嘶叫，四肢不斷扭動掙扎，卻更讓侯婉雲感到欺凌弱小的血腥快樂。

「去死吧！」

侯婉雲哈哈大笑著，正要用勁掐死喵兒，忽然空間裡湧出一陣強大而詭異的力量，將她彈出空間。

「啊！」

侯婉雲被彈出來，摔在王府房間的地上。喵兒也被彈了出來，撿回一條命，一溜煙就沒影了。

「這是怎麼回事？」

侯婉雲從未見過這種情況，連忙凝聚心神，想再進空間一探究竟，可是她竟然感應不到空間的存在，無法進入！

她在現代的公寓裡，有很多書籍以及醫療器材、藥品，還有一個她那爸爸為了讓她學醫而準備的小小醫學實驗室。裡面擺滿了對古代而言極其珍貴的東西，光是一只玻璃燒杯拿出去賣了，都價值連城。這空間要是沒了，簡直就是剜了侯婉雲一大塊心頭肉！

空間出了問題，侯婉雲第一個反應就是找元寶，可是當她把整個院子都找遍了後，她驚恐地發現元寶不見了！

「空間呢？我的空間呢？元寶！你個該死的畜生！」侯婉雲唸叨著傻了眼，一屁股坐在地上。

彷彿作了一個沒完沒了的夢，姜惠茹從夢境中醒來，迷迷糊糊地揉了揉眼睛。她記得她本來在照顧大伯母，然後有雷擊中了屋頂，引起大火，她正要和霍曦辰帶著大伯母和元寶逃命呢，難不成都是作夢？

姜惠茹環顧四周，她發現她出現在一個非常奇怪的地方，像是一個房間，可是裡頭的擺設卻是她從來沒有見過的。

「霍家哥哥，快醒醒！」

幸虧霍曦辰還在，姜惠茹搖醒了霍曦辰。他也是迷迷糊糊的，兩個人有些好奇又害怕地打量著周圍。

這裡有看起來像床一樣的東西，還有顏色奇怪的桌子。那桌子上還放著黑框框，黑框框裡閃著光，裡面有字又有圖。

那黑框框的前面，放著一個黑色長方塊，上面有很多規則的突起，還畫著奇怪的符號。

姜惠茹盯著那東西看了半天，然後在黑色長方塊上按了一下，桌子上一個圓柱狀物體突然發出聲音，竟然響起一陣音樂。

「啊啊啊啊啊……有鬼啊！」姜惠茹嚇得捂著眼睛後退幾步，顧不得許多，一下子撲進霍曦辰的懷裡。

霍曦辰對這個陌生又奇怪的地方也是存著幾分畏懼的，不過此時有美人在懷，他也就鼓起勇氣，安慰姜惠茹。

好容易將姜惠茹安撫下來，姜惠茹急道：「大伯母呢？元寶呢？」而後站起來大喊。「大伯母、元寶，你們在哪兒？」

忽然，房間的門開了，一個雪團躥了進來，撲進姜惠茹的懷裡。

「元寶！你沒事就好，擔心死我了！」姜惠茹抱著元寶哭了起來，已經全然忘記方才有人說「別動」的事，更沒有注意到，此時的元寶屁股後面甩著的毛茸茸尾巴，居然是兩條！

「唔，好緊，快放手！」

一個稚嫩的男童音從姜惠茹懷裡傳來，姜惠茹嚇得一個哆嗦，將元寶扔了出去。元寶敏捷地跳上桌子，優雅地蹲坐在桌上抖抖毛，兩條整齊漂亮的尾巴搭在桌子上，毛茸茸的小臉嚴肅地看著目瞪口呆的兩個人。

「愚蠢的人類！妳想勒死青丘國最偉大的狐狸嗎？」

這回，就連霍曦辰都覺得自己要暈過去了。

姜惠茹愣愣地盯著元寶，沒錯，是她熟悉的元寶，那又懶又調皮的小狐狸。元寶伸出爪子，在那黑色的方塊上拍了一爪子，於是那音樂聲停止了。元寶看著目瞪口呆的兩人，無奈嘆氣，跳下桌子往門口走，回頭又看了看僵在原地的他們。「別傻站著了，跟我來。」

「哦！」霍曦辰先反應過來，拽著姜惠茹，跟在元寶後面。出了門才發現，這間屋子外頭還有房間，有個長條狀像貴妃榻一樣的東西，顧晚晴就躺在上面。

「大伯母！」姜惠茹一看見顧晚晴，忙跑上去。

「唔……」

顧晚晴的睫毛動了動，幽幽轉醒，只覺得作了一個很長很長的夢，現在醒來渾身痠痛，她一睜眼就看見了姜惠茹，扯出一抹笑。「惠茹……」而後四處張望了一番，發現自己身處一個奇怪的地方，又問：「惠茹，這是哪裡？妳大伯呢？」

姜惠茹搖搖頭。「惠茹也不知道。」

霍曦辰見顧晚晴醒了，上前為她診脈。「人醒了就無大礙了，只是身子還有些虛弱，好好調養即可。」

元寶跳上沙發，顧晚晴看見元寶，吃力地伸手抓住元寶兩隻前爪，將牠抱在懷裡，喃喃道：「乖元寶，能瞧見你可真好。」

元寶將腦袋埋進顧晚晴胸前，蹭了幾下，然後聲音悶悶地說道：「主人，妳可總算是沒事了。」

若非顧晚晴此時身體瘦痛得動不了，元寶肯定會被她扔出去。

這半日發生的事太匪夷所思了，即便是經歷過重生這種詭異之事的顧晚晴，也一時間反應不過來，更別說姜惠茹和霍曦辰這兩個正兒八經的古人了。

於是元寶足足花了兩個時辰，為三人解釋這空間的由來，以及自己的來歷。

元寶是青丘國國君的兒子，生來擅長空間法術，可以在各種時空自由穿梭。十幾年前，機緣巧合，元寶在顧晚晴他們的時空裡被一個道士所傷，而後讓侯婉雲所救。

元寶為了報答救命之恩，就將自己剛剛修煉出的空間與侯婉雲共享。元寶的空間其實不只是隨身空間，更是時空穿梭的驛站，連接著天朝和現代兩個時代，只不過由於元寶的修為有限，空間還未進化好。

十幾年間，元寶的修為慢慢長進，就在元寶即將修煉出第二條尾巴的時候，侯婉雲用毒計害死了她的嫡姊侯婉心。

當時元寶為了救侯婉心，捨棄了修煉進階的機會，分出自己元神中的一魄，保住侯婉心的魂魄，並用移魂之術將其魂魄移入溺水而亡的顧家四小姐顧晚晴的身體，並讓自己的一魄留在顧晚晴身體裡，好幫助侯婉心這個外來入侵的靈魂與身體融合。

侯婉心重生成為了顧晚晴，元寶也因此修為大損，甚至無法開口說話，所以自從侯婉心死後，元寶就再也沒有開口過，不是牠不願意說話，而是牠的修為受損。

最近幾年，元寶苦心修煉，終於又快修煉出第二條尾巴，侯婉心的魂魄和顧晚晴的肉體也融合得差不多了，已不需要元寶的一魄來幫忙維持靈肉合一。元寶的修為要進階，就必須將那一魄取回，才能真正渡劫，否則會被天雷劈中，輕則修為盡失，重則灰飛煙滅。

顧晚晴遇刺受傷，恰逢元寶渡天劫，元寶只得跟著姜惠茹進宮，在關鍵時刻取回自己的一魄，又在天雷引火下來的瞬間，帶著三人進了空間避難，成功長出第二條尾巴。

三人目瞪口呆地並排坐在沙發上，看著一臉悠閒愜意的元寶。元寶優雅地甩著新長出來的尾巴，又將侯婉雲穿越之事簡單告訴三人，並說他們現在看到的這個地方，就是侯婉雲前世居住的寓所。

「那、那侯婉雲會不會進來這裡？」

姜惠茹覺得頭要炸開了，若是別人告訴她這一切，她定會笑那人是個瘋子，可是如今她親眼所見，親耳所聞，讓她不得不信這匪夷所思之事。

元寶有些氣憤地搖搖頭，牠的聲音猶如三、四歲的娃娃，聽起來奶聲奶氣。「我是為了報恩才將空間借給她用，誰知道她竟然在我的空間裡殘害生靈，我自然要將空間收回，不再讓她多造殺孽！」

說罷，元寶從茶几上跳下來，走到客廳裡架著的攝影器材旁邊，一爪子拍在紅色的播放按鈕上。侯婉雲的客廳有一臺四十二吋液晶電視，與拍攝的攝影器材相連。

元寶一按下那播放按鈕，三人驚奇發現，牆上那四四方方的黑圖畫，居然閃起了光，裡頭出現侯婉雲猙獰的臉！

「這是什麼妖術?!」

姜惠茹驚得彈跳起來，顧晚晴抓住她的手，輕聲安慰道：「惠茹稍安勿躁，今日之事已是聞所未聞，妳且安靜瞧著。」

姜惠茹點點頭，轉頭繼續看向螢幕。

螢幕裡出現一個熟悉的身影，是一隻貓，顧晚晴認出那是姜惠茹養的波斯貓。「呀，怎麼是喵兒？」

而後出現侯婉雲獰笑著要掐死喵兒的畫面，姜惠茹氣得臉都黑了，捂著眼睛嗚嗚哭道：「那個蛇蠍毒婦！喵兒那般乖巧，從未惹過她，她為何要下毒手？」

元寶啪地關上攝影機，對姜惠茹道：「妳別哭了，喵兒沒事，我已將侯婉雲從空間裡趕了出去，今後她再也進不來了。」

霍曦辰皺著眉頭，看著顧晚晴。「王妃，若按照元寶所說，妳原來是侯婉雲的嫡姊，安國公的嫡長女侯婉心？」

顧晚晴嘆了口氣，事到如今，已經沒什麼好隱瞞的了，於是便將自己前世種種過往，細細講了出來，連侯婉雲將生母推下湖，到設計害死嫡母，氣死自己，再利用自己的死攀上姜家的事都講了出來。

姜惠茹聽後，氣得恨不得殺了侯婉雲。

「天下間怎麼會有這種毒婦！」

霍曦辰也皺著眉頭，霍家是大家族，內宅裡的齷齪事不少，可是聽到這種連親生母親都要殺害，踩著屍體上位的女人，也不禁毛骨悚然。

三人一時間沈默起來，一下子遇見這麼多事還需要時間消化。

顧晚晴怕姜恒擔心，希望快些出了空間尋他。

可是元寶說那場大火燒得太旺，至少得等三天，火勢停了、外頭安全了才能出去。空間無法憑空移到另一處，從哪裡進去就從哪裡出來，若是此時出了空間，外面就是熊熊火海了。

既然出也出不去，三人就在空間裡探索起來。

這是三房兩廳的公寓。

一間是侯婉雲的臥室，裡頭有電腦。在元寶修為進階之後，將房間裡所有電器都通了電。另外兩間房，一間是書房，存放了許多書籍，從小說到醫學書籍，應有盡有。

另一間房是一間小小的醫學實驗室，裡面有各種藥品試劑、醫療器材。

當元寶對霍曦辰解釋了這些都是跟醫術有關的藥品、書籍之後，霍曦辰兩眼放光。

這些書籍上所講述的醫學知識是霍曦辰聞所未聞的，他這三天的時間都用來研究書籍，擺弄那些醫療器材和藥品。

而姜惠茹則對臥室裡的電腦十分感興趣，鬧著元寶教她使用，而後在廁所發現兩瓶精油，拿給霍曦辰看了，證明這味道就是害晝姨娘差點流產的東西。

姜惠茹氣鼓鼓地將東西收好，說是將來時機到了，拿來治侯婉雲的罪時當證據之一。

顧晚晴身子還未恢復，整日躺著，閒暇無聊的時候，會叫霍曦辰給她拿些書看看。

霍曦辰挑了幾本封面上畫著古裝美女的書給她，顧晚晴接過一看，全是《邪魅王妃戀上你》、《重生之暴君的棄妃》、《穿越之誘拐冷酷王爺》之類的書。

空間裡不愁吃喝，廚房的冰箱裡滿滿都是食物，足夠三人度過三天。

三人被這些新奇的玩意吸引的同時，外頭卻風雲變色。

第二十四章

那夜大火，燒毀了整座偏殿。

等姜恒趕到的時候，偏殿早已陷入一片火海。姜恒抓住一個宮女急急問道：「王妃呢？王妃人在哪裡？」

宮女剛從火海裡逃出，嚇得魂不附體，哆哆嗦嗦地帶著哭腔道：「回王爺的話，奴婢也不知王妃在哪兒。奴婢在外間當值，王妃在內間，奴婢實在沒見著王妃啊！」

「晚晴！惠茹！妳們在哪裡？」

姜恒朝熊熊火海喊得聲嘶力竭，回應他的只有木材燃燒的噼啪聲，還有呼嘯的寒風捲著熱浪。

陸續有宮人來救火，從火海中逃出的宮女、太監聚在一起，姜恒衝過去一個一個詢問，可是都沒有人見到顧晚晴、姜惠茹、霍曦辰三人。

站在火海面前，看著那火燒得漫天通紅，姜恒覺得整個人的靈魂都要抽離了。火海裡有他最愛的女人，前一刻他還滿心盼望著妻子醒過來，可如今，一場大火粉碎了一切的希望。

侯瑞峰站在姜恒身後，神色複雜。

他原本還想等她清醒過來，找個機會試探她，看看她跟自己最寵愛的妹妹究竟有何關係，偏偏……

侯瑞峰心頭隱隱作痛，不是那種尖銳的疼痛，而是像一把鈍刀在心頭一刀刀地割。在母親、妹妹去世之時，侯瑞峰已經嚐到了痛失親人的滋味，如今剛剛才有一絲絲找回妹妹的希望，可面對這火海，他覺得自己又再一次體會那番心情。

昭和公主得知這消息，哭得暈了過去，太后為了不讓愛女觸景傷情，送她出了宮。

這場大火整整燒了三天三夜。

姜恒就站在火場前，目不轉睛地看著大火，站了三天三夜。他希望突然看見妻子和姪女的身影，看見她們安然無恙地朝自己走來。

火還沒熄滅，侯瑞峰就接旨，以特使的身分趕往南疆，處理這場刺客風波。侯瑞峰常年奔波在外，臨離京城之際，特別去侯家祖墳給母親、妹妹上香。

站在侯婉心墓前，侯瑞峰撫著墓碑，輕輕道：「妹妹，哥來看妳了，這些年哥一直在戍邊打仗，都沒能來瞧妳，妳會怪哥哥嗎？」

侯瑞峰定定盯著妹妹的名字，心情低落起來，嘆了口氣，道：「婉心，我去瞧瞧母親。」

安國公夫人的墓是按照合葬規格建的，等安國公百年之後，夫妻二人會在此合葬。侯瑞峰漫步在小路上，一步步朝母親的墓走去。

「稟告將軍，這是屬下調查來的報告，請將軍過目。」侯瑞峰手下的探子效率極高。這些用來調查敵軍軍情的情報探子，被侯瑞峰叫去調查一個深閨女子的背景，簡直就是大材小用，只不過兩、三天的工夫，就將顧晚晴從小到大的經歷調查得清清楚楚。

侯瑞峰接過那疊紙。「下去吧。」

而後攤開紙，漫不經心地看著。

從顧晚晴出生到出嫁前，都沒有什麼特別之處。

顧晚晴庶女出身，自幼不得寵愛，怯懦孝順，與一般閨閣女並無兩樣。侯瑞峰皺著眉頭翻開另一頁，忽然幾行字吸引了他的注意。

顧晚晴曾失足落水，被人救起後昏迷了幾天才醒。醒來之後性情大變，在她醒來不久，曾經單獨去找生母尤氏，尤氏又去見了顧老爺，而後，就定下了和平親王的親事。

侯瑞峰反覆看著這幾行字，覺得身子一陣陣發寒，他又將書頁翻了回去，仔細看了眼顧晚晴溺水昏迷的時間，發現她醒來的日子，與妹妹侯婉心去世的時間竟驚人地吻合！

頓時，侯瑞峰的手不可抑制地顫抖起來。

「侯將軍。」

一道清脆的女聲在身後響起。

侯瑞峰轉身，看見一個穿著男裝的女子站在身後，以他的身手，竟然沒發覺有人近身，看來是那份調查擾得他的心起了軒然大波吧。

「妳是？」

侯瑞峰皺眉，瞧著這女子有些眼熟，卻又想不起來在哪裡見過。

「將軍不記得我？我是劉三娘，我爹是太太的陪嫁劉阿牛，如今我與我爹在為太太和大小姐守墓。」

劉三娘看著侯瑞峰，輕輕道：「將軍，三娘有些話要告知將軍，還請將軍移步。」

寒風淒淒，那冰冷的墓碑在灰暗的天地裡顯得孤獨又蒼涼。侯瑞峰立在墓碑前，靜靜看著碑文。

腳下的土地，埋著生養他的母親。

劉三娘站在侯瑞峰身後，神色凝重。「將軍，您看夫人墳上的草。前幾年夫人剛下葬時，這墳頭附近還長了好些雜草，我與爹爹每月都會將雜草除掉，可如今這墳頭，卻是寸草不生了。」

侯瑞峰這才發現，劉三娘所言不虛，母親墳頭上，真真是寸草不生。心覺事有蹊蹺，侯瑞峰轉頭看向劉三娘，示意她繼續說下去。

劉三娘繼續說道：「大約在兩年前，京城下了一場暴雨，夫人的墓進了水。我爹說這雨水恐怕都滲進了棺槨裡，後來這棺裡的水滲入泥土裡，而後周圍的雜草都死了，初時我未注意，可是在此之後，這棺槨周圍的泥土，也都長不出草來了。」

劉三娘此言一出，侯瑞峰的眉頭緊緊皺了起來。

「我覺得事有蹊蹺，便四處打聽，有一個仵作告訴我，此種情況，有可能是因為棺槨中之人中毒而死，而那次大雨，將屍骸中積累的毒液泡了出來，而後溶入泥土中，所以這土就再也長不出草來。」

「我娘是病逝的，並非中毒。」侯瑞峰打斷劉三娘的話，聲音有些冷硬。「那些年府中大小事務都由母親打理，母親的日常飲食，也都是經由我妹妹婉心之手，怎可能中毒？」

劉三娘的嘴角逸出一絲冷笑。「大小姐自然不會加害親娘，可是旁的居心叵測之人，可就說不準了。將軍，恕三娘直言，三小姐並非純良孝順之人，三娘懷疑夫人之死與三小姐有關。」

「不可能！」侯瑞峰皺眉道。

「婉雲單純，極為孝順。母親病重時，她在旁伺候，徹夜不眠也無一絲抱怨。母親雖不是她生母，可是待她如親生女兒，她們母女情深，婉雲怎會加害母親？」

「將軍常年在外，怎知內宅之中的齷齪？有些人就是兩面三刀，人前一套人後一套，將軍莫要被其楚楚可憐的外表蒙蔽。將軍熟知兵法，自然知道虛虛實實、兵不厭詐的道理，有時眼前所見，卻並非事實。實不相瞞，自從三娘發現大小姐之死事有蹊蹺，便以侍女身分進入侯府，成為三小姐的陪嫁侍女。三娘與她朝夕相處，心知她人前善良無害；可是在人後，卻毒如蛇蠍。三娘斗膽懷疑，不光是夫人之死與三小姐有關，就連大小姐之死，恐也與三小姐脫不了關係。」

侯瑞峰聲音嘶啞，睜大眼睛盯著劉三娘，厲聲道：「妳所指控之事，事關重大，可有證據？」

劉三娘搖頭道：「三娘並無證據，只憑親眼所見，親耳所聽，每日觀察三小姐言行舉止所推測。」

劉三娘抿了抿嘴唇，自從侯婉雲的貼身侍女巧杏失寵之後，她就與巧杏同住。前些日子她從巧杏那兒聽來隻言片語，似乎與大小姐之死有關。劉三娘本欲從巧杏那兒下手，套出更多消息，可巧杏心思敏銳，劉三娘怕打草驚蛇，只能暫緩調查，靜候時機。如今她的確沒有掌握確鑿的人證、物證，不敢一口咬死大小姐之死與侯婉雲有關。

劉三娘抬頭看了看侯瑞峰的臉色。

侯瑞峰對劉三娘所說之事，半信半疑，劉三娘心底做了盤算，還是暫時不要把從巧杏那兒聽來的消息告訴侯瑞峰，否則若是侯瑞峰不信她，走漏了風聲，侯婉雲八成會殺人滅口，那麼巧杏就凶多吉少了。

劉三娘嘆了口氣。「將軍，三娘無能，無法調查出夫人之死的真相。只是將軍若不信三娘所言，大可親自派人調查，看看三小姐是否如三娘所說，是個表裡不一的毒婦。」

而後劉三娘單膝跪地，雙手輕輕觸碰地上的泥土，輕輕道：「這泥土就在這裡，將軍叫人來查，看看這土是不是有問題。」

她起身，盈盈一拜。

「三娘本是守墓之人，不該逾越本分，可我劉家一直仰仗夫人照顧，三娘自幼又與大小姐交好，不能坐視不理。如今將蹊蹺之處盡數告知將軍，三娘已是問心無愧，也是對得起夫人和大小姐的照拂。」

劉三娘說完，轉身就走，留下侯瑞峰獨自一人跪在母親墓前，一隻手握緊一把土，另一隻手攏在袖中，緊緊捏著探子送來的情報。

此次他出使南疆，亦是要去調查移魂之術。

雖說那場大火讓平親王妃香消玉殞，可是侯瑞峰還是想知道，她到底是不是侯婉心。

如今……侯瑞峰瞧著這光禿禿的土地，從腰間解下一個裝書柬的竹筒，小心翼翼抓起一些泥土，放入竹筒之中。

收起竹筒，侯瑞峰抬了抬手，一個探子立刻從身後的樹叢中出現。

侯瑞峰道：「我命你暗中調查侯婉雲，將她素日的言行舉止都給我查清楚，寫成冊子報告給我……」

皇宮裡那場火，燒了三天三夜，終是熄滅了。

姜恒站了三天三夜，等了三天三夜，那大火熄滅了，他心中的希望也快熄滅了。

霍家老爺聽說霍曦辰遇難的消息，當場臉色煞白，霍家太太則是哭得天昏地暗，昏厥了好幾次。

姜家、霍家這兩個名門世家，一個去了主母和嫡親大小姐，一個去了最受寵愛的嫡子，這件事轟動了整個京城。

「元寶，外頭情況如何？都三天了，能出去了吧？」

顧晚晴躺在沙發上，扔掉手裡那本《重生王爺風流妃》，這三日她將書房裡那些小說看了個遍，於是她知道了，她就是傳說中的重生女，而她的庶妹侯婉雲，則是書中所寫的穿越女。只不過她很不幸沒有遇到善良的穿越女，而是倒楣地撞上心狠手辣的主兒。

元寶窩在顧晚晴旁邊打瞌睡，半瞇著眼睛，撓了撓毛茸茸的耳朵。「現在外頭火是熄滅了，可是正當白日，若是咱們現在憑空從火場裡走出去，還不被當作妖怪給抓去燒了？再等等吧，到了夜裡再出去。」

顧晚晴嘆了口氣，白了元寶一眼。「你本來就是妖怪。」

元寶兩隻前爪支起身子，奶聲奶氣道：「人家才不是妖怪，是神仙！」

顧晚晴不禁失笑，心中的不安也被元寶這麼一鬧騰消了不少。只是，她實在擔心姜恒，若是他以為自己死了，該有多傷心。

霍曦辰是幾人之中最為忙碌的。

這位古代的神醫接觸到現代的醫療，簡直不能自拔！

這些數百年後的現代科技，讓他深深折服，恨不得一口氣將那些書籍全部學完，幾乎三天三夜不眠不休，如饑似渴地讀書，又時不時去小實驗室，擺弄那些神奇的醫療器材和各種試劑藥品。

侯婉雲曾說過的「過敏」之症，在書中也有完整解釋，就連那香噴噴的精油用途，也被霍曦辰得知了。

又過了半日，空間外頭已經入了夜，顧晚晴是歸心似箭，而霍曦辰則是恨不得住在空間裡不出去。

因為陰錯陽差助了元寶渡劫成功，所以元寶認了顧晚晴做主人。顧晚晴瞧著霍曦辰依依不捨，不願意離開，笑著許諾，空間隨時為他與姜惠茹開放，只要他們想進來，與自己說一聲便可。

算著時辰能出去了，元寶閉眼感應了一下空間外的情況，然後對眾人道：「外頭火勢熄滅，高溫也退去，已經入了夜，我們可以出去了。」

而後三人只覺得眼前一黑，再睜眼時，發現自己置身一片斷垣殘壁的焦土之中。元寶跳到地上默唸，而後地上憑空出現了一個地道。

他們躲進地道裡，姜惠茹攙扶著顧晚晴，三人忙用周圍的木炭在身上塗抹起來，免得從火場裡逃出來竟衣不沾塵，惹人懷疑，而元寶更是直接在灰裡打了個滾，從一隻雪白的小狐狸變成了黑不溜丟的炭球，然後一躍跳進顧晚晴懷裡，蹭得她衣襟上都是黑灰。

「可以了吧？」顧晚晴看著三人灰頭土臉的模樣道。

「行了。」

元寶默唸咒語，化身成小宮女，而後走出地道，開始大喊。「快來人啊！快來人啊！這裡有人！」

寂靜的夜裡，喊聲格外響亮。

姜恒本已萬念俱灰，此時聽見有人在廢墟中叫喊，心頭一震，而後不顧斷垣坍塌的危險，朝廢墟裡跑。

火熄滅不久，雖然高溫已退，可仍有些地方還冒著黑煙，鞋底太薄，姜恒的腳底很快就被熱氣灼傷出了血泡來，卻全然不覺疼痛，一心朝那宮女的方向跑去。

那個滿臉黑灰的小宮女朝姜恒道：「王爺，奴婢在底下發現了個地洞，裡頭似乎有人！」

姜恒急急衝過去，趴在地上，弄得滿身滿頭都是灰。

「晚晴！惠茹！是妳們嗎?!」

顧晚晴在聽見姜恒聲音的一瞬間，全身的血液都凝固了，眼淚止不住嘩啦啦地流了下來，喉頭哽咽。

「夫君，是我！」

「大伯！」姜惠茹也激動地喊道。

姜恒原本死去的心頓時又活了起來，他精神大振，跳下地洞，藉著昏暗的月光，看清地洞坐著的人。

「晚晴！」

姜恒衝過去，把失而復得的妻子緊緊抱在懷裡，淚水如決堤般洶湧傾下。

什麼子嗣、什麼傳宗接代，在她的生死安危面前什麼都不是！

姜恒緊緊摟著她，彷彿要將她揉碎在懷裡，融進心裡。他發誓定不會讓她再遭受危險，再受委屈！

大難不死，必有後福。

平親王妃拚命保護太后最寵愛的昭和公主，加上她是在太后宮裡出的事，太后、皇上心裡過意不去，賞了顧晚晴許多金銀珠寶、珍貴藥材，太后甚至有認顧晚晴為義女的心思。

昭和公主得知顧晚晴還活著，立刻連夜進宮。

「王妃，可有受傷？快讓我瞧瞧！」昭和公主看著床上靠著枕頭坐著的顧晚晴，淚眼汪汪。

顧晚晴臉色好了許多，微笑看著昭和公主。「多謝公主關心，臣妾身子已經好多了，公主無須擔心。」

昭和公主仔細端詳著她的神情，暗暗咬了嘴唇，她真的是婉心嗎？
「妳們都下去吧，本宮要與王妃說些體己話。」昭和公主轉頭吩咐。
「是，奴婢們告退。」在一旁伺候著的宮女們依次出去，關上房門。
昭和公主坐在床邊，與顧晚晴對視著，見她神色氣定神閒，不禁疑惑她那時候喊出那麼一句，怎麼現在就跟個沒事人似的？
昭和公主並不知道，那時顧晚晴是在情急之下脫口而出的，而後便陷入與刺客的纏鬥，重傷昏迷，根本就不記得自己曾經喊過那麼一句話，所以此時，顧晚晴看著昭和公主屏退宮人，心裡頭還暗暗納悶著呢，難不成公主有什麼重要的事要跟她說？
「公主？」見昭和公主看著自己半晌，卻不說話，似是陷入深思，顧晚晴開口喚了她一聲。
「妳……」昭和公主著急地咬著唇，她都屏退宮人了，顧晚晴怎麼還不說實話呢？
顧晚晴不明所以，只是疑惑地看著昭和公主，兩個人就這麼大眼對小眼地對視良久。
昭和公主是個直脾氣的，肚子裡藏不住事，她憋不住了，拉著顧晚晴的手，沈著臉說道：「妳……妳那句話是何意？」
「啊？」顧晚晴一臉納悶。她跟昭和公主說過很多句話，如今公主提的是哪句啊？
「妳！妳是故意裝傻嗎？」
昭和公主站起來，氣得直跺腳，見顧晚晴還是滿頭霧水迷茫，她左右環顧一番，而後取下屏風後面掛著的掃灰拂塵，像持劍一樣握在手裡，站在床邊的空地，反身一刺，使出了那招「長溝落月」。

顧晚晴看到那招式，臉色瞬間就變了，她突然想起什麼，自己在昏迷前似乎喊出過什麼話。

昭和公主見顧晚晴臉色終於鬆動了，吐出口氣，放下拂塵，走過來坐在床邊，握著她的手，仔細盯著她的眼睛，神色異常認真。

「碩兒有話要問妳，莫要瞞我，好嗎？」

聽見「碩兒」兩個字，顧晚晴的心跳漏了半拍，腦子裡那段模糊的記憶漸漸變得清晰，她記得自己在和刺客纏鬥，而後看見昭和公主命懸一線，心急之下就喊出了一句：「碩兒，快用我教妳的長溝落月！」

到底要不要瞞著她呢？若是告訴她實話，她可會接受？還是會當自己是妖物？

顧晚晴心中充滿忐忑，抬頭看著昭和公主，等待她的問話。

「妳……可是婉心？」

昭和公主猶豫許久，她本想曲折婉轉地問她，諸如「妳可認識安國公家的大小姐？」或者「妳與侯家大小姐是何種關係？」

可是那些問題在昭和公主肚子裡繞了一遍，統統都被否決。

三年前，本以為侯婉心紅顏薄命，她從此失去這位夥伴；三天前，猛然又看到一絲她還活著的希望，可是不等開口問，她就差點葬身火海……

在經歷過種種生離死別之後，昭和公主不想繞圈子了，只想知道她是不是侯婉心。

「我……」顧晚晴眼睛猛然睜大，她沒想到昭和公主竟然這麼直接地問出這個問題。

昭和公主看著顧晚晴的反應，笑得有些淒涼，語調澀然。

「人人都以為本宮金枝玉葉，要風得風、要雨得雨。宮裡的人都巴結我、奉承我，但我曉得他們並非真心待我，只不過想從我身上討些好處罷了，所以即便我貴為公主，卻也難得幾分真心。

「只有一人不同，那人並非皇室之人，地位也不是最尊貴，可是我曉得，她待我卻是真心的。我與她雖然年歲相仿，可是她卻一直照顧我，就像親姊姊一般。我與她一同唸書、彈琴，她還護著我、教我劍法。其實她若是仰仗與我的關係，問我要這要那的，我都會求了皇兄和母后，只為滿足她。可她卻從未這麼做過，即便是在後來越發艱難的處境裡，也從未利用過與我的關係去為她自己謀求什麼，我想，她是真正當我是朋友。」

說到此處，昭和公主語調沈了下來，眼神帶著隱隱的刺痛。

「可是後來，不知怎麼的，她就病了，病得越來越沈重，再也不能進宮陪伴我。那時我年幼，母后不許我擅自出宮，又選了她的妹妹作為新伴讀來陪伴我。她妹妹雖然乖巧懂事，事事都聽我的，可我一直記掛著她，總盤算著等我再長大些，就可出宮去瞧瞧她。加之她的妹妹總說她過得很好，身子也慢慢好起來了，我才漸漸放下心來。可是直到有一天，我卻聽到她的死訊，我連她最後一面都沒瞧上，她就去了……在她去了之後，我才知道原來她離世前幾年，過得並不好……」

昭和公主陷入回憶之中，說著說著眼淚就流了下來。顧晚晴聽了心裡酸楚，拿著帕子替昭和公主拭去淚水。

昭和公主緊緊攥著她的手，眼裡閃動著光芒。「我頭一次見到妳，就覺得莫名熟悉。那天妳救我，我見到妳使的劍法，聽見妳對我喊的話，我就知道是妳回來了，是嗎，婉心？」

顧晚晴嘴唇輕輕翕動著，她看著昭和公主的眼睛，看出她的焦急，她的期盼。那句「我不是她」在喉頭盤旋了幾圈，終究被吞進肚子裡。

「碩兒，是我，我回來了。」

顧晚晴眼淚忍不住湧了出來。

她重生之後，以新的身分生活，從未奢望過有朝一日能與故友相認，可是如今昭和公主就在她面前，攥著她的手問她是不是婉心。

昭和公主哽咽著，兩人久別重逢，情難自禁地抱成一團痛哭。哭了一會兒，兩人覺得心裡舒緩不少，昭和公主脫了鞋上床，與顧晚晴並肩躺著，就如同年幼時一般，彷彿又回到昔日時光。

昭和公主看著顧晚晴，有一肚子疑問，卻又不知從何問起。顧晚晴靠著枕頭坐著，她想了想，決定還是隱瞞元寶的事。

君子無罪，懷璧其罪。畢竟元寶是靈獸，稀世罕見，越少人知道越好，顧晚晴怕一個不小心，便會引禍姜家。

於是她便半真半假地說自己本來死了，可是閻王說她陽壽未盡，就讓她還陽，可是路上耽擱太久，原本的身體已經入土，只得換了具身子，借屍還魂。

這借屍還魂本就是靈異鬼怪之說，不過既然侯婉心都能重生成顧晚晴，昭和公主自然就信了她的話。

「婉心，告訴我，妳當年是怎麼死的？」昭和公主側著身子坐起來，嚴肅地看著她。

「別人不知道，我可知道妳。妳自幼隨父兄習武，不似尋常千金一般身嬌體弱，就算是旁人病了，妳也不會病。可妳卻突然得了怪病，一病就是數年。婉心，這其中是否有蹊蹺？」

顧晚晴本就在猶豫要不要告訴昭和公主自己身亡的真相，如今她這麼直白問了出來，顧晚晴心裡頭犯了難——

她與昭和公主兩人年幼時感情甚篤，可是畢竟分開這麼多年，又是剛剛相認，為了隱瞞元寶，她又不能將隨身空間裡的醫學典籍當作證據給昭和公主看。她拿不出證據，若貿然揭了侯婉雲的底細，不知道昭和公主會作何感想，會不會相信自己？會不會覺得自己別有居心？

第二十五章

姜府。

天方濛濛亮，小丫鬟平兒端著熱水，掀開厚厚的門簾進了屋子。屋子裡燒著地暖，擺著金絲香爐，一股熱氣撲面而來。平兒放下水盆，攏著兩隻手哈了口熱氣，驅走外頭的嚴寒。

「琴姨娘，該起來了。」平兒走到床邊，掀開帷帳。

琴姨娘睡眼惺忪，臉瞧著有些浮腫，眼底下一片烏青，看著憔悴不少。

平兒服侍琴姨娘穿上衣服，嘟囔起來。「這王妃才幾日不在家，世子妃就這般苛待您。往日王妃在家的時候，也是顧慮您懷著身子不方便，免了您的晨昏定省，可如今這才三日，世子妃就改了規矩，天不亮就叫幾個姨娘去屋子裡請安，奴婢瞧著其他幾個姨娘都敢怒不敢言呢。只是苦了您，身子都這麼不方便了，還得早起請安。」

「唉，世子妃是主子，我們只是奴……」

琴姨娘嘆氣，坐在梳妝檯前讓平兒為自己梳頭。「我倒還好，可憐畫兒妹妹，連月子都沒出，昨兒個就被叫起來去請安了。畫兒身子骨不好，生產時遭了不少罪，這月子裡本該好好養著，可昨日卻足足在門外等了一個時辰，那寒風吹得畫兒妹妹臉都白了，攏了好幾個暖爐都暖不熱……」

琴姨娘的眉頭籠罩著一片愁雲慘霧，往日有王妃在背後撐著還好，可如今王妃人卻沒了……她低頭摸了摸渾圓的肚子，也不知道這孩子能否平安出生……

三天前宮裡來了消息，先說王妃遇了刺客，身受重傷昏迷不醒，而後又有消息傳來，說是一場大火燒了起來，王妃和大小姐人都沒了。王爺三日前進宮，至今未歸，世子宮裡衙門兩頭跑，也顧不上家裡後宅這點事。如今家中大房裡，侯婉雲最大，她要拿捏這些姨娘們，那可是易如反掌的事。

平兒伺候著琴姨娘用了早膳，拿了件厚厚的貂皮斗篷給她披著，扶著她，兩人出了院子。

剛走到侯婉雲的院子，就瞧見畫姨娘捧著肚子來了。

「畫兒妹妹。」

琴姨娘瞧著她這樣，有些心疼，拉著她的手，只覺得她雙手都是冰的，忙握住給她暖著。

「琴兒姊姊……」畫姨娘眉眼間都是愁雲，抬頭看著琴姨娘。

她們二人原先是大房最得寵的，可是如今都落得如此田地。琴姨娘和畫姨娘雖然有些嫌隙，不過此時兩人同病相憐，不禁都望著對方嘆氣。

「若是王妃還在，那可就好了。」畫姨娘悠悠道，眼角帶著淚花。

又過了一會兒，棋姨娘和書姨娘也來了，薔薇也抱著女兒來了院子。

小兒怕寒，薔薇抱著小音音，將她裹得密不透風。小音音半夢半醒，被抱了出來，如今還沒完全睜眼，迷迷糊糊地靠在薔薇懷裡。

幾個人在門口候著，等了快一個時辰，還沒動靜。平兒打探一番，回來說世子妃正在用早膳，讓眾人再等一會兒。

惜冬靠在門廊前，吐了口瓜子殼，估摸著時辰差不多了，理了理衣裳，進了侯婉雲屋裡。

侯婉雲正坐在桌前，不緊不慢地用早膳，看見惜冬進來了，眼皮微微抬了抬。「怎麼了？」

如今娘家得勢，婆婆不在，侯婉雲揚眉吐氣，只覺得腰桿子挺得筆直，說話不由得帶了幾分傲氣，原先那股子嬌柔白蓮花的勁頭全不見了。

「回主子的話，那幾個姨娘已經在外頭等了一個時辰，您看什麼時候叫她們進來？」惜冬小心翼翼問道。

「哦。」侯婉雲應了一聲。「不過才等了一個時辰，想我伺候婆婆的時候，可不止一個時辰，都是些姨娘，哪來那麼嬌氣？叫她們等著，我早膳都沒用完呢，人多了看著心煩，吃不下。」

「是，奴婢知道了。」

侯婉雲慢斯條理地享用早膳，心裡美得快飄了起來，那殺千刀的惡婆婆終於死了，真是老天開眼！如今姜家沒了主母，自然就該長媳當家！一想到平親王府即將掌握在自己手上，侯婉雲就抑制不住的興奮。雖然說沒了隨身空間，元寶也不知所蹤，可是她卻得了王府啊！

至於那幾個礙眼的姨娘，如今她們的死活都捏在自己手上，還不是讓她們生就生，讓她們死就死！還有她們生的幾個野種，都得看她的心情過活。

用完了早膳，叫人撤了桌子，侯婉雲這才讓惜冬叫了幾個姨娘進來。

眾人早就在外頭凍得快僵了，一個一個瑟瑟發抖，臉色都不好。小音音縮在薔薇懷裡打著哆嗦，薔薇這個當娘的一陣心疼，若非世子妃指明要帶著小音音，她才捨不得把寶貝女兒帶出來。

眾人一起跪下，給侯婉雲請安。侯婉雲端坐主位，悠悠喝茶，足足過了一盞茶的工夫，待到手裡的茶水都冷了，叫惜冬來換了一杯，才抬了抬眼皮，道：「都起來吧。」

幾位姨娘都跪得腿腳發麻，特別是琴姨娘，身子太沈，使勁起了幾次，都起不來。

平兒在旁看著著急，忙上前去要扶起，侯婉雲卻指著平兒道：「妳上前來做什麼？主子還沒發話，妳倒是自作主張起來了。」

平兒的身子僵住了，琴姨娘轉頭看著平兒，示意她不要過來，而後扶著一旁的椅子，顫巍巍地要站起來。一旁的書姨娘看不過眼，走過去將她扶起。

侯婉雲冷眼瞧著她們幾個，嘴角逸出一抹冷笑。

「瞧著妳們幾個姊妹情深，倒是極好的。咱們姜家上上下下，要一條心，和和睦睦的。」

「是，世子妃教訓得是，奴婢們知道了。」幾人齊聲回答。

侯婉雲朝惜冬使了個眼色，惜冬從旁邊的書案上搬來一摞經書，放在桌子上。侯婉雲拿起一本經書翻了幾下，一臉沈痛道：「母親就這麼去了，我做兒媳的心中萬分悲痛，這幾日每日替母親唸佛經。昔日王妃都待妳們不薄，妳們也得知恩圖報，不可做忘恩負義之人，如今妳們每人也都來替太太唸佛誦經，以盡孝道吧。」

說罷，惜冬將佛經分發給幾人。

幾位姨娘每人拿著佛經，面面相覷。

侯婉雲半閉著眼睛，道：「妳們都去偏廳裡，一人抄三本佛經。在此期間禁食禁飲，以表誠心。都下去吧，我要替母親唸經了。」

這擺明著要整治自己！可幾位姨娘都敢怒不敢言，只得福身行禮，而後到偏廳裡去。

薔薇抱著小音音最後一個出門，剛走到門口，就聽見侯婉雲叫住了她。「薔薇啊，妳先留步。」

薔薇心下一緊，停住腳步，畢恭畢敬地跪下。

只聽侯婉雲道：「薔薇啊，我瞧著小音音可愛得緊，我疼她跟疼自己親女兒似的。我在想啊，要不把小音音接到我院子裡養著，想和妳商量商量。」

薔薇一下子就害怕了。小音音是她的心頭肉，怎麼捨得送去侯婉雲院子裡？若是侯婉雲是個大度良善的主母也就罷了，可偏偏是個心如蛇蠍的，小音音若是落在她手裡，哪裡還有活路？

薔薇不住磕頭。「音音年紀還小，奴婢怕她不懂事，惹您不快。您若是喜歡音音，奴婢就叫她常來伺候您。」

侯婉雲輕哼了一聲，悠悠道：「上次畫姨娘難產之事，調查得不清不楚。薔薇啊，妳的嫌疑還未洗脫呢……小音音跟著妳這樣的娘，恐怕不是什麼好事吧？」

跟著我總比跟著妳丟了性命強！薔薇恨不得將這句話甩在侯婉雲臉上，可是她不敢，只能忍氣吞聲。

侯婉雲看著薔薇吃癟的樣子，心情格外愉快，捏著指甲擺弄道：「妳想把小音音留在身邊，也不是不可以，只不過若是今後萬一再查起畫姨娘難產之事……妳得想好怎麼解釋從妳院子裡挖出來的薰香。」

薔薇愣了一下，畫姨娘難產之事是誰做的，她猜了個九成，不就是侯婉雲這毒婦嗎？如今她這麼說，是何意思？難不成……她是以小音音為要脅，讓自己在必要的時候出來頂罪？

這罪若是頂了，可是要人命的罪。

可若是不頂……薔薇望著懷中熟睡女兒的小臉，若是不答應，恐怕她會對小音音不利！

於是薔薇權衡一番，咬牙道：「奴婢為了音音，什麼都願意做！」

侯婉雲笑了笑，她要的就是這句。她知道薔薇的軟肋是女兒，如今用她女兒做要脅，不怕她不聽話。

「妳是個聰明人。小音音也是我的女兒，叫我一聲母親，我不會虧待她的。」侯婉雲笑咪咪地揮揮手。

「行了，妳下去吧，回去帶孩子，不用抄佛經了。」

薔薇已然渾身冷汗，抱著小音音磕了三個頭，急匆匆離開了。臨出院子時，回頭看了一眼，只覺得侯婉雲的房門黑洞洞的，如同住著妖魔鬼怪的巢穴，要將人活活吞了。薔薇抱緊女兒，趕緊快步離開。

三本佛經可不是那麼好抄的，琴棋書畫四個姨娘餓著肚子，從早晨一直抄到下午。書姨娘、棋姨娘還好，畢竟兩人身子健康，勉強撐得住，可就苦了琴姨娘、畫姨娘，兩個人滿頭冷汗，眼瞧著就快暈過去。

平兒急得不行，苦苦哀求惜冬，又塞了不少銀子，可是惜冬就鼻孔朝天一句話。「這是世子妃的意思，我一個奴婢做不了主！妳們要想歇著，抄完佛經不就行了？自己偷懶，手底下慢，還怪誰？難不成妳們不想為王妃盡孝了？」

惜冬扔下這句話就走了，氣得平兒一屁股坐在地上，嗚嗚哭了起來。

她不識字，不然真恨不得替幾個姨娘抄寫經文。如今王妃去了，大小姐也去了，王爺不在，世子也不在，長輩裡就剩個二房太太錢氏。可錢氏素來與世子不對盤，一直冷眼旁觀，甚少往來，更別說插手世子妃管小妾的事了。如今這姜家，連個能做主救人的都沒有。

院子旁的屋裡，惜春一直坐在窗邊看著這邊的動靜。自從她見了侯瑞峰之後，她就發現姜府侯婉雲院子附近的暗處，出現了兩個武功極高的女子，八成是侯瑞峰派來的探子，打探侯婉雲的日常起居。如果沒有意外的話，今日侯婉雲房中發生之事，很快就會一五一十傳到侯瑞峰耳裡。

不過瞧著那兩位姨娘的臉色，恐怕是要出人命了。惜春盤算了一番，這府裡如今唯一能指望上的，只有一個人了——錦煙姑娘。雖說不曉得錦煙能否救幾個姨娘，可總歸她是最後的希望。

惜春看了眼屋外，趁著無人注意自己的時候，快步離開了院子。

過了一炷香的時間，一個身姿曼妙的絕美女子快步走進侯婉雲的院子，她身後跟著兩個丫鬟，還有府裡的劉大夫。她並不直接去侯婉雲房裡，而是逕自拐到偏廳。

偏廳裡連個火盆都沒生，冷似冰窟，惜冬又特意開了窗，說是散散筆墨味，如今這寒風一吹，颳得似刀子般，幾個嬌滴滴的姨娘一個一個臉色都差極了。

錦煙一進屋，看這情景，眉頭就皺了起來。

「都別抄了！」她忙吩咐手下的丫鬟。「快去將房門關上，取火盆來！再去熬熱薑湯，弄些湯湯水水的熱吃食來！」

幾個姨娘瞧見錦煙，都跟看見救兵似的，可是心裡頭又隱隱擔心，雖然說這位沒有任何名分的錦煙姑娘素日裡甚得王爺寵愛，可她畢竟沒有身分。她來，能說得上話嗎？要是她惹得侯婉雲不高興了，回頭侯婉雲把火氣出在自己身上，她們還不是得吃不了兜著走？

錦煙叫人關窗，生火盆取暖，這番動靜驚動了侯婉雲。

侯婉雲聽說錦煙來了，還一來就自作主張不讓姨娘們抄經文。不由得火大起來，她算個什麼東西？難不成以為曾經為她說過幾句好話，就來蹬鼻子上臉，也不瞧瞧自己是什麼身分！

「走，過去瞧瞧！」

侯婉雲帶著惜冬，來勢洶洶地去了偏廳。

「喲，我當是誰呢，原來是錦煙姑娘。」侯婉雲陰陽怪氣地瞅著錦煙。「不知錦煙姑娘來我房裡有何貴幹？還作起主來了，當這裡是妳院子呢？」

錦煙被侯婉雲這副模樣驚呆了。

素日裡她都是那溫婉賢淑的樣子，如今卻陰陽怪氣、氣焰囂張，錦煙頓時就皺起眉頭。

原來大哥說得不錯，侯婉雲真不是什麼良善的主！

「我倒是想問問世子妃在做什麼，是想鬧出人命嗎？」

錦煙將一本經書扔在地上，素日裡姜恒寵愛她，她雖說涵養好，可是發起脾氣來，卻是不小的。

「鬧出人命？不過是替母親抄寫幾本經書罷了，那可是盡孝道，還扯上什麼人命？錦煙姑娘言重了吧，這罪名，我可擔待不起。」侯婉雲冷笑道，眼裡帶著不屑。「怎麼？母親剛剛不在，錦煙姑娘就按捺不住了？恐怕心裡頭美著吧，指不定盤算著勾引父親，讓父親給妳名分呢！」

姜恒與錦煙明明是親兄妹，如今被侯婉雲這麼一說，錦煙臉色難看極了，斥責道：「休要滿口胡言！」

侯婉雲哈哈大笑。

「我滿口胡言？是妳作賊心虛吧！母親剛去世，瞧妳急得手都伸到我院子裡來了，這是急火火地就想擺當家主母的譜呢！別癡心妄想了，整日裡攀著父親，可是父親壓根兒就不正眼瞧妳。都伺候了多少年了，能有什麼名分？若是父親想給名分，早就給了，就算母親去了，也輪不到妳這個賤婢當家！我瞧妳這眉眼間都是風塵味，一看就是騷狐狸，八成是窯子裡出來的，身子不知道被多少男人碰過，還癡心妄想跟了父親，妳就死了這條心吧！我若是妳，千人睡、萬人枕，人盡可夫，早就找口井跳下去，沒臉活在這世上了！」

侯婉雲一番話戳中了錦煙的痛處，氣得她渾身發抖，說不出話來。

在場眾人也都嚇呆了，沒想到看著溫婉賢淑的貴婦人竟然說出這般粗俗不堪的話！

侯婉雲可不怕她們聽，如今她是主子，她們是奴婢，她怕誰？她就跟從前的顧晚晴似的，她最大，她作主！

侯婉雲得意洋洋地看著錦煙的臉色，心裡爽快到了極點。她在姜家受了婆婆多少惡氣，今後她要將她受的氣都出在這些賤婢身上！

偏廳裡一時間鴉雀無聲，侯婉雲看著眾人畏畏縮縮，享受著翻身作主的快感。可是她得意忘形，竟渾然不覺偏廳裡的氣氛不知從何時起變了味道。

「妳方才說了什麼？」

姜恒低沈的聲音，帶著壓抑的怒氣，從侯婉雲身後飄來。

侯婉雲的笑容僵住了，脖子有些僵硬。她不知道姜恒是何時進來的，也不知道他聽到了多少。

侯婉雲頓時頭皮發麻，轉身撲通一聲跪在地上，身子瑟瑟發抖，帶著哭腔。

「回父親的話，兒媳與姨娘們為母親抄寫經書盡孝，願母親一路走好，早登極樂世界，可是錦煙姑娘卻無故阻攔，還辱罵母親，兒媳一時氣憤，就與她吵了起來。」

惡人先告狀！錦煙恨不得呸她一臉，心想自己真是瞎了眼，過去竟然袒護這個蛇蠍心腸的毒婦！

「早登什麼極樂世界？我還沒死呢，妳就這麼巴巴盼著我閉眼？」

顧晚晴的聲音幽幽從門外傳來，侯婉雲吃驚抬頭，看見姜惠茹攙扶著她從門口走了進來。

顧晚晴一進門，看見跪了一屋子的姨娘，各個面如白紙，心就沈了下來。自己不過離開了三日，她就打算把幾個姨娘和未出世的孩子都弄死嗎？

「母、母親？妳、妳沒死？」侯婉雲簡直不敢相信自己的眼睛！

不是說那場大火燒得厲害，她沒逃出火場，被燒得連灰都不剩嗎？如今怎麼會好好地出現在這裡？

「我當然沒死，妳死了我都不會死！」顧晚晴毫不客氣道。「妳不是願意盡孝嗎？那妳就去盡孝好了！翠蓮，去把屋裡的地暖炭盆都撤了，在浴桶裡放滿涼水，伺候世子妃沐浴更素衣，沐浴要誠心，浸泡滿三個時辰才好，一炷香的工夫都不能少！而後讓她去佛堂跪著抄經文，禁飲禁食，抄足三天三夜，都做完了再來跟我說話！」

這天氣泡三個時辰的冷水，不給凍個半死才怪。那素衣可是單衣，就薄薄的一層布，根本無法抵禦這個時節的嚴寒！佛堂裡陰冷，不吃不喝跪個三天，那不是連命都沒了嗎？

「母親，不可啊！」侯婉雲不停磕著頭。

「有什麼不可？」顧晚晴冷哼一聲。「這幾個姨娘都可以不飲不食為我抄寫三本經書，妳個當兒媳的就金貴得不行了？讓妳抄點經文都不願意，妳就是不孝！」

侯婉雲嗚嗚哭了起來，她若是真去了，三天之後估計也就剩半條命了！

這時候，從門口進來一個衣著華美、氣質卓然的貴人。侯婉雲看見她，眼淚立馬湧了出來，跟瞧見救兵似的，匍匐跪地爬了過去，抓住那人裙角，苦求道：「公主殿下，雲兒雖有心盡孝，可是身子實在孱弱不堪，那般的折磨，雲兒恐怕連命都沒了，求公主殿下救救雲兒！」

昭和公主彎下腰，一隻手摸著侯婉雲的臉蛋，眼裡帶著憐惜。「雲兒，可真是苦了妳了，本宮曉得妳的孝心，日月可鑑。」

而後拍拍她的小臉蛋。「妳這種感天動地的孝女，只抄寫三天三夜經書，當然是不妥的，簡直辱沒了『嫻德孝女』的身分，依本宮看，應該抄個七天七夜才符合！」

侯婉雲不可置信地看著昭和公主，她不是一向站在自己這一邊的嗎？怎麼今兒個突然轉了性子，反倒幫那惡婆婆？就算那惡婆婆救了昭和公主的性命，可她也不該對自己這般反常啊！

侯婉雲楚楚可憐地哭泣著，朝眾人磕了三個響頭，簡直傷心欲絕。

「回公主的話，母親讓我去佛堂，雲兒心裡並無一絲不願意。為母親盡孝是雲兒的本分，可是雲兒擔心母親被小人蒙蔽，有人妄圖挑撥婆媳關係，母親千萬不要上當啊！」

顧晚晴淡淡掃了一眼跪了一地的大房姨娘們，對侯婉雲喝道：「有小人挑撥？妳倒是說說看，誰是小人？我一回府就聽說大房鬧騰起來了，便趕著過來，一來就瞧見妳這毒婦幹的好事，妳還妄想狡辯？孫嬤嬤、容嬤嬤，將她帶下去沐浴淨身，好好伺候著誦經唸佛，七天之後再來見我。」

兩個面容冷肅的嬤嬤對顧晚晴俯身行禮道：「是，嫻雅公主，奴婢遵命。」而後她們冷著臉對著侯婉雲。「世子妃，您是貴人，還是自個兒走吧，莫要讓奴婢為難。」

嫻雅公主?!

侯婉雲吃驚地看著顧晚晴，她什麼時候成公主了？顧晚晴輕輕掃了侯婉雲一眼，看她脹得跟豬肝似的臉色，對她厭惡到了頂點，揮揮手道：「世子妃恐是跪得久了身子起不來，妳們扶著她去吧。」

容嬤嬤和孫嬤嬤一人一邊，將侯婉雲架在中間，連拖帶拽地將她往門口拖。昭和公主只是冷眼瞧著，並未上前阻攔，眼裡甚至還有隱隱的快意。

侯婉雲迷茫地看著眾人，姜恒面沈如水，看不出喜怒；顧晚晴還是那副恨不得將自己生吞活剝的樣子；昭和公主也似變了個人，不再護著自己；錦煙臉色十分難看，意味複雜地盯著自己；幾個姨娘都垂著頭，可是每個人眼裡都透著幸災樂禍，恨不得上前補上一腳。

侯婉雲眼裡含著淚花。為何事情會變成這樣？前一刻她還盤算著婆婆死了，後宅就是她侯婉雲的天下了，可是如今如意算盤全數落空，她突然陷入顫慄的絕望。

在場之人，沒有一個人為她求情，就這麼眼睜睜看著侯婉雲像一灘爛泥被人拖了出去。

剛被架出門，侯婉雲看見一個雪白的毛球朝自己跑過來。

「元寶！快過來！」

侯婉雲彷彿看見救命稻草，朝元寶大喊一聲。元寶回來，若是有了空間，那麼一切都會不一樣了。

元寶只是稍微停頓了一下，甩了甩毛茸茸的尾巴（修煉出的第二條尾巴用法術藏了起來），而後一溜煙朝屋裡跑。侯婉雲眼睜睜看著元寶從身旁跑過，然後躥入人群，跳進顧晚晴的懷裡。顧晚晴笑咪咪摸著元寶的腦袋，元寶在她懷裡蹭來蹭去，連看都不看侯婉雲一眼。

侯婉雲呆住了，望著顧晚晴的眼眸恨得能冒出火來。不過隨即她又想到了一個更加嚴重的問題——如果元寶認了顧晚晴做主人，那麼顧晚晴豈不是能進入隨身空間？

一陣冷汗從侯婉雲的背脊冒了出來，從頭冷到腳，讓她遍體生寒。

恍惚中，她被兩個嬤嬤架著丟進了冷水桶裡。

刺骨的涼水包裹她的身子，兩個嬤嬤七手八腳剝掉她身上的濕衣裳。侯婉雲驚恐地尖叫著。「妳們離我遠些，不要碰我！妳們這兩個老畜生，狗仗人勢的東西！我可是安國公的女兒、姜家的世子妃！」

容嬤嬤冷笑著，手裡狠狠在侯婉雲腋下的嫩肉上掐了一把，厲聲道：「世子妃是還沒清醒吧？奴婢雖然是奴才，可也是從宮裡頭出來的人，是太后賜給嫻雅公主的教養嬤嬤。就連宮裡的小主見了奴婢，也要給奴婢三分臉面。您掂量掂量自己的斤兩，有沒有資格跟咱們嫻雅公主叫板？跟太后作對！」

孫嬤嬤一把扯下侯婉雲的肚兜，然後按住她的頭，將她按進冷水裡。侯婉雲嗆了幾口冷水，只覺得肺疼得都要炸開了。孫嬤嬤又抓著她的頭髮將她從冷水裡提了起來，侯婉雲咳嗽著，大口大口地喘氣。原先那惡婆婆整治她，也是顧忌面子的，可如今卻這般明目張膽！甚至還當著昭和公主的面，難道她不怕安國公知道嗎？

侯家可是剛立了大功！她顧晚晴怎麼敢這麼對自己？

孫嬤嬤皮笑肉不笑，一雙手像鉗子，專挑侯婉雲身上的嫩肉掐。「奴婢給世子妃浸浸水，讓世子妃清醒清醒。太后剛收了平親王妃為義女，封為嫻雅公主。咱們公主的意思，也就是太后的意思。世子妃若是聰明人，就該知道輕重。嫻雅公主是太后的義女，當今聖上的義妹，昭和公主的義姊，您又是什麼身分呢？」

侯婉雲咳嗽著，瞪著眼睛道：「我父親可是安國公，天朝的大功臣，妳們怎麼可以如此對待功臣之女？若是被我父親知道了，定要在聖上面前參上一本！」

「哈哈哈，您真是天真無邪啊！」容嬤嬤彷彿聽見了不得了的笑話。「首先，您得能把話帶出姜家不是？再說了，您做的那些事，若是教安國公聽見了，指不定心裡羞愧成什麼樣，恨不得沒生過妳這蛇蠍心腸的女兒呢！」

侯婉雲一愣，容嬤嬤這話是何意？難不成自己做的事被發現了？不可能啊，自己布局縝密，不可能會被發現的！

被容嬤嬤和孫嬤嬤折騰了好幾個時辰，侯婉雲終於被拎出冷水桶，而後容嬤嬤扔給她一件單衣。「奴婢手腳笨拙，怕伺候不好，惹世子妃不快，還請您自個兒更衣。」

「我的丫鬟們呢？去叫惜冬進來！」侯婉雲凍得嘴唇發紫，只覺得濕漉漉的頭髮貼著後背，渾身沒了一絲熱氣。

「世子妃是說您那些陪嫁丫鬟？」容嬤嬤笑了笑。「可真不巧，那幾個丫鬟都被嫻雅公主打發出府了。您就自個兒湊合一下，等您出了佛堂，咱們公主自然會安排新的丫鬟伺候您。」

「妳們！」侯婉雲氣得渾身發抖。

那些可都是她的陪嫁丫鬟！顧晚晴那毒婦怎麼可以越俎代庖處置她的陪嫁丫鬟？偏偏她又無可奈何，只能穿上了單衣。

翠蓮從門口進來，拿著件披風，瞧了眼侯婉雲，滿眼厭惡，將披風扔給她。「咱們王妃心善，怕世子妃凍著了，讓奴婢送了披風來。王妃還說了，讓世子妃專心唸經，莫要分心，內宅的事不用您操心。」

侯婉雲默默裹上披風，看了一眼翠蓮。今天這是怎麼了？為何這些人看著自己的眼光，都恨不得吃了自己？

孫嬤嬤對翠蓮笑了笑。「公主還真是心善……若奴婢是婆婆，早就將那毒婦兒媳打死了……」

容嬤嬤也道：「打死了她，豈不是便宜了她……」

兩個嬤嬤眼光齊齊飄向侯婉雲，侯婉雲咬著嘴唇，她直覺有什麼事情發生了，所以讓局面一下子不同了起來。

可是她卻猜不到發生了什麼事情，即便她罰了幾個姨娘抄寫經書，罰得狠了些，可也不至於這樣啊？

「世子妃，既然收拾好了，就快些走吧。」容嬤嬤、孫嬤嬤站在侯婉雲身側，不由分說架著她往佛堂走。

翠蓮看著侯婉雲的背影，厭惡地啐了一口。「呸，瞧著長了個人樣，誰知道心卻是那般黑！」

顧晚晴院子。

屋子裡地暖燒得暖融融的，顧晚晴和昭和公主兩人躺在床上，蓋著一條棉被。昭和公主神色有些惆悵，顧晚晴回想起當時在宮中場景，也是一副若有所思。

先前在宮裡，顧晚晴對昭和公主承認自己就是侯府的大小姐侯婉心。昭和公主一直追問她死因，顧晚晴推說自己正在追查，等查出結果再告訴昭和公主。昭和公主心知她自有她的理由，也就不再追問。

可昭和公主不明白的是，為何顧晚晴和最疼愛的妹妹婉雲成了婆媳，卻處處為難針對她？

於是顧晚晴一聲嘆息，告知侯婉雲的所作所為——對未來婆婆下絕子藥、意圖以逍遙膏毒害未出生的胎兒，差點害得畫姨娘難產一屍兩命，又陷害另外兩位姨娘，散播謠言說顧晚晴包庇陪嫁丫鬟。

正因為侯婉雲這般惡毒行徑，又因為是太后指婚無法休了她，所以自己迫不得已才處處針對她，以保全姜家後宅安寧。

昭和公主初聽，怎麼都不信。

顧晚晴心裡暗暗嘆氣，侯婉雲還是太能裝了，畢竟她溫婉孝順的姿態太深得人心，公主一時間無法接受，也是情有可原。同時，她也慶幸自己沒有貿然把侯婉雲害死嫡母、嫡姊的事告訴公主。畢竟這事只有自己在臨死前聽侯婉雲親口承認過，其他證據卻是一件都沒有。

但是侯婉雲在姜府害人的事，卻是有把柄的。

於是顧晚晴慢慢解釋給昭和公主——發現絕子湯，是因為自己是侯婉心，認得下藥之人是侯婉雲昔日的貼身婢女菱角；至於畫姨娘難產之事，則是由姜恒親自調查，罪證確鑿。

而後顧晚晴請來霍曦辰、姜恒，為自己所說之事作證。

霍曦辰早在隨身空間裡，就知道了全部真相，此時自然力挺顧晚晴，而他在空間裡看到醫學典籍裡對逍遙膏的敘述，知道這是害人的東西，霍曦辰以神醫身分指出逍遙膏害人不淺，昭和公主自然是信的。

在霍曦辰說出他查出絕子湯是侯婉雲所下之時，姜恒攏在袖子裡的拳頭緊緊攥住。

隨後姜恒呈上畫姨娘難產之事的證據，昭和公主在相信了這一切後，異常氣憤，立刻跑去見了太后。好在昭和公主雖然心直口快，卻知道輕重，並沒有將顧晚晴重生之事說出，只說出侯婉雲在姜家所做的齷齪行徑，發現絕子湯的事則改口說成是霍曦辰發現的，而後由霍曦辰派霍家的人順藤摸瓜調查，發現是侯婉雲昔日貼身丫鬟所為。

太后聽後，眉頭死死地擰了起來。

她原本只覺得侯婉雲這丫頭有些不上道，最近仗著娘家的功勞有些飄飄然，可沒想到背地裡居然是這般狼心狗肺的東西！

不但謀害小妾、殘害子嗣，這倒也罷了，後宮裡這樣的事也層出不窮，可居然膽大包天給婆婆下絕子湯！那時候她還沒嫁進姜家呢，這心機，簡直讓人不寒而慄！

太后也是婆婆，她一想若是哪個妃嬪也學著侯婉雲，來謀害自己……太后頓時震怒了！

而後太后一番思量，決定收顧晚晴為義女，封號嫺雅公主。

一是為了彌補姜家，畢竟這婚是太后賜的，把這麼個東西塞給人家，太后心裡過意不去；二是顧晚晴是真救了自己的女兒，又差點在太后宮裡丟了性命，這份功勞，太后不會忘記；三是昭和公主極力促成，一直替顧晚晴說好話，請太后收顧晚晴為義女。

「嫺雅，妳是哀家義女，哀家斷然不會教妳受委屈。」太后一手抓住椅子，狠狠地捏著把手。

「侯氏的所作所為，哀家心裡有數。只是要妳再忍些日子，如今侯將軍出使南疆，在此時發難收拾他妹妹，恐會分了他的心。待到侯將軍回朝，哀家定會為妳做主！嫺雅啊，妳放心，安國公並非是非不分之人，到時候他知道了侯氏的作為，也定是不能容她的！姜家要休了她，或者別的處置，都由妳來決定，哀家定然會支持妳。」

末了，太后又瞧著顧晚晴，眼神爍爍，意味深長地補充了一句。「當婆婆的，太過軟糯可不好，否則教人蹬鼻子上臉了，該做的規矩還是要做的……」

太后都親口發話讓她做規矩了，那她還怕什麼？只管放手大膽去做，橫豎有太后撐腰，只要不弄出人命，怎麼整都行。

顧晚晴心領神會，微笑福身。「是，女兒曉得。」

第二十六章

自從那日被侯婉雲折騰著抄寫經書，幾個姨娘回去就齊齊病了。

畫姨娘生產完了身子本就虛弱，還是在月子裡，如今病得越發沈重，整日裡發著高燒，燒得人都糊塗了，叫大夫開了方子，揀著最好的藥材用，湯藥流水似的往畫姨娘屋裡送。

孫少爺姜玄安身子也弱，三天、兩天的病，本就折騰得很，如今再加上畫姨娘的病，愁得姜炎洲整日就沒見個好臉色。

不光是畫姨娘，懷著身子的琴姨娘也一病不起了。琴姨娘當日回去也發了燒，大夫來看了，也只開了些祛寒退燒的方子，因她懷著孩子即將臨盆，也不敢亂吃別的藥，只能指望她自己熬過去。

可是都三日過去了，琴姨娘不僅沒有好起來，反而陷入昏睡狀態，迷迷糊糊的不見清醒。

琴姨娘的丫鬟平兒整日愁眉苦臉，連日整宿地守著琴姨娘。平兒發現，起初琴姨娘病倒的幾日，她肚子裡的胎兒還會動，可是這兩日，平兒手放在琴姨娘肚皮上好幾個時辰，都感覺不到胎兒的動靜。

這可把平兒嚇壞了，急忙告訴王妃。

如今顧晚晴的身子也沒有好，還虛弱著，聽了平兒的話，趕忙派人去霍家請霍曦辰過來。事關姜家子嗣，弄不好就是一屍兩命。

自從霍曦辰從火海逃生，回了霍家，霍家老爺子和太太抱著兒子哭得肝腸寸斷，霍家太太更將寶貝兒子時刻帶在身旁，生怕一個眨眼，霍曦辰就沒了影。如今顧晚晴也只能硬著頭皮去請霍曦辰出手，不過面子上的功夫總是要做的，派過去的人說是請霍家少爺給嫻雅公主診病，霍家太太也不好說什麼。畢竟人家顧晚晴可是太后跟前的紅人，自己也不好扣著兒子不放人。

霍曦辰本來就惦記著空間裡的醫學實驗，早就想偷空溜去姜府找顧晚晴進空間，奈何他母親看得太緊，硬是不讓他出府，如今姜府派人來請，霍曦辰便趕忙收拾東西去了姜府。

霍曦辰興沖沖進了顧晚晴屋子，見了禮後，為顧晚晴把脈。「王妃身子恢復得很好，再調養段日子就能康復了。」

顧晚晴嘆了口氣，滿面愁容。「我這身子倒是不要緊，我素日裡身體康健得很，一點小傷小災的不算什麼。」

霍曦辰聞言，有些心虛地垂下頭，關於顧晚晴傷了身子恐怕不能生育之事，大家都瞞著她，如今她還渾然不知呢。

顧晚晴心裡都裝著琴姨娘的事，也沒注意霍曦辰的臉色，繼續道：「我今兒請你來，是想麻煩你替我給大房的姨娘診脈。」於是她將那日侯婉雲整治幾個姨娘的事，簡單說給霍曦辰聽。「我是怕那孩子出事。唉，你說她挺著個大肚子，還要遭那罪，我瞧著都揪心。」

霍曦辰一聽，簡直恨得牙癢癢，侯婉雲那毒婦竟然這般狠毒，剛聽見婆婆的死訊，連屍骨都沒見到，就開始動手了。

霍曦辰道：「王妃放心，我自當盡力。」說罷，別過顧晚晴，由丫鬟領著去了琴姨娘屋裡。

霍曦辰到的時候，姜炎洲正好在琴姨娘屋裡。

霍曦辰進了屋子，對姜炎洲就沒有好臉色。

上次畫姨娘難產之事，就讓霍曦辰很看不上這個連自己妻子都收拾不住的平親王世子。

姜炎洲一看霍曦辰來了，忙起身。

「霍兄怎麼來了？」隨即想到，定是母親請霍曦辰來給琴姨娘瞧病的，姜炎洲頓時覺得自己失言了。

霍曦辰哼了一聲算是回答，擺著他神醫的架子，看都不看姜炎洲一眼，走到床前看向琴姨娘。

琴姨娘閉著眼睛，面色發紅，額頭上冒著細小的汗珠，頭髮浸著汗水，貼在頭皮上，整個人顯得狼狽極了。她身上裹著厚厚的棉被，肚子的部位高高凸出，像是鼓出了個小山。

霍曦辰坐在床邊，叫了琴姨娘兩聲，琴姨娘緊緊閉著眼睛，也不回答，而後霍曦辰一隻手搭在琴姨娘脈上，另一隻手輕輕放在琴姨娘凸出的肚子上，臉色沈了幾分。

「霍大夫，她情況如何？」姜炎洲焦急地搓著手，看著霍曦辰的臉色。

「很糟糕。」霍曦辰半閉著眼睛，手仍搭在脈上。

「那、那可有辦法救她母女？」姜炎洲都快急哭了。

霍曦辰哼了一聲，冷冷道：「產婦本就體弱，若是好好調養，自然母女平安。可是你妻子竟然那麼折磨人，如今產婦身子受寒，氣虛體弱，又心火鬱結，病得極沈重。想保住她母女平安，恐是極難！哼，我就沒見過哪裡像你家後院，害了一個姨娘差點一屍兩命不說，這回又快要害死一個！」

姜炎洲被霍曦辰說得臉上一陣白一陣紅，上次畫姨娘出事後，姜炎洲對侯婉雲就厭惡到極點，若非礙於她是正室，他連她屋子都不想進。誰知道這次她又趁著母親出事，姜家無人，將琴姨娘害成這副模樣，姜炎洲簡直恨毒了她！

「霍大夫，求你務必要救她們母女啊！就算是看在我母親的分上，也請你一定救活她們！」姜炎洲拉著霍曦辰的衣角，近乎哀求。

霍曦辰嘆了口氣，搖搖頭。

「以我之力，只能保住大人。至於她腹中的胎兒，已有胎死腹中之象，怕是神仙也難救。三日，最多三日，若是她還不能自行產下嬰兒，就得用催產藥，否則死嬰在腹中時日長了，產婦也會出事的。」

一聽見胎死腹中四個字，姜炎洲眼睛發直，愣愣地轉頭盯著琴姨娘，而後撲在床邊，嗚嗚哭了起來。

好歹他堂堂男子漢，竟然連自己的女人、孩子都護不住，還是接連兩次！上次幸虧有人出手相救，才救回了畫姨娘和孩子，可是這次，琴姨娘的孩子卻是保不住了。這讓他怎樣不心痛？怎樣不自責？

霍曦辰看著姜炎洲，冷冷地甩了甩袖子。「我若是你，娶了那種毒婦，我早就休了她了。這種殘害妾侍、殘殺子嗣、毒害婆母的毒婦，能留她條性命已是仁慈。」

「你說什麼？毒害婆母？」姜炎洲不可置信地抬頭看著霍曦辰。「難道侯氏對母親……」

霍曦辰哼了一聲。「難不成你還什麼都不知道？遠在王妃還沒過門的時候，你那好媳婦就安排婢女混進姜府，從王妃嫁進來的第一日起，就將絕子湯送給王妃喝了，如今那婢女菱角已經被抓了起來，關在地牢。」

霍曦辰看姜炎洲不順眼，故意沒有告訴他其實王妃早就識破了，並沒喝下那絕子湯。

姜炎洲如遭雷劈，愣在當場。

他這幾日一直為幾個姨娘和孩子的事發愁，顧晚晴打算等事情平息了再告訴他侯婉雲在姜家的所作所為，省得他現在知道了徒增煩惱。

如今驟然知道此事，他心念飛速轉動。母親一向身體強健，可是嫁進來許久卻一直無所出，原來是侯婉雲從中作梗，而且這侍女還是在侯婉雲未過門的時候就被派進來潛伏的！姜炎洲頓時遍體生寒，這是多可怕的女人，凡是擋了她路的人，她都這麼下狠手，簡直太殘忍了！

轉頭看了看昏迷不醒的琴姨娘，再想想一向對自己疼愛有加的繼母，姜炎洲只覺得心裡有一團火在燒，燒得他快要失去理智了。

姜炎洲攥緊拳頭，眼裡冒著憤怒的火，他抿著嘴唇，衝出屋子。

佛堂。

侯婉雲穿著單薄的衣裳，跪在冰冰冷冷的石板上，已經三天三夜未進食了。容嬤嬤、孫嬤嬤輪班看守著她，這兩個宮裡出來的嬤嬤折磨人的手法可是一流的，有她們在，侯婉雲就是想跪著打個盹，都是不可能的。

佛堂的門口，放著小火爐，爐上用小火燉著東坡肘子，一陣陣的肉香，令侯婉雲空蕩蕩的胃裡一陣翻江倒海，餓得快斷氣了。

雖說在佛堂裡吃肉不妥，但是兩個嬤嬤可沒這些忌諱。一人手捧著一碗香噴噴的白米飯，圍著火爐吃東坡肉。

這對於饑腸轆轆的侯婉雲而言，簡直比酷刑還難受。她吞了吞口水，轉頭看向她們，眼神都是綠的，像一頭饑餓的狼。

「世子妃這是餓了？」孫嬤嬤挾起一塊肉，放進嘴裡。

「這東坡肉燉得久，肉放入嘴裡就融化，滿嘴的湯汁，香死了，奴婢恨不得連舌頭都一起吞了下去。」

侯婉雲只覺得乾涸的口中開始分泌口水，她抓了一把亂糟糟的頭髮，乾巴巴地嚥了口口水。

容嬤嬤笑看著侯婉雲。「世子妃，您要是餓了，就說一聲，奴婢這塊肉，就讓給您了。」

容嬤嬤挾起一塊油亮亮的肉塊，走到侯婉雲身旁，肉塊在她眼前晃來晃去。一陣陣肉香從鼻端襲來，侯婉雲眼裡只剩下那麼一塊肉，迷迷糊糊地張開嘴，想含住那香噴噴的肉塊。

啪嗒一聲，容嬤嬤鬆了筷子，那肉塊掉在地上。「哎呀！沒挾住，掉了。」

侯婉雲看著地上的肉塊，頭腦清醒了一些，她知道老婆子在羞辱她，眼裡浮上恨意，強忍著饑餓，可是眼睛還是忍不住看向掉在眼前的肉。饑餓的力量驅使著她，若非有旁人在，她真恨不得將那肉撿起來吃了。

容嬤嬤看出她眼底對食物的渴望，輕蔑地笑著，伸出一隻腳，輕輕踩住那塊東坡肉，在地上滾了幾圈，肉塊沾著泥土，變得髒兮兮的。

「世子妃，快吃啊！您不吃，是瞧不起奴婢了？瞧不起奴婢，就是瞧不起咱們嫻雅公主，就是瞧不起太后。世子妃，您好大的膽子啊！竟然敢藐視公主，藐視太后！」容嬤嬤冷笑著，狠狠戳了戳侯婉雲的額頭。

侯婉雲低頭，收起眼裡的恨意。她知道自己必須忍，等父兄知道她的處境來救她，到時就要弄死這兩個老乞婆！

侯婉雲心一橫，伸出僵硬的手，捧起髒兮兮的肉塊，一閉眼，強忍著噁心，將肉塊吞進胃裡。她許久未曾進食，胃裡空落落的，肉塊一吞下，就覺得一陣反胃，差點吐了出來。

侯婉雲吃了之後，垂著頭，低眉順眼地跪著。

她不想再招惹這兩個老嬤嬤，否則惹怒她們，再出些花樣整治自己，那吃虧的還是她。

孫嬤嬤此時插話道：「容嬤嬤，咱們似乎忘了個事啊！嫻雅公主交代過，讓世子妃這幾日禁飲禁食，以示誠心，妳怎麼就給她吃東西了呢？還是肉呢！阿彌陀佛，罪過罪過，這可怎麼得了啊？」

容嬤嬤眉頭皺了起來，而後又撫掌道：「是奴婢疏忽了，竟然忘了這事，幸虧孫嬤嬤提醒。不過這也不是什麼難事，吃進去，再吐出來不就好了。」

侯婉雲驚恐地看著兩個嬤嬤走近她。「妳們要、做什麼……」

隨後兩個嬤嬤用行動回答她。孫嬤嬤架住侯婉雲的身子，侯婉雲四肢無力，根本無法反抗，就軟綿綿地被她這麼架著。

容嬤嬤站在侯婉雲身前。「世子妃，奴婢得罪了，請世子妃忍耐。」

而後還沒等侯婉雲反應過來，容嬤嬤就一拳打在侯婉雲的胃上，侯婉雲胃部一陣痙攣，哇的一聲吐了出來。

罷。

「才吐了這麼點，怕是吐得不乾淨，奴婢再來一次，世子妃忍著點。」

說完，容嬤嬤又在侯婉雲胃上打了七、八拳，直到侯婉雲嘔得連膽汁都吐出來了才作罷。

孫嬤嬤一鬆手，故意在侯婉雲背後推了一下，侯婉雲渾身綿軟站不住，一下就摔在地上，方才她吐了一地的污物，就這麼全蹭在她臉上、頭上、衣服上。

「正好，省得叫人擦地了。」兩個嬤嬤拍了拍手，坐回去繼續吃東西，還不忘回頭囑咐。「世子妃，您別偷懶趴在地上了，教公主知道了，奴婢們不好交代。」

侯婉雲鼻尖嗅到一股酸臭味，刺激得她又是陣乾嘔，卻吐不出什麼來了，她強撐著身子想要跪起來，可是實在是起不來了。

等姜炎洲進佛堂的時候，看見的就是侯婉雲趴在地上的樣子。

侯婉雲迷迷糊糊聽見有腳步聲，抬頭一見是夫君，眼淚一下子湧了出來。

「夫君……」侯婉雲一臉嬌弱道。

素日裡她做出這個模樣是極惹人憐愛的，可是如今她衣冠不整，面容憔悴，又是滿頭滿身的污物，這模樣簡直比鬼還醜，她卻渾然不知，還盤算著利用美人計，讓姜炎洲念在夫妻情分上，幫她求情說好話。

姜炎洲一瞧見她這般，火氣就更盛了，走過來想給她一巴掌，可見她一臉嘔吐物，怕髒了自己的手，直接飛起一腳踹在她腹部，將她踹得翻了個身。

「妳這毒婦，我要殺了妳！」姜炎洲氣得火冒三丈。

兩個嬤嬤交換了個眼神，孫嬤嬤趕忙跑去報告顧晚晴。

「夫君，我什麼都沒做啊！我是冤枉的！」侯婉雲眼前一陣黑一陣白，可意識還在，她哭著辯解。

「妳怎可如此狠毒，給母親下絕子湯！枉妳號稱天朝第一孝女，妳就是這樣孝順的？」

一聽見「絕子湯」三個字，侯婉雲整個人顫抖起來，下藥的事居然敗露了？這不可能啊，她安排得天衣無縫，菱角的身分怎麼可能暴露？

不對，說不定是姜炎洲在詐自己，自己不能上當，於是侯婉雲哭著道：「我並不知絕子湯的事，定是有人嫁禍！」

姜炎洲怒極反笑，都到這個分上了，這賤人居然還狡辯，他冷笑道：「那叫菱角的侍女都已經被收押了，妳還狡辯！」

聽見菱角的名字，侯婉雲知道事情徹底敗露了。她快速思考，而後哭喊著抱著姜炎洲的大腿。

「夫君，我這麼做可都是為了你好啊！你是姜家嫡子，將來爵位就是你的，可是我怕母親自己生了兒子，再在父親耳邊吹枕頭風，讓她的兒子奪了你的爵位！我這可都是為了你打算呀！」

「為我打算？妳以為我稀罕什麼爵位？我告訴妳，我不稀罕什麼官職、爵位，我只要後宅和和氣氣的，一家人高高興興在一起！妳這毒婦，明明是妳自己想當王妃，卻推說是為了我，妳都是為了妳自己！」姜炎洲被侯婉雲氣到理智全無，直將她提起來，狠狠掐著她的脖子。

侯婉雲張大嘴，拚命呼吸，眼前慢慢變黑，意識模糊了起來，朦朦朧朧中，她好像聽見了那惡婆婆的聲音。

「炎洲，快放手，你現在不能殺她！」

而後脖子上一鬆，侯婉雲整個人摔在地上。

姜炎洲回頭看著顧晚晴，只見她一臉蒼白，由翠蓮和孫嬤嬤攙扶著走過來，她低頭看了眼半死不活的侯婉雲，抬頭對姜炎洲道：「炎洲，你太魯莽了。琴姨娘和孩子的事，方才霍家公子說與我聽了。你氣歸氣，可你若是殺了她，怎麼向安國公交代？就算她做了十惡不赦之事，也得等侯將軍回朝之後再說。」

顧晚晴看她的樣子，知道她跪不足七日了，於是對孫嬤嬤道：「帶她回去，好生養著，別弄出人命了，我要她好好活著。」

想起琴姨娘和她那死在腹中的胎兒，顧晚晴一雙眼睛幽深，泛著寒光，俯身蹲下，對侯婉雲悠悠道：「雲兒啊，妳且好好養身子。這些日子我身子不好，還指望妳的伺候呢。對了，聽說妳嫡親姊姊死了後，妳還割肉救姊，真是孝順呢！如今母親我病得快不行了，不知能否有那個榮幸，讓雲兒也仿照先例，割肉救婆婆呢？」

金絲香爐冒著薰香，屋裡地暖燒得足，讓屋子裡頭暖融融的。惜春手肘撐在桌子上，一手托著腦袋，迷迷糊糊地打瞌睡。

四天前，侯婉雲半死不活地被送了回來，被丟進熱水裡洗乾淨了，又讓人強行灌了藥粥，而後睡了一天一夜。醒來的侯婉雲，心裡一直惴惴不安，因她知道自己給婆婆下絕子湯的事曝光了，不知道那惡婆婆將要怎麼收拾自己。

誰知道接下來三天風平浪靜，顧晚晴既沒有動手收拾她，也沒有為難她，反而叫了唯一留在姜府的陪嫁丫鬟惜春來伺候她，每日好吃好喝地伺候著。

「世子妃醒了，要不要喝點肉粥？」惜春從睡夢中驚醒，忙端著一碗熱騰騰的粥走過去。

侯婉雲瞥了一眼惜春，搖搖頭，她這三天坐立不安，一閉眼都是噩夢，哪裡吃得下東西。根據侯婉雲的猜測，這個惜春八成被顧晚晴收買了。

幸虧自己買通粉蝶、藍蝶的時候，沒讓惜春知道。她的那幾個陪嫁大丫鬟應該都被姜家控制了，說不定還被輪流審問，不知道惜冬的嘴緊不緊，萬一姜家給她用了刑，不曉得她會不會把自己收買粉蝶、藍蝶的事供出來。

相比惜冬，侯婉雲更擔心的是巧杏。巧杏跟她時日最久，知道她的事也最多。從前她得勢的時候，巧杏和她妹妹巧梅都被她拿捏在手裡，她不怕巧杏不聽話，可如今她被姜家軟禁起來，身邊一個可靠的人都沒有，巧杏若是此時叛變，那可就糟糕了。

「世子妃，您就多少吃點吧！」惜春端著碗坐在侯婉雲床邊，皺著眉頭瞧著她。「瞧這幾天，您都瘦了好幾圈，得多吃點補補了。」

侯婉雲抬頭看著惜春，怎麼覺得惜春瞧著自己的眼神，就跟屠夫看著豬似的——多吃點，養肥點，然後就可以宰了。

「惜春，妳是從什麼時候背叛我的？」事已至此，侯婉雲也懶得周旋。

「啊？」惜春愣了一下，垂頭想了想，回道：「奴婢從未背叛過世子妃。」

「惜春，王妃都許了妳什麼好處？我雖然暫時失勢，可我畢竟是安國公的女兒，滿足妳一個小小丫鬟的要求還是綽綽有餘的，只要妳對我忠心，王妃給妳的，我也能給妳；王妃捨不得給妳的，我也捨得給妳。」

橫豎她跟顧晚晴已經撕破臉了，若是能收買惜春，自然是好的，起碼身邊有個用得上的人；若是惜春不為所動，最多也就是回去報告給顧晚晴，反正破罐子已破摔，也不在乎顧晚晴知道。

惜春搖搖頭。「王妃從未許諾給奴婢什麼好處，奴婢甚至沒跟王妃說上過幾句話。」

侯婉雲瞧著惜春那呆愣的臉，不禁氣結，這死蹄子也太不識抬舉了吧！

惜春瞧著侯婉雲氣得脹紅的臉，眨了眨眼。「奴婢的爹從小就教導奴婢，要忠於主子，知恩圖報，不可做忘恩負義之人。奴婢以故去的娘親名義起誓，奴婢一直忠於主子，盡心竭力，絕未背叛過主子……」

侯婉雲忽然覺得惜春的傻氣消失了，竟有些英姿颯爽的女俠風範。

惜春笑了，笑得淡然通透。「不過，奴婢從未忠於世子妃，又談何背叛？從頭到尾，奴婢只忠於一人，那便是大小姐。」

「什麼狗屁大小姐！姜惠茹哪來的本事收買妳？」侯婉雲咕噥著，以為這「大小姐」指的是姜家大小姐姜惠茹。

還沒等侯婉雲腦子轉過彎來，門外丫鬟喊道：「王妃請世子妃過去屋裡說話。王妃憐世子妃身子不爽，特地命奴婢請了軟轎來，抬世子妃過去。」

侯婉雲心裡猛地一懸，該來的到底是要來了。

惜春給侯婉雲披了件貂皮斗篷，裹得嚴嚴實實。出了門就上了軟轎，人也不多遭罪，就這麼被抬著去了。

轎子旁邊跟著兩個小丫鬟，看著面生，似乎是新招進府裡的。侯婉雲笑著對其中一個丫鬟說：「王妃最近病了，可有需要忌諱的？煩勞兩位告知，省得我不知曉，衝撞了母親，那可就不好了。」

「沒什麼忌諱的，大夫說了，王妃思慮過重，需要靜心養病罷了。」

思慮過重，需要靜心，那就是受不得刺激！侯婉雲心裡頭默默盤算著。

侯婉雲在門口下轎子，又被兩個丫鬟攙扶著進了屋。

屋裡，顧晚晴在貴妃榻上躺著，太后身邊的芳姑姑居然在顧晚晴房裡，坐在旁邊，兩人正說著話，見到侯婉雲進屋，都轉頭看著她不言語。平日裡給顧晚晴診病的霍神醫不在，今兒個來的是姜府的大夫——劉大夫。

先是見了禮，顧晚晴不冷不熱地讓侯婉雲坐著說話。

芳姑姑起身，指著牆上掛著的一幅字，笑得高深莫測。「世子妃，這是咱們太后親書的字，賜給妳的。前幾日妳去佛堂給婆婆唸經祈福，太后感念妳的孝心，望妳謹記孝道，作天下孝女的典範。」

那是一個大大的「孝」字，用金框裱了起來，掛在牆上，正對著侯婉雲。不同於皇上御筆親書的「嫻德孝女」四個字那般剛勁有力，這個「孝」字更顯得柔美溫婉。

太后宮裡的芳姑姑特地來了姜府，一是為了代表太后探望嫻雅公主，二是給侯婉雲送來太后親書的「孝」字。

對於侯婉雲給婆婆下藥之事，芳姑姑雖然絕口不提，可侯婉雲不會天真地以為太后對此事一無所知。

這麼一來，侯婉雲被婆婆罰跪祠堂，就成了她自願去給婆婆祈福唸經，跟顧晚晴一點關係也沒有。

想當年她為了求一個孝順的好名聲，多麼委曲求全，多麼忍辱負重，甚至不惜自殘割肉，終於為自己贏得名滿天下的孝名。如今，太后主動賜字，成全她的「孝順」。

她要的孝名，她得到了；她要嫁進最有權勢的豪門世家，她嫁進來了；她要整死小妾、弄死胎兒，她也做到了；她要讓婆婆絕子無後，也實現了。侯婉雲看著那大大「孝」字，嘴角湧出一抹苦澀，而那個「孝」字，似乎也在嘲諷著她，讓她遍體生寒。

太后的賞賜，她不能拒絕。

侯婉雲起身，跪拜謝恩。

此時她覺得自己還有翻身的機會，只要顧晚晴死了，或者是……如果自己能懷個孩子，那就有了在姜家安身立命的根本。顧晚晴畢竟只是個續弦，還不能生育，可自己是太后賜婚的嫡妻正室，不能輕易被休掉，她若是有了孩子，那孩子未來是要繼承爵位的，那自己也就有了依靠。

於是她起身，盈盈行禮，對顧晚晴畢恭畢敬道：「往日母親身子不適，都是由兒媳給母親捏肩捶背，如今母親氣色不大好，還是讓兒媳來伺候母親吧。」

說著，侯婉雲就主動走過去，站在顧晚晴身後，為她揉肩。

侯婉雲笑咪咪地垂下頭，在顧晚晴耳邊悄悄耳語，如母女般親密無間。「母親，雲兒猜您還被蒙在鼓裡吧？父親和霍家公子難道沒有告訴您，您這次受傷傷了肚子，已經無法生育了嗎？」

原本的笑意，瞬間僵硬在顧晚晴臉上，她的臉色變得煞白起來。

她只知道自己受傷，就連霍曦辰都告訴她，她的傷勢恢復良好，已無大礙。可如今，侯婉雲這麼說……

顧晚晴僵著脖子轉頭，看著侯婉雲。她還是那副溫順微笑的模樣，可是從侯婉雲的表情裡，顧晚晴明白了一件事——她並沒有說謊。

一股甜腥頓時湧上胸口，一口鮮血從顧晚晴口中噴出來。

「妳、妳再說一遍?!」顧晚晴瞪著侯婉雲，死死抓住她的衣角。

侯婉雲彷彿受到驚嚇，無辜地睜大眼睛，求助似的看向芳姑姑，軟語道：「母親，雲兒說這幾日就叫人去趕製琉璃房的材料，闢出塊地方建琉璃房，趕在年前就能建好了。」

「不、不是！」顧晚晴聽見琉璃房三個字，想起故去的母親，又是連著三口血噴了出來。

侯婉雲哭了出來，抱住顧晚晴的身子大哭道：「母親，妳嚇壞雲兒了！大夫，大夫你快瞧瞧這是怎麼回事？母親怎麼突然吐血了？」

芳姑姑一看顧晚晴吐血了，也著急了起來。不過她畢竟是宮裡的老人，處事沈穩，一邊叫劉大夫診脈，一邊喊了丫鬟去請姜恒和霍曦辰來。

芳姑姑雖然沒聽清楚侯婉雲對顧晚晴說了什麼，可是她也不是那麼好唬弄的。若是往常，她會以為侯婉雲是個好孩子，自然不會往她身上想，可是如今，芳姑姑自然不會認為侯婉雲是朵無辜小白花。侯婉雲越是表現得孝順，就越讓芳姑姑覺得這個人心機太深，實在可怕。

於是芳姑姑一把抓住侯婉雲的手，將她拉到自己身後，將身子隔在侯婉雲和顧晚晴中間，以防侯婉雲再弄出什麼么蛾子來。

顧晚晴吐了幾口血，癱在貴妃榻上，眼睛直直盯著屋頂。

她難道一輩子都無法有孩子了嗎？

她真的想生個孩子，她和姜恒的孩子，並非為了傳宗接代，她只是想為她的丈夫生兒育女，就好像無數平凡夫妻那樣。

可就這麼簡單的小小心願，難道都無法實現？

姜恒進屋的時候，瞧見的就是顧晚晴面如死灰的樣子。

顧晚晴是個重禮數的人，即便是身子有病，還是會起身迎接姜恒。可是今天不同，她就那麼直挺挺躺著，姜恒一看，心中有種不祥的預感，再一看侯婉雲也在屋裡，立刻就篤定，一定又是侯婉雲做了什麼！

姜恒一記凌厲的眼神掃了過去，讓侯婉雲一個哆嗦，若是眼神能殺人，她已經被萬箭穿心了。

「晚晴，妳這是怎麼了？」姜恒道。

霍曦辰緊跟在姜恒後頭，進了門，皺著眉頭看著這一切。

「夫君……我、我是不是不能生孩子了？」

顧晚晴眼珠子轉了轉，看見姜恒，眼淚一下子跟斷了線的珠子般，扯著他的袖子，哭得姜恒感到撕心裂肺地疼。

想都不用想，一定是侯婉雲告訴她的！

姜府上上下下他都囑咐過了，誰有那個膽子亂說話？芳姑姑是宮裡的老人，自然知道分寸。只有侯婉雲，那個居心叵測的毒婦！顧晚晴身子還沒好呢，怎麼能受得了這種刺激？

「晚晴，誰告訴妳的？別多想，咱們好好養身子，總會有孩子的……」姜恒也顧不得有外人在場，將傷心欲絕的妻子攬入懷裡，輕輕拍著她的背。

霍曦辰嘆了口氣，走了過去，拿著帕子包著顧晚晴的手腕，診了脈，而後又走到侯婉雲身邊，冷不防扯起她的手腕。

侯婉雲一愣，還沒回過神來，就見霍曦辰鬆了手，對顧晚晴道：「王妃，您是不是弄錯了？的確有人不能生育，不過不是您，是侯氏啊。」

第二十七章

霍曦辰很認真地看著侯婉雲，表情是惋惜的，聲音也是惋惜的，他攤手，很惆悵地說：「世子妃，妳難道不知道妳的身子早就傷了根本，無法孕育子嗣了嗎？」

「什麼？這不可能！」侯婉雲睜大眼睛看著霍曦辰，使勁搖頭。

她一門心思只知道讓菱角給顧晚晴下絕子湯，卻從未想過自己不能生育的可能。嫁過門的這些日子，姜炎洲很少去她房裡，更別說跟她同房了，所以她一直以為肚子沒動靜是因為沒有同房，壓根兒沒想過她不能生育。

如今她還指望用些手段懷個孩子好翻身，霍曦辰竟然說她不能生了，侯婉雲怎麼都不能接受！

「怎麼不可能？難不成世子妃懷疑我的醫術？」霍曦辰不高興地皺眉。「王妃雖說身子受傷，不過據我來看，若是好好調養，還是可以生育的，但世子妃的身子虧損得太厲害，恐怕這輩子是子嗣無望了。」

霍曦辰看著顧晚晴，很認真地告訴她。「王妃莫擔憂，我最近在醫術上精進不少。王妃只管放心，信我便是。」

顧晚晴知道霍曦辰一直在空間裡鑽研醫術，此時雖然忐忑不安，不知道他是否是為了安慰自己而扯謊，不過轉念一想，依照霍曦辰的秉性，他不會故意拿這事誆騙自己，他若說有辦法，那自然就是有的。

於是顧晚晴點點頭，精神看起來好了許多。「有勞霍大夫了。」

姜恒看著妻子臉色緩和了許多，心裡也放鬆了些，緊緊攥住顧晚晴的手，生怕一個眨眼，她就不見了。顧晚晴回握住他的手，給他一個溫暖的笑。

「我身子一向好著呢，怎麼可能不能生育？」

侯婉雲死死盯著霍曦辰，忽地想到了什麼，轉眼看著顧晚晴。在侯家自然不會有人害她，可是在姜家就不一定了。這惡婆婆處心積慮對付自己，說不定就是她害得自己不能生育。

此時一直默不作聲的芳姑姑也插話，撫著手裡的帕子道：「是啊，這是怎麼回事呢？霍大夫可瞧得出原因？」

侯婉雲不能生育的緣由，在場幾個人都曉得，只不過從沒有人說開而已。今兒個這話由芳姑姑來問，就是挑明了，往後查出什麼見不得人的東西，可是要往太后那兒報的。

於是霍曦辰很誠實地道：「依我所見，世子妃長期服用性子極寒的藥物，才會傷了身子根本。」

「竟然有這樣的事！那可是定要好好查的！」

芳姑姑故作吃驚地拉著侯婉雲上下瞧了一番。「真是可惜了，一個女子不能生育，這可怎麼辦是好？將來平親王世子可是要襲爵的，若是連個嫡親兒子都沒有，那就……」

侯婉雲的臉色頓時變得難看起來，一聽霍曦辰這話，就連三歲孩子都知道肯定有人在裡頭做了手腳，給她下藥了。

在姜家，有這膽子、有這能耐的，除了顧晚晴，還能有誰？

侯婉雲恨不得拿刀子在顧晚晴肚子戳上幾個窟窿來洩憤，全然忘了她當初是怎麼處心積慮想陷害顧晚晴的。

趁著芳姑姑在，侯婉雲忙跪下，嚶嚶哭著，求公婆做主，查出那幕後的歹人，還自己公道。

顧晚晴冷眼瞧著侯婉雲，害別人不能生育的時候，可沒見她這麼柔弱，真是刀子不刺在自己身上就不知道疼，如今自己不能生了，才知道害怕擔心。

芳姑姑看著顧晚晴道：「奴婢聽說，侯將軍十日後就從南疆回來了。奴婢的意思是，最好公主能在十日之內查明真相，在侯將軍回京之後，得給侯家一個交代。」

顧晚晴點頭道：「那是自然的，人家好好一個閨女嫁到咱們家，如今出了岔子，定是要給個公道的。」

侯婉雲一聽兄長要回京了，七上八下的心總算有著落了。

安國公自從回京之後，行事就極其低調，直接當了甩手掌櫃，安享晚年，四處雲遊去了。等侯將軍回京了，起碼有哥哥撐腰，姜家也不敢做得太過分。

芳姑姑笑咪咪地拍了拍侯婉雲的肩膀。「別急，公主自然是會給妳個公道的。」

侯婉雲腹誹，明明就是顧晚晴做的，她怎麼可能跳出來承認罪名呢？八成會不了了之，或者找隻替罪羊罷了。

偏偏這是顧晚晴的地盤，人家說了算，侯婉雲就是心裡頭一千個、一萬個不滿意，她又能如何呢？

送走了芳姑姑，霍曦辰也告辭了。屋子裡就餘下姜恒夫婦、侯婉雲、姜府的劉大夫。

顧晚晴指著那太后親書的「孝」字，對侯婉雲道：「婉雲啊，那可是太后賜給妳的，莫要負了那孝順的名聲才是。」

姜恒淡淡掃了侯婉雲一眼，坐在顧晚晴身邊。

有姜恒在場，侯婉雲也不敢再耍什麼花花腸子，畢竟這位當朝第一權臣可不是那麼好唬弄的。

「是啊，世子妃孝順得很。」

門口一個好聽的聲音響起，錦煙走進屋子裡來，面上帶著一絲冷傲。

她冷眼打量著這個上上下下都透著虛偽的女人，不禁暗自感慨，自己原先真是教豬油蒙了心，竟然會同情她、護著她！一想到自己被人當槍使了，錦煙就恨不得找個地縫鑽進去。

「是錦煙姑娘來了。」侯婉雲有些訕訕。

上次她和錦煙起爭執，可算是撕破了臉，當初姜家唯一一個公然站出來維護她的人，恐怕現在也不站在自己這邊了。

「錦煙方才聽說世子妃無法生育之事，覺得事關重大，就趕了過來。」

侯婉雲心下不悅，這死女人，怎麼什麼事都要橫插一腳？

錦煙也不理侯婉雲，繼續道：「大公子房裡五個姨娘，病重了兩個，另外三個也傷了身子，恐怕短期內不能康復。世子妃又不能生育，大房如今才得一女一子，長子年幼，身子虛弱，長房子嗣單薄，錦煙覺得應該再給大房納幾個妾侍，好開枝散葉。」

侯婉雲一聽，氣得臉都綠了。才剛說她不能生，錦煙就想往自己房裡塞妾侍，這是什麼意思！

「多謝錦煙姑娘關心，這是咱們大房的事，還要問問夫君的意思。」侯婉雲嘴裡客氣著，可是意思很明顯，這是我們的家事，妳個外人不要多管閒事。

錦煙哼了一聲，對顧晚晴道：「王妃莫見怪，錦煙就是這愛管閒事的性子。」又看了眼侯婉雲。

「從前世子妃的事，我也插手許多，世子妃不吭聲，錦煙還以為世子妃很樂意錦煙插手呢，怎麼如今不樂意了？」

此時姜恒開口插了句。「炎洲這孩子，子嗣是單薄了些……這幾個妾侍身子都折損得厲害，也該納些新人進來了。錦煙，王妃這些日子身子不爽，就煩勞妳多操勞，將這事辦了吧。」

姜恒開口，這事就算定了下來，錦煙一記冷眼飛向侯婉雲，侯婉雲陰惻惻地對她笑了笑。

「父親，莫要怪兒媳多管閒事。您瞧，夫君房裡都多了新人，父親房裡倒是空虛多時了。兒媳瞧著錦煙姑娘對父親一直忠心耿耿，可若是沒個身分，在府裡辦事難免會有些風言風語，說出去有損名聲，父親不如趁著過年喜慶的日子，把錦煙姑娘抬房，給個名分。」

這話一出，在場三個人的臉色都變了。

侯婉雲猶暗自得意，不知道自己鬧了多大一個烏龍，她居然提出讓姜恒娶自己的庶妹！

姜恒臉色變得極為難看。「侯氏，妳管好妳房裡的事，手莫要伸得太長。」

錦煙冷冷地笑了，侯婉雲這是要跟她槓上了！

於是錦煙甩了甩帕子，對劉大夫道：「劉大夫，如今王妃病重體虛，正是要好好調養進補的時候，我聽說若是以人肉入藥，那是極為滋養的，故而古時候有孝子割肉救母，傳為美談……」

隨後又瞟向侯婉雲，掩著帕子笑道：「這不正巧，咱們姜家就有一位出了名的孝女？你瞧，太后親書那麼大一個『孝』字，可就在那兒掛著呢。孝女，這漂亮話誰不會說啊，看就要看行動，妳就忍心看著婆婆病重嗎？」

劉大夫摸了摸鬍鬚，道：「這倒是真，王妃如今身子極弱，若是能尋得人肉入藥，自然會康復得快些。」

在場幾人的目光不約而同看向侯婉雲，侯婉雲咬著牙，脖子一硬，如今她是騎虎難下，不割不行。

「咱們家的孝女自然是會割的。」錦煙從懷裡掏出一把刀子來，看樣子是有備而來。

「來人啊，伺候世子妃割肉。」

幾個婆子進來，將侯婉雲架了起來，帶去隔壁偏廳裡。

一把明晃晃的刀，擱在盤子裡，端到侯婉雲面前。錦煙立在前頭，用帕子掩著口。

「孝女，快割啊，妳又不是沒割過，難不成要讓婆子們動手？」

今日之事，侯婉雲知道是逃不掉了，人家擺明要整治她，她掙扎也無用，她只能熬到侯將軍回來。

侯婉雲顫抖地拿起刀子，身子抖得似篩糠。

當年侯婉心死的時候，她也割過肉，不過那時她提前算計好了，先給自己用了麻沸散，刀子也是提前用最烈的燒酒消過毒，以她熟悉人體解剖的刀法，割一刀意思意思，流點血，少一小塊皮肉，也不算多難忍受。

可是如今，她可是一點準備都沒有，就要這麼生生割掉肉，豈不是要疼死?!

「快啊！難不成妳不希望王妃早日康復？」錦煙在旁催促。

「慢著！」

翠蓮走過來，指揮身後的丫鬟放下托盤，裡頭擺著一個景泰藍煙斗，還有一個盒子。

「王妃怕世子妃太疼，這不叫我送逍遙膏來了。」翠蓮笑咪咪地將逍遙膏放在侯婉雲面前。「世子妃請慢用。」

侯婉雲一雙眼睛瞪得血紅。

「割吧，橫豎都是一刀。妳若是下不了手，叫婆子們動手好了。」錦煙在旁催促。

侯婉雲揚起胳膊，露出一截藕似的玉臂，手臂上次割肉的傷痕已經好得幾乎看不見了。她自己下手起碼還有個輕重，可若是換了婆子們，那傷肯定慘烈得不能看了，所以侯婉雲決定還是自己動手。

她心一橫，手起刀落，用匕首削掉一片薄薄的肉來。

傷口頓時血流如注，疼得侯婉雲眼淚直流，嗷嗷直叫，渾身抽搐。

翠蓮忙道：「看世子妃疼的，快給世子妃服用逍遙膏！」

一個小丫鬟忙點了煙上去，翠蓮接過煙斗，將煙嘴湊到侯婉雲嘴旁，聲音帶著蠱惑。

「世子妃，奴婢知道您疼得厲害。您吸一口，吸一口就不疼了……」

侯婉雲恨不得立刻死了，如今疼得神志不清，聽了翠蓮的話，下意識地嘴巴便往煙嘴那湊。

「世子妃，吸一口……再吸一口……」翠蓮笑咪咪地看著侯婉雲急不可耐地吸食逍遙膏。

侯婉雲知道，這逍遙膏是碰不得的。

可是如今她疼得顧不了那麼多，只要能止疼，讓她做什麼都行。迷迷糊糊地吸了一口逍遙膏，只覺得如同騰雲駕霧般，疼痛立刻減輕不少。她猶如抓住了救命稻草，開始一口一口地吸，等到疼痛終於減輕，意識恢復的時候，睜眼一看，她已經將小半盒逍遙膏用光了！

霍曦辰不知何時返回，靠在門口，冷眼看著侯婉雲。

根據他在空間的醫書上所看到的，他知道，吸食這麼大劑量的鴉片，侯婉雲已經成癮了。

一旦沾上鴉片，她整個人就算是毀掉了。

「自作自受，哼。」霍曦辰冷哼一句。

惜春立在床邊，冷眼瞧著床上那人。

侯婉雲身子蜷縮成一團，額頭上冒著豆大的汗珠，整個人止不住地哆嗦，緊緊咬著牙關，一隻手臂上纏著紗布，另一隻手死死抓住被子，將柔軟的緞面絞出好幾個大窟窿。

「逍遙膏……快給我逍遙膏！」侯婉雲一張臉煞白，雙眼卻是血紅的。

惜春眼神更冷了幾分——怪不得當初王妃不讓侯婉雲給畫姨娘用逍遙膏，原來如此。若是畫姨娘當時真的用了這藥，不光是肚子裡的孩子保不住，畫姨娘也廢了。

這些日子，惜春真真切切看清楚了逍遙膏的作用。自從侯婉雲開始服用逍遙膏，就一發不可收拾，起初她只在手臂疼痛之時才用，可是逍遙膏一旦用了，根本就停不下來，根據霍曦辰的說法，那叫成癮。

惜春第一次見到侯婉雲癮症發作的時候，整個人嚇住了。侯婉雲跟瘋了似的，撲過來抓住惜春的脖子，口裡大喊著要吸食逍遙膏。若非身懷功夫，惜春真會被侯婉雲掐沒氣了。而後惜春制伏了侯婉雲，將她壓在床上，侯婉雲就開始渾身抽搐，口吐白沫，看著十分嚇人。

惜春嚇得趕緊去叫了霍曦辰來，霍曦辰告訴惜春，逍遙膏一旦成癮就很難戒掉，除非一輩子用藥，否則一旦不吸食逍遙膏，就會成了這個樣子。

不過七、八天的工夫，府裡那盒逍遙膏就所剩無幾。如今只剩最後一點，被惜春收在盒子裡。

「惜春，好惜春，快去拿逍遙膏給我！我好難受啊，我受不了了！快啊！好難受！」侯婉雲痛苦地扭動著身子，往日裡對丫鬟的頤指氣使全沒了，低聲下氣地哀求惜春。

惜春瞥了她一眼，轉身從櫃子最高處拿下盒子，打開盒子，取出裡頭的逍遙膏和煙槍。

侯婉雲一見到逍遙膏，跟餓狼見了肉似的，顧不得讓惜春服侍，自己衣衫不整地從床上跳下來，一把奪過煙槍，顫抖著裝藥點火，嘴巴迫不及待地湊上去，深深吸了一口，身子才停止顫抖。

惜春斜著眼睛覷著侯婉雲。她吸了一會兒逍遙膏，理智恢復了，此時才發現自己衣衫不整，連鞋都沒穿，曉得失態了，神色稍稍不自然。

失了體面，侯婉雲面紅耳赤，轉過身背對惜春。「我哥哥該回京了吧？」

「侯將軍快到京城了，估摸著明兒個就能到了。」

侯婉雲放下煙斗，看著空空如也的盒子，她方才將最後的逍遙膏吸食完了，如今得發愁明兒個要怎麼過。

這逍遙膏原本是她託了侯家的關係，重金買回來的，可如今她身邊連個能通信的丫鬟都沒有，她要上哪買逍遙膏？

惜春扶著侯婉雲回到床上躺著。

侯婉雲翻來覆去躺了一會兒，侯將軍最快也是明日回京，回來後應該會直接進宮向皇上報告情況，而後又少不了應酬筵席。如今這情況，自己也不知道哪天才能見上他的面，若要想請哥哥幫忙帶些逍遙膏回來，到時她要是毒癮發作，恐怕也見不上面。

如今唯一的路子，只有去求那惡婆婆，弄些逍遙膏來給自己。

若是在平時，侯婉雲斷然不會主動找顧晚晴的。她們婆媳如今已是水火不容，顧晚晴不來整治她，侯婉雲就該燒香了，她可不想自己往槍口上撞。

可是此時她染了毒癮，癮症發作起來生不如死，令人痛不欲生。癮君子為了弄到毒品，往往會不擇手段，侯婉雲如今深切體會到這一點。

為了毒癮，為了逍遙膏，她必須去求顧晚晴，低三下四、伏低做小地哀求她。

「惜春，妳去給我報個信，說我身子好些了，要去給母親請安。」侯婉雲思量再三，對惜春道。

惜春應了一聲，出去交代給外頭守著的小丫鬟，便回來伺候侯婉雲梳妝打扮。由於身上有傷口，不能沾水，侯婉雲已經好些日子未曾沐浴。如今聞起來隱隱有股異味，惜春替她撲了好些香粉，才將那味道遮蓋住。

剛梳妝打扮完畢，外頭小丫鬟就進來了，對侯婉雲道：「世子妃，王妃說她知道了，讓世子妃得空便去。」

侯婉雲帶著丫鬟同去婆婆房裡。

顧晚晴懶洋洋地坐在貴妃榻上，旁邊放著炭火盆，屋子裡暖融融的。元寶蜷縮在顧晚晴懷裡打瞌睡，用毛茸茸的尾巴遮住眼睛，遠遠看去，活像個雪球。

侯婉雲看見元寶的時候，瞳孔猛地收縮了一下，但仍恭恭敬敬地行禮。「兒媳給母親請安。」

顧晚晴眼皮子抬了抬，瞧著侯婉雲那低聲下氣的樣子，嘴角扯起一抹嘲諷的笑。用逍遙膏控制人，這法子可真好呢，若非侯婉雲，顧晚晴還不知道天下間原來有這般完美的法子，如今用在她身上，也算是以彼之道還施彼身。

「雲兒身子還未大好，就忙著請安，難得妳有這份心。」顧晚晴低頭，摸著元寶毛茸茸的腦袋。

侯婉雲垂著頭，畢恭畢敬道：「兒媳一直惦記母親的身子呢，不來瞧瞧，始終不放心。」

顧晚晴扯了扯嘴角，冷笑道：「是啊，雲兒當然一直惦記著我的身子。想當年妳還待字閨中，我剛嫁入姜家，妳就這般體貼孝順，暗中叫了心腹婢女每日送雞湯給我喝，還真是對我關懷備至呢。」

侯婉雲的臉一下子全白了。「母親說笑了，雲兒不明白。」

顧晚晴輕哼了一聲。「雲兒，我瞧著妳臉色不好，定是身子不適，趕緊回去吧。」這是下了逐客令。

侯婉雲還沒提逍遙膏的事呢，怎麼可能無功而返？

「母親，雲兒有事情和母親商量。」

侯婉雲思索著該怎麼說，慢慢道：「母親，這幾日多虧母親送了逍遙膏來，才令雲兒不至於痛苦難熬，可是這逍遙膏今兒個用光了，母親看是不是能再賜給雲兒一些……」

「我瞧著妳的傷不是都好得差不多了嗎？怎麼還要逍遙膏啊？」顧晚晴隨意撥弄一下元寶的耳朵。「況且這逍遙膏十分珍貴，千金難買，我一時間上哪兒找啊？再說了，臨近年關，府裡花銷大，銀子緊缺……」

侯婉雲一咬牙，她早就做好被刁難的準備，於是掏出早就備好的契約。

「母親，如今雲兒拿不出那麼多現銀來，就拿五間織造坊抵債，待過了年關，銀子周轉開來，再用現銀來換。」

她是真的沒錢了，前陣子手裡所有能挪動的流水銀都拿去訂做了琉璃屋。她本不想用織造坊抵債的，可是一想到毒癮發作的痛苦，侯婉雲還是拿出了五間織造坊來。

顧晚晴笑了，這可是本屬於自己和母親的東西，包含著母親多少的心血在裡面。

顧晚晴盯著那紙瞧了會兒，抬頭看著侯婉雲。

「不是我為難妳，不給妳買逍遙膏，只是府裡實在沒有多餘的銀子了，妳這鋪子就算押給我，我也變不出銀子來啊！」

侯婉雲咬著唇，想了想道：「雲兒有個法子可以兌換到銀子。雲兒的織造坊有位合夥的老闆，姓顧，煩請母親叫人拿著這契約跟顧老闆兌銀子，一切都按照市值兌。這五間織造坊，兌個幾萬兩綽綽有餘，若是顧老闆收不了五間鋪子那麼多，就讓他能收幾間算幾間。」

顧晚晴一聽，這可好啊，她正想將鋪子收回去呢。

於是顧晚晴故作為難推拖了一番，最後勉為其難收下，這才打發了侯婉雲回去。

第二天，兩大盒逍遙膏就被送到侯婉雲面前。

侯婉雲瞧著逍遙膏，推測夠用至少兩個月。

可是那五間鋪子的錢，起碼能買回來夠她一年用的逍遙膏呢！可多餘的銀子呢？難不成那惡婆婆黑了她那麼多銀子？

侯婉雲瞧著逍遙膏，眉頭皺了起來。

來送逍遙膏的翠蓮一瞧見，心裡不高興了，臉垮了下來。「世子妃，這可是咱們王妃好不容易買來的逍遙膏，您還嫌少？您那五間織造坊，值不了幾個錢了，您還不知道吧？織造坊的訂單做不出來，買主們都發難了，織造坊花了好些銀子賠償人家，早就被掏空了。您那五間織造坊，不過是個空殼子，這些逍遙膏，還是咱們王妃貼了點銀子買的呢……」

什麼！織造坊什麼時候出了這事，自己竟不知道？侯婉雲吃驚地看著翠蓮，她不過病了幾日，怎麼就出了這麼大的岔子？

「世子妃，東西我給您送到了，奴婢回去覆命了。」翠蓮轉身出了屋子。

侯婉雲盯著逍遙膏發呆，腦袋隱隱作痛。織造坊一向營運穩當，從未出過這種岔子，如今是怎麼回事？

侯婉雲按著眉心，摒除雜念仔細思考，織造坊開始出問題，到底是從什麼時候開始的呢？似乎有一次顧晚晴要她出銀子，她拿不出那麼一大筆，就將織造坊的分子賣給一個富商……那富商顧老闆……

等等，顧老闆？顧老闆！侯婉雲心頭一顫，那人姓顧，跟惡婆婆一個姓，難不成是……

侯婉雲頓時一陣天旋地轉，事到如今就連織造坊怕是也保不住了。沒了織造坊的財力撐著，她又染上毒癮，她要怎麼支付那昂貴的毒資？難不成要一輩子求著顧晚晴，在她手底下伏低做小地討生活，看她臉色過活，等她心情好了，才賞她點逍遙膏……

望眼欲穿，千盼萬盼，總算把侯瑞峰盼回來了。

侯婉雲聽說侯瑞峰回京的消息，坐在床上差點哭了出來。

侯瑞峰一回京城，便進宮面聖，而後只在宮裡參加了一次宮宴，便急急出宮回了侯府，將其他的宴席一概推掉。

侯瑞峰回侯府安頓下來，做的第一件事，便是修書一封給正在四處遊山玩水的父親。隨後便在書房坐下，翻閱女探子記錄侯婉雲日常生活的冊子。

一入南疆境內，他為國事忙碌操勞，將家事放在一旁，回來的路上也忙著處理遺留的問題。如今剛得空，他就迫不及待想看看那位庶妹究竟還做了什麼「好事」，還沒等侯瑞峰將椅子坐熱呢，便迎來一位稀客。

準確地說，那位稀客在侯瑞峰還未回府時，就早早在侯家候著他了。

侯瑞峰急急去了廳堂，見著裡面坐著個神采俊逸的少年公子。

「大舅哥。」姜炎洲起身，對侯瑞峰拱手。

「妹夫？」侯瑞峰詫異地看著姜炎洲。妹夫早早在侯府等候著自己，到底所為何事？

兩人寒暄了幾句，姜炎洲道明來意——他是來跟侯家私下商議休妻之事。

侯瑞峰聽了，差點傻了眼。

姜炎洲從未跟姜家人透露過休妻的意思，就連跟繼母也沒提過，他直接把這問題甩給了侯家，侯瑞峰知道姜炎洲不是鬧著玩的。

姜炎洲也知道自己這話提得突然，他嘆了口氣，將侯婉雲在姜家的所作所為一一道來。

侯瑞峰便聽得一陣心驚膽顫，這些喪心病狂的事，真的是他那溫婉嫻靜的庶妹做的？

「這、妹夫，你先等等……」侯瑞峰讓姜炎洲等著，自己忙去了偏廳，在裡頭將探子的報告一目十行地過了一遍，越看越是驚詫！

根據報告，姜炎洲並沒有說謊，侯婉雲那些作為，姜家人雖然沒有擺到檯面上說，可是姜家人都心知肚明。

侯瑞峰在南疆打探了移魂之術的秘事。

當年侯婉心身亡，恰逢顧家四小姐顧晚晴落水，而後顧家小姐性情大變，還會了武功，侯瑞峰有七成把握，那位平親王妃、如今的太后義女嫻雅公主，就是自己的妹妹侯婉心！

看到侯婉雲將黑手伸向極有可能是自己妹妹的平親王妃，侯瑞峰的心揪了起來，渾身冷汗淋漓。

若是劉三娘所說不假，婉心真的是被侯婉雲害死的話……那麼婉心移魂重生後，自然會報復侯婉雲，就說得通了！

是的，這麼一想，就什麼都串聯在一起，都通順了！

侯瑞峰現在腦子裡也顧不上什麼侯婉雲了，他滿心只想著一件事——婉心，妳還活著嗎?!

「來人，備車！」

「大舅哥要去哪兒？」姜炎洲一看侯瑞峰回來，怎麼跟變了個人似的，竟直接要備車出門？

「去平親王府！」侯瑞峰一臉冷肅。

「那休妻之事？」姜炎洲急急上前阻攔。他可是私自決定，跑到侯家和侯瑞峰透露此事的，若是事情還沒談妥，侯瑞峰就上姜家興師問罪，那在姜恒面前他也不好交代啊！

本以為侯瑞峰是個通情達理之人，可怎麼他這麼衝動，就要直接殺去姜家了？姜炎洲頓時覺得頭大如斗。

侯瑞峰本是不管不顧的，如今被姜炎洲一喝，回過神來，知道自己魯莽了，忙帶著愧色對姜炎洲道：「妹夫，你所說之事，簡直豬狗不如，人神共憤！待我與她對質，若是真如妹夫所說，那是我侯家教女無方，愧對姜家。到時候別說是休妻了，就算姜家要按家規處死她，我也絕無二話！」

有了侯瑞峰這句話，姜炎洲懸著的心終於放下了。

他已經打定注意，無論如何是要休妻的，斷然不能讓這毒婦再留在姜家害人，否則遲早姜家會被她害得斷子絕孫！

於是侯瑞峰與姜炎洲二人同行，一併去了姜家。

侯瑞峰一行人還未到姜府，侯瑞峰派去通報的侯家小廝就到了姜府。

姜恒被聖上召進宮裡商議此次南疆之行，不在府中。

顧晚晴聽了消息先是吃了一驚，按理來說，侯瑞峰剛回京，應該是有數不清的接風宴等著他，可他居然拋下一切往姜家跑，這又是何道理？

八成和侯婉雲有關吧……顧晚晴猜測著。

不過她千算萬算也想不到，這次侯瑞峰來姜家，第一目標不是侯婉雲，而是她顧晚晴。

第二十八章

「王妃說，侯將軍來了，請世子妃去前廳見客。」

「哥哥要來了！太好了！」

侯婉雲一聽侯瑞峰上門拜訪，激動地雙手合掌，默默唸著。「真是老天開眼，哥哥這麼快就來看我了！」

「惜春，惜春！」

侯婉雲一下子來了精神，朝惜春喊道：「去將我那件月白的披風備上！」月白的披風正好能襯托她的膚色，讓她看起來臉色更蒼白。

侯婉雲看著鏡子中的自己，病態畢露，侯瑞峰若不是瞎子，一眼就能瞧出她病得不輕。

侯瑞峰年輕氣盛，在幾個庶妹裡最疼愛自己，見到她被折磨成這般樣子，定然會為自己出氣的！

侯婉雲收拾妥當，由惜春扶著，出門上了軟轎，由人抬到前廳。

侯婉雲弱不禁風地由惜春扶著，剛進門，就瞧見廳中坐著一個英武的男子。侯瑞峰較之當年，更加英姿勃發，渾身透出武將的陽剛之氣。

出乎意料的是，顧晚晴身為主母，此時竟然不在場。那惡婆婆不在最好，自己便能趁著這個機會先告狀。

侯婉雲一看見侯瑞峰，眼裡含著淚花，咬著唇，無限婉轉地喚了聲。「哥哥……」

侯瑞峰此時滿腦子都想著顧晚晴是不是侯婉心的事，突然聽見有人喊了聲，半天才茫然地回頭，看見庶妹盈盈一拜，口中顫聲道：「雲兒給哥哥請安……雲兒、很是惦記父親和哥哥呢……有好些話想跟哥哥說……」

侯婉雲抬頭看著侯瑞峰，眼裡綿延著無盡的委屈。

侯瑞峰定定看著她，眼前那一臉病容、弱不禁風的女子，便是那以孝順著稱的庶妹侯婉雲。

侯婉雲走過去坐著，惜春攙扶著她。

侯瑞峰的眼睛在惜春身上掃了一眼，道：「雲兒，這丫鬟瞧著面生，是姜府的丫鬟吧？」

侯婉雲掃了一眼惜春。「哥，這是咱們侯家的人，我帶來的陪嫁丫鬟。哥常年在軍中，惜春進侯府的時候，哥哥還在邊關呢，所以瞧著面生吧。」

侯瑞峰又道：「雲兒，我記得妳帶了四、五個陪嫁丫鬟呢，怎麼就惜春一個跟著妳，其他人呢？」

侯婉雲秀眉微皺，眼裡又蒙上一層水氣。

她支走了惜春，捏著帕子擦了擦眼角的水霧。「哥，我那些陪嫁丫鬟，都教婆婆打發走了……雲兒沒用，連陪嫁丫鬟都保不住……」

侯瑞峰攥緊拳頭，一拳砸在桌子上，面有怒容。「那是妳的陪嫁丫鬟，妳不開口，誰敢打發她們？」

侯婉雲搖搖頭，嘆了口氣。

「哥，你別氣。人家姜家是百年世家，雲兒能嫁進來，是大大地高攀。雲兒又是個庶出的，雖說掛了個嫡親小姐的名頭，可終究教人家瞧不起。」

侯瑞峰站起來，來回踱步，看似十分生氣。「雲兒，妳這說的是什麼話？什麼高攀不高攀？咱們侯家父子在外頭出生入死、保家衛國，卻教自己家的女兒受盡了委屈，這還像什麼樣？」

侯婉雲哇的一聲哭了出來，扯著侯瑞峰的袖子。

「哥，你千萬別去找我婆婆！教她知道了，雲兒的日子又要難過了！如今雲兒身邊都是婆婆的人，白天、夜裡身旁都是眼線，教雲兒吃也不安、睡也不穩……哥，你曉得雲兒的性子，絕對不會做出有損侯家聲譽之事，雲兒自從嫁進姜家，一直兢兢業業伺候婆婆、服侍夫君，不敢怠慢，可是婆婆是文官家出的小姐，書香門第，才會覺得咱們侯家武將出身的門第不如姜家，是雲兒高攀了姜家，故而一直刁難。雲兒盡心竭力，卻難討婆婆歡心，她素日對雲兒動輒打罵，這些雲兒也都受著了，畢竟那是我婆婆，她要打要罵，雲兒絕無怨言。哥，雲兒不想教哥知曉這些，哥是做大事的人，不能為雲兒分心。可是如今雲兒卻是不得不說，因為再不說，雲兒恐怕就要死在姜家了！」

說罷，侯婉雲拉開袖子，露出纏著綳帶的手臂。本來手臂的傷早就結痂了，可是侯婉雲故意用力扯了一下傷口，讓傷口撕裂一些，血透過綳帶滲了出來，看著頗為可怕。

「這、這是王妃做的？」侯瑞峰厲聲問道。

侯婉雲可憐兮兮地搖搖頭。

「不，哥，你誤會了，這是雲兒自己的意思。婆婆病了，雲兒聽大夫說以人肉為藥引最佳，為了讓婆婆早日康復，雲兒自己割的。雲兒只求家和萬事興，希望婆婆能接受雲兒，所以雲兒就是割塊肉，受點委屈，又算得了什麼呢？可是婆婆還是不滿意，藉著我房裡姨娘難產的事，把雲兒的陪嫁丫鬟們都打發走了，如今雲兒在姜家孤家寡人，無依無靠……」

侯婉雲神情悽苦道：「哥，不瞞你說，我自從嫁進姜家，飲食起居都由婆婆操控。她不知為何給我下了藥，如今我已經不能生育……哥，雲兒好苦！雲兒好苦啊！」

若是事先不知曉她的所作所為，以侯瑞峰的脾氣，必定會拍案而起，為自己的妹妹討個說法，可是侯瑞峰早就知道其中原委，所以假意安撫哭泣的妹妹一會兒，許諾會挑選可靠的人送進姜家服侍她，又說請名醫來為她診治不育之症。侯婉雲見好就收，用帕子抹了抹淚，又猜著侯瑞峰的心思說了些順耳的話。

兄妹二人說了一會兒，外頭有丫鬟來報。

「侯將軍，王妃叫奴婢來稟告將軍一聲，方才王妃剛準備出門卻犯了頭暈，讓將軍再等一會兒。」

侯瑞峰一臉不悅，揮揮手打發了丫鬟，對侯婉雲道：「這就是姜家的待客之道？」

侯婉雲跟著借題發揮。「哥，婆婆就是這脾氣……許是雲兒的緣故，遷怒了哥哥也說不定。」

侯瑞峰唉了一聲，對侯婉雲道：「妹妹，妳身子不舒服就先回去，哥在這裡等。今兒個無論如何要跟姜家說清楚，教他們不敢再欺負我侯家的女兒！」

侯瑞峰好言將侯婉雲勸了一番，侯婉雲並不想跟婆婆打照面，順勢走了。

侯瑞峰瞧著侯婉雲被惜春扶著出了院子，上了軟轎被人抬走。姜炎洲從內間的屏風後走出來，一臉氣憤。「她胡說八道些什麼？潑我姜家的髒水，還挑撥文臣武將的關係，其心可誅！」

「炎洲，侯將軍是個明白人，自然不會被她的幾句話所矇騙。」姜炎洲身後，走出來個人。

侯瑞峰聞言抬頭，瞧見一個清秀的丫鬟攙扶著美貌高䠷的少婦，從屏風後頭款款走出來。

顧晚晴一臉溫柔和煦的笑，看著侯瑞峰。

「王妃……妳、妳沒事了吧……」侯瑞峰聲音有些顫抖。

顧晚晴微微愣了一下，想起侯瑞峰說的是上次受傷之後又逢火災之事，笑道：「多謝將軍關心，我已經沒事了。」

侯瑞峰點點頭，原本一路上盤算著怎麼開口問她與侯婉心的關係，想了千百種開場白，可是臨到頭見了她，卻一個法子也想不出。

「大舅哥？」姜炎洲見侯瑞峰發愣，叫了他一聲。

侯瑞峰如夢初醒一般地啊了一聲。

他憋了一肚子話，可是礙於有外人在場，也不好直接問顧晚晴，悶不吭聲地只是喝茶。姜炎洲才喝了幾口，他就已經喝了好幾杯了。

顧晚晴不禁莞爾。「侯將軍不是來姜家討茶水喝的吧？」

侯瑞峰意識到自己失態了，臉微紅，放下杯子，欲言又止。顧晚晴雖然不知道侯瑞峰想說什麼，但是她太瞭解哥哥的小動作了，她知道他一定是有話想對自己單獨說，於是顧晚晴叫姜炎洲先回去，又支走了侍女。

「侯將軍，可是有什麼話要對我說？」顧晚晴淺笑著，眼睛彎成月牙。

侯瑞峰踟躕了一下，放下茶杯，忽然蹭地一下站起來，抽出腰間的寶劍，朝著顧晚晴扔了過去。

顧晚晴冷不防瞧見一把寶劍朝自己飛來，她下意識伸手握住劍柄，而後就見侯瑞峰身形快如閃電，手握劍鞘刺了過來。

「看招！」

顧晚晴被他的舉動驚呆了，握緊劍柄反手一擊，躲過了侯瑞峰的攻擊。

侯瑞峰心裡一顫，又是一招接著攻了上去。

顧晚晴皺著眉頭，握劍接下一招。侯瑞峰武藝遠遠高於顧晚晴，他第三招一出，劍鞘彷彿黏著顧晚晴手裡的劍刃，侯瑞峰手腕一甩，顧晚晴只覺虎口一陣震顫，手中的劍就脫手而出，直接甩了出去，刺入身後的紅木家具裡。

這突然的變故讓顧晚晴心裡一陣狂跳，而侯瑞峰一雙眼睛則血紅起來，胸膛迅速起伏，彷彿受了極大的刺激。

他抓住顧晚晴的手腕，用力攥著，彷彿生怕一鬆手，就是永別。顧晚晴也意識到是怎麼回事——侯瑞峰是以武功測試自己。

難道哥哥認出了自己？顧晚晴也是心亂如麻，顧不得她此時的身分是平親王妃，就這麼任由侯瑞峰拉著手腕。

只是三招，侯瑞峰就篤定了自己的猜測。

「妳是婉心，對不對?!」侯瑞峰看著顧晚晴的眼睛，急切地問。「不要騙我，不要瞞我，好不好？」

聽了這句，顧晚晴瞳孔猛地收縮，連心都要停止跳動了。

慢慢的、慢慢的，眼淚湧出了她的眼眶，順著臉頰傾瀉而下。

她從來沒有想過有一天，哥哥會認出自己。她以為這輩子永遠都要頂著別人的身分，再也沒有和父兄相認的機會，可是上天對她格外厚待，不但讓公主認出了自己，現在就連哥哥也……

這一切，簡直就像作夢。

侯瑞峰看著她無聲地哭泣著，過了半晌，她死死咬著嘴唇，拚命點頭，哽咽著一句話也說不出。

堂堂的大將軍，鐵血一般的漢子，如今卻淚流滿面，伸手擦掉顧晚晴的眼淚，又輕輕問了一句。

「妳是我的妹妹，侯婉心，是嗎？」

「是，我是！」顧晚晴哇的一聲大哭出來，將心頭憋悶了多年的情緒一次爆發，撲進哥哥的懷裡。

「哥，是我，我是婉心……嗚嗚嗚嗚……我死了，可我又活了！我從沒想到有一天會和哥哥相認。哥，婉心好想你、好想爹……嗚嗚嗚，哥，你不知道看見親人卻不能相認的苦，哥……」

「妹妹，我的婉心！」侯瑞峰緊緊抱著懷裡的人兒，淚流滿面。

兄妹兩人相擁哭泣，哭得忘卻了一切，直到將情緒都宣洩了，兩人才止住了哭，接著又說了些只有是本人才知道的瑣碎趣事，侯瑞峰已經完全篤定，顧晚晴就是侯婉心。

侯瑞峰攥著妹妹的手，道：「婉心，妳快告訴哥，是不是有人害死妳的？」

顧晚晴眼睛哭得似桃子，抹了眼淚，嘆了口氣，點頭道：「哥，其中內情複雜，你且聽我慢慢道來……」

顧晚晴與哥哥剛剛相認，將前世經歷一一告訴侯瑞峰。

顧晚晴邊敘說邊強調，讓哥哥莫要動氣，可是侯瑞峰聽完，雙目血紅，竟一拳將桌子砸碎了！

「她簡直大逆不道！我們侯家怎麼會養出這樣忤逆的東西?!」

侯瑞峰簡直不敢置信，侯婉雲看起來那般柔弱溫順，竟然如此心狠手辣到匪夷所思的地步。小小年紀就盤算著利用生母殺害嫡姊，生母不同意，竟將生母推下湖淹死！而後步步為營，利用嫡母和嫡姊的信任和疼愛，將兩人一一害死！若非是妹妹侯婉心親口訴說，他是無論如何也不會相信侯婉雲會做出這種事的。

侯瑞峰得知真相後，對妹妹和母親充滿了愧疚，恨不得將侯婉雲扒皮拆骨以洩心頭之恨。

「我要殺了那賤人！」侯瑞峰起身，從家具裡拔下寶劍，提著劍就要出去找侯婉雲算帳。

「哥，別去！」顧晚晴抓住侯瑞峰的手腕，搖頭道。

「哥，我也恨不得她死，可是如今不能衝動。她畢竟還是姜家的媳婦，若你在姜家殺了她，事情鬧開了就不好收場，只能教旁人看咱們姜侯兩家的笑話。這門婚事是太后所賜，就算要收拾她，也只能暗地裡收拾，否則太后顏面何存？皇上還曾經御筆親書賜給她『嫻德孝女』的牌匾，若是傳出去侯婉雲殺生母、毒嫡母、害嫡姊之事，又讓當今聖上顏面何存？天下之人只會說侯家家風不正，說聖上、太后識人不明！哥，再忍忍，等父親回京了，稟告父親再作定奪！」

侯瑞峰深吸一口氣，舉著劍的手垂了下來。

「好，我就暫且留她一條賤命！」侯瑞峰恨恨地收回寶劍，望著妹妹道：「父親後天就會回京，妳打算什麼時候和父親相認？」

顧晚晴憂心道：「這移魂之術匪夷所思，我擔心父親接受不了。哥，你先試探父親的口風再作打算。至於皇上和太后那兒，就隱瞞我移魂之事，只說是哥哥查出了她在侯家害人之事，千萬不能將事情鬧開。侯婉雲的貼身丫鬟都被我關押了起來，就交給哥哥審問，到時人證物證俱在，省得那賤人抵賴。」

「也好，就按妳說的辦。」

侯瑞峰走後第二天，就送來了十個身強力壯的侍女。這是兩人早就商量好的，顧晚晴自然不會為難，全數放行了進來。

侯婉雲喜孜孜地看著那十個侍女，有娘家做靠山，又有十個身懷武藝的貼身侍女，今後誰還敢動她！

身邊一旦有了依靠支持，侯婉雲的底氣就足了起來。

「父親進京城了嗎？」這兩天侯婉雲不斷地問侍女們。
侍女們告訴她，侯瑞峰得知她受委屈後，就立刻稟告安國公，安國公立刻馬不停蹄地趕回京城。
「回主子的話，據奴婢所知馬車已經進了京，這會兒該回到府上了。」
「太好了！」侯婉雲眼睛一亮。「快服侍我沐浴更衣，父親歸來，我做女兒的自然要去迎接。」
收拾完畢，侯婉雲神氣十足地去見顧晚晴。
顧晚晴聽了，只是淡淡瞧了她一眼，囑咐了幾句，就打發她走了，甚至還教翠蓮備了禮物，讓侯婉雲帶回娘家。
侯婉雲挺胸抬頭，趾高氣揚地出了姜家。
車行了一會兒，到了侯家。
侯家早就得了信，派了家丁在門口迎著。
由眾人簇擁著往前廳走，侯婉雲邊走邊醞釀情緒，收起得意之色，換了一副柔弱委屈的樣子。她只在侯瑞峰面前哭訴過，這回還得在安國公面前哭訴一遍。
「父親！」
剛進廳裡，侯婉雲瞧見安國公就嚶嚶哭著，伏在安國公腳下泣不成聲。
「父親勞累奔波，身子可安好？雲兒無時無刻都牽掛父親，每日祈禱，請滿天的神佛保佑父親和哥哥。」

安國公臉色看不出情緒，侯瑞峰站在一旁，低頭看著侯婉雲。

「雲兒，起來吧。」安國公輕輕抬手，做了個虛扶的姿勢。侯婉雲就起身來，抹著淚。

「聽妳哥哥說，妳在姜家受了不少委屈。」

安國公沈著臉，盯著侯婉雲。

一看父親的臉色，侯婉雲以為父親是因為自己受了委屈而生氣，心中不禁竊喜，搖了搖頭，道：「雲兒受些委屈，不妨事，只要是為了侯家的聲望，雲兒不怕委屈。」

侯瑞峰心裡冷哼一聲，面上仍道：「雲兒，現在是在自己家，妳對父親有什麼可瞞的？有什麼委屈就說出來吧，讓父親為妳做主。」

於是侯婉雲咬著唇，半遮半掩地講述姜家的所做作為。

侯婉雲邊說邊看著安國公的臉色，只見安國公臉色越來越差，陰沈得嚇人，彷彿狂風驟雨爆發的前奏。

侯婉雲抽抽搭搭地控訴完了姜家人的罪狀，而後抹著眼淚看著安國公。

安國公咬著牙，眼裡的光芒恨不得要吃人一般。

侯婉雲哭道：「父親，雲兒就是來訴訴苦，心裡好舒坦點。公公是當今第一權臣，若是父親為了雲兒得罪公公，雲兒會內心不安，請父親不要為了雲兒惹上姜家。」

侯婉雲言下之意，是說安國公忌諱姜恒，怕了姜家，這是激將之法。

「好！好！好！」

安國公胸口起伏，情緒似是隱忍到了極點，看著侯婉雲，怒極反笑。「雲兒，妳果然是我的好女兒！恭敬孝順，忍辱負重！真是好，真是好啊！」

侯婉雲心裡得意，看來安國公中了自己的激將法，正在心裡得意之際，忽然耳旁聽見呼嘯的風聲，而後是極為響亮「啪」的一聲，背部一陣劇痛，侯婉雲只覺得後背被什麼東西抽了一下，鑽心的疼痛讓她哇的一聲大哭出來，在地上滾了幾圈。

「好，我的好女兒，真是好啊！」

侯婉雲抬頭，詫異地看著父親。

只見安國公盛怒持鞭，手裡一根烏金的鞭子，粗得似粗麻繩，閃著寒光。安國公是武將，下手極重，那一鞭子結結實實抽在侯婉雲的背上，打得她幾乎要暈過去。

安國公拿著鞭子上前一步，眼裡的盛怒讓侯婉雲心驚肉跳。

「父親，雲兒做錯了什麼？」侯婉雲看著鞭子驚呼。這鞭子是侯家的家法，父親為何拿出了家法？

「妳還有臉來問我妳做錯了什麼？我沒有妳這畜生一般的女兒，今兒個我就要用侯家的家法懲治妳！」

安國公武將出身，治軍嚴謹，家法也是同樣。侯家家規森嚴，執行起來毫不含糊。

如今安國公盛怒之下，揮舞著鞭子，狠抽向侯婉雲。侯婉雲疼得齜牙咧嘴，痛哭道：

「父親，女兒並未觸犯家規，女兒冤枉啊！」

安國公根本不聽她的，下手越發的狠，侯婉雲忍著疼，匍匐爬向侯瑞峰腳下，抱著侯瑞峰的小腿哭道：「哥哥，救命！求你救救雲兒！」

侯瑞峰皺著眉頭，心中厭煩，狠狠一腳將她踹開。「別叫我哥哥，我沒妳這樣的妹妹！妳這毒婦，事到如今還嘴硬？滾開！」

侯婉雲心裡又驚又疑，她分明是來找父親，請他為自己撐腰做主對付姜家的，可為什麼一見面連話都沒說幾句，就開始對她用家法？

起初侯婉雲還想忍著忍著就過去了，讓安國公出了那口邪氣，回頭她說說好話，把老爺子哄高興了就能給她當槍使了，所以一直趴著老老實實挨打，可是足足吃了二十多鞭子，安國公的火氣不但沒消，反而越打越氣。

侯婉雲意識到事情不對勁，老爺子這是動了真火氣，她再也忍不住了，開始躲閃求饒。

「爹，別打了！」侯婉雲大哭著，躲到旁邊的椅子後。

「哼，妳還敢跑！」安國公氣得滿臉通紅，手裡的鞭子靈活甩出去，抽在侯婉雲的臉頰上，打出一條長長的傷口，從左邊眼角一直延伸到嘴角。侯婉雲水嫩的小臉蛋，就這麼開花了。

「啊！不要！救命！」侯婉雲嚇得捂著臉，不管三七二十一，推開椅子想奪門而逃。

「還想跑，妳這孽障！」

只覺得一陣風從頭頂掠過，侯瑞峰身形快如閃電，直接堵在門口，將門關上。

「畜生，還敢不敢跑了？」

安國公低沈的聲音從身後傳來，侯婉雲頭皮一陣發麻，只覺得後背和臉上的傷口火燒一般地疼。

「爹，雲兒不敢了！這麼打會出人命的。爹，饒命啊！饒了女兒吧！我是您的親生女兒啊！」侯婉雲知道逃命無門，轉而跪下哀求。

「會出人命？」安國公冷笑一聲。「老子打的又不是人，怎麼會出人命？」而後又是一鞭子甩在侯婉雲頭上。

侯婉雲只覺得頭像要裂開一般地疼，一股殷紅的血順著額角流了下來，她滿頭滿臉的血，被打得四處逃竄，如同過街老鼠，可是她哪裡跑得過沙場老將安國公，不論躲到哪裡，安國公的鞭子就跟長了眼睛一樣，跟著她到哪裡。

安國公足足抽了五十鞭子，侯婉雲倒在地上，大口喘氣，一身的血，眼睛瞪得大大的。

「爹，夠了，現在還不能打死她，否則聖上、太后那邊不好交代。」侯瑞峰看著父親怒火未消，上前勸道。

「哼！」安國公將鞭子狠狠扔在地上。

本朝「十惡」之四，為惡逆，謂謀殺親族者。

依天朝律例，對於犯惡逆之人，可處以腰斬或者凌遲。

侯婉雲弒母、殺姊，已是觸犯惡逆之人，只是如今她身分特殊，不得不隱瞞她的所作所為，否則安國公真想就這麼把她活活打死。

侯婉雲看著安國公，眼淚大滴大滴地流出來，她不知道她到底做錯了什麼，竟讓父親下此狠手。就算她在姜家做的事敗露了，那也是姜家人來懲治她，侯家插不上手的啊！

侯婉雲想破頭，也沒想到是她在侯家惡行被揭露出來。

安國公道：「峰兒，去將這孽障綁起來，我要帶她入宮面聖。」而後侯婉雲眼前一黑，就什麼都不知道了。

「嘩啦啦！」

一盆冷水潑在侯婉雲的身上，讓她從昏睡中醒來。

身下是硬邦邦的地板，還泛著隱隱的惡臭。

侯婉雲迷迷糊糊地意識到，她不是躺在香閨的床上，這才猛然睜眼，發現自己被五花大綁著，身處在像是地牢的地方。

「啟稟皇上、太后，犯人醒過來了。」一個聲音尖細的小太監手裡提著個空木桶，跪在侯婉雲旁邊。

皇上？太后？

侯婉雲腦子裡一片混亂，努力抬頭，看見皇上和太后正坐在靠近門口處，而安國公和侯瑞峰則站在皇上和太后的兩側。

「侯氏，妳可認罪？」太后看著侯婉雲，眉頭深深皺了起來。

太后原本只知道侯婉雲在姜家的所作所為，對她十分不喜，可是就在幾個時辰之前，安國公秘密求見太后、皇上，兩人接見安國公父子之後，竟然發現安國公將親生女兒打個半死，用繩子綁著帶了進來。

安國公跪在皇上、太后腳下，坦白侯婉雲在侯家害人之事，並說他教女無方，養出的女兒蒙蔽聖聽，請聖上治罪。

太后在宮裡待了多年，什麼陰謀沒見過，可從沒見過狠毒到能殺了親娘的女人。就連皇帝聽了也嚇出一身冷汗。當年選妃之時，他曾有意選侯家的女兒入宮，當時顧忌到前朝有武將、外戚叛亂的先例，才會再三思量，最終沒下旨讓侯氏之女入宮，而是由太后賜婚給了姜家。此時皇帝不禁後怕起來，幸虧當年打消了讓侯婉雲入宮的念頭，否則……以侯婉雲的品行來看，說不定連太后也不放過呢！只是倒楣了姜家，替皇帝擋了一劫。

侯婉雲猛然聽見太后問話，哭道：「啟稟太后，雲兒不知所犯何罪啊！」

「侯氏，看來不把妳的所作所為都抖出來，妳是不會認罪的。」皇上對身旁的小太監道：「去將證人一一帶來。」

小太監忙去提犯人。

「侯氏，咱們就一件事、一件事地算。」皇上道。「將姜家姨娘的兩個侍女帶上來。」

兩個侍衛押著兩個女子走進來。

那兩個女子形容憔悴，瑟瑟發抖跪在皇帝腳下，嚇到連話都說不出，只顧著磕頭。

「侯氏，妳可認得她們二人？」皇帝道。

侯婉雲抬頭，透過地牢昏暗的燈光，隱約認出那兩個女子。

「粉蝶？藍蝶？妳們不是死了嗎？」侯婉雲大吃一驚。

「她們若是死了，豈不正好合了妳的心意？」

一個熟悉的聲音從門外幽幽傳來，侯婉雲抬頭，看見她那惡婆婆——顧晚晴走了進來，身後還跟著巧杏和化名為柳月的巧梅姊妹二人。

顧晚晴進了牢房，對太后和皇帝行禮，而後站在太后身旁。

安國公看見顧晚晴，心猛地一悸，而後低下頭，掩飾著眼中溢出的水氣。顧晚晴對安國公露出一個溫暖的笑，兩人對視一眼，像普通親家一般互相見禮。

巧杏、巧梅顫巍巍地走進來，跪下磕頭。

巧杏眼角餘光掃了侯婉雲一眼，嚇了一大跳，只見侯婉雲原本白嫩光滑的臉上，有一道猙獰可怕的血印子。

顧晚晴問粉蝶道：「妳實話實說，當時畫姨娘難產，到底是誰做的手腳？」

粉蝶在地上磕了個響頭，唯唯諾諾答道：「回主子的話，奴婢原是畫姨娘房裡的丫鬟，有個嗜賭成性的弟弟，債主威脅若是七天之內還不出錢，就要砍了奴婢弟弟的手腳。那天奴婢躲在花園裡偷哭，被世子妃看見了，世子妃詢問奴婢，奴婢就照實說了，而後世子妃說，她可以幫奴婢的弟弟還債，再給奴婢好多銀錢，只要奴婢幫她做一件事……」

「侯氏究竟讓妳幫她做何事？」皇帝問道。

粉蝶又磕了個頭。「回皇上的話，世子妃給了奴婢一個香囊，讓奴婢把香囊埋在薔薇姨娘的院子裡，而後又給了奴婢好些首飾。奴婢心想這橫豎不是害人的事就照做了。可是當奴婢做完這些事之後，世子妃暗中來找奴婢，她要用薰香謀害畫姨娘和她肚子裡孩子的命，並讓奴婢嫁禍給薔薇姨娘。」

「哼，妳好大的膽子，就不怕事情敗露了，連妳的命都保不住了？」皇帝冷哼一聲，看著這蠢丫鬟。

粉蝶哭道：「回皇上的話，奴婢怕啊！奴婢一聽世子妃要謀害畫姨娘，奴婢就後悔了，可是世子妃威脅奴婢，若是說了出去，就打死奴婢！」

粉蝶說完，巧梅也跟著說：「啟稟主子，奴婢原本是侯氏貼身丫鬟的妹妹，被侯氏安排嫁給姜家周帳房當姨娘，化名柳月，後來被分到庫房負責物品的登記造冊。侯氏早就囑咐過奴婢，讓奴婢在登記造冊的時候做手腳，把送給粉蝶的首飾登記成是琴姨娘的，好用來嫁禍。」

「好一個一石三鳥之計啊！」太后冷笑盯著侯婉雲。「雲兒，沒想到妳還有這般心思，真可惜妳是個女兒身！」

侯婉雲面色頹敗地盯著地面，神情呆滯，不知在想什麼。

顧晚晴盯著侯婉雲，道：「侯氏，妳有何要辯解的？」

侯婉雲木然的眼神動了動，她抬頭看著顧晚晴。

「妳都知道了，我還有什麼好辯解的？沒錯，畫姨娘是我害的，我也想藉著此事除掉薔薇和琴姨娘。可是妳知道我為什麼要這麼做嗎？還不都是妳逼我的！」

侯婉雲的眼神突然透出瘋狂，死死盯著顧晚晴，聲音悽然。「丈夫心思不在我身上，我房裡的小妾一個一個地生孩子，我是正室啊！我要我的兒子是長子！不要那些低賤的庶子將來分我兒子的家產！我也不想害人啊，都是妳逼我的！如果沒有那些姨娘，沒有那些庶子、庶女，我還會害人嗎？」

顧晚晴不禁冷笑。「只因為妳想多分家產，就要把無辜的人都除掉？在妳眼裡，家產、地位比人命重要？只有妳侯婉雲的命是命，旁人的命就是草？事到如今妳還不知悔改！」

侯婉雲狠狠呸了一口。「我悔改什麼？我是正室，殺幾個小妾算什麼？殺幾個庶子、庶女又算什麼？可妳竟然為了那些低賤的東西懲治我？」

顧晚晴深吸一口氣，閉上眼，心痛如刀割。

「只要是擋妳路的人，妳都會想方設法弄死人家，所以當年無論是妳的生母、嫡母，還是嫡親姊姊，對妳而言，都是擋了妳的路，所以妳才會毫不猶豫下了殺手，是不是？」

侯婉雲一口氣噎在胸中，猛地抬頭看著顧晚晴，眼裡半是驚恐半是詫異——她怎麼知曉的？

侯婉雲突然明白了，她被抓到此地，甚至驚動了太后、皇上，並非因為她在姜家想謀害幾個小妾，而是因為她在侯家所做之事敗露了。

侯家之事敗露，那就是……必死無疑。

侯婉雲不會傻到承認這些要命的事，她一口咬死。「妳在說什麼，我不明白！」

「妳不明白？是妳不願意承認吧？」顧晚晴冷哼一聲，看著侯瑞峰道。「侯將軍，這是侯家之事，請將軍來審問。」

侯瑞峰點點頭，而後對外頭吆喝了一聲。一個年長的嬤嬤被帶了進來，跪在眾人面前。

侯瑞峰道：「這位王嬤嬤是侯府的老人，在侯家服侍了大半輩子，十幾年前告病回家頤養天年。就在前幾天，王嬤嬤回侯府找上我，說有件事她憋在心裡多年，如今她年老體弱，久病纏身，想著自己快不久於人世，定要在死前將事情告之於我。」

而後侯瑞峰對王嬤嬤道：「王嬤嬤，請說吧。」

王嬤嬤滿臉的皺紋，轉頭看了一眼侯婉雲。「三小姐，一別多年，都長這麼大了……三小姐可還記得奴婢？」

侯家家大業大，下人又多，隔了那麼多年，侯婉雲哪裡會記得這麼一個老嬤嬤。

王嬤嬤嘆了口氣。「唉，看來三小姐不記得奴婢了。奴婢年輕的時候，是伺候您生母胡氏的。三小姐小時候，奴婢還抱過您，您左腿有顆紅痣，奴婢記得清清楚楚。唉，都這麼多年了……」

侯婉雲先聽見王嬤嬤提到她的生母胡氏，心立馬提了起來。她害死了胡氏，作賊心虛，背後開始冒冷汗，又聽見王嬤嬤說她左腿有顆紅痣，就更加相信了王嬤嬤是從前服侍過生母胡氏的老人，因為那紅痣的位置異常私密，就算是侯婉雲的貼身丫鬟都不會看到，當時和姜炎洲圓房，黑漆漆的又是一片混亂，姜炎洲也不會知曉。

顧晚晴瞧著侯婉雲的臉色，心知她是信了王嬤嬤的話，當下心中冷笑，侯婉雲身上有幾顆痣，她這個與她同吃同睡的嫡姊全都知道。

王嬤嬤說著說著，抹了把淚。

「奴婢心中有件事憋了多年，再不說恐怕就要將它帶進土裡了，所以尋思著，無論如何要告訴主子。那是十幾年前的事了，當時三小姐才五歲，那日胡姨娘帶著三小姐在花園裡遊園，胡姨娘還特地帶了三小姐喜愛的桂花糕。那時奴婢恰好去園子裡尋胡姨娘，可剛剛進園子，就遠遠聽見胡姨娘和三小姐起爭執。奴婢一時好奇，又怕打擾了主子挨罵，就躲在一旁偷偷候著。誰知卻看見三小姐趁著胡姨娘不注意，將胡姨娘推進湖裡！當時奴婢嚇傻了，奴婢是個膽子小的，想喊人卻嚇得渾身癱軟，走也走不動，喊也喊不出聲音。然後奴婢就瞧見……瞧見三小姐她、她笑嘻嘻地站在湖邊吃著桂花糕，看著胡姨娘掙扎……後來胡姨娘體力不支，掙扎的勁小了，三小姐還伸出腳，將胡姨娘的頭往水裡踩！」

王嬤嬤一邊說，身子不停顫抖，恍若陷入十足的恐懼。「而後胡姨娘沈在水裡，沒了動靜，三小姐這才作出慌張的樣子，跑到園子外頭叫人。嗚嗚嗚……胡姨娘，奴婢對不起您，若非奴婢膽小，您也不會死了！」

侯婉雲身子不住打顫，她沒想到謀害胡姨娘的事，居然有第三個人在旁目睹了一切！她雖然不記得這個王嬤嬤了，可是王嬤嬤不但能說出她身上的紅痣，還能將那日的事說得清清楚楚，必定是她親眼所見。

一直默不作聲的安國公此時開口了。「當年姨娘胡氏溺水而亡，同胡氏在一起的，確實是侯婉雲。」

王嬤嬤又哭道：「啟稟太后，在胡姨娘死之前，奴婢曾聽過胡姨娘和三小姐起過爭執，據奴婢聽來，似乎是胡姨娘勒令三小姐不准再提取代嫡姊之事。後來胡姨娘死了，三小姐就被太太領進屋裡養著了。」

侯婉雲死死咬著嘴唇，事到如今，她知道抵賴也沒用。

太后看著侯婉雲，知道她是默認了。太后身子一垮，頹然地靠在椅背上，一隻手支在額頭上，說不出話來。

「侯氏，妳可認罪？」皇帝聲音深沈，目光如炬，盯著侯婉雲。

侯婉雲輕笑了一下，盯著王嬤嬤，目光淬毒。

「侯氏，妳可認罪?!」皇帝聲音更嚴厲了。

「沒錯，人是我推下湖的。你們既然能抓我來此處審問，定然是什麼都知道了，我也不需要抵賴了。」侯婉雲吐出一口氣來，覺得身子輕鬆許多。

這麼多年，她幾乎每晚都能夢見胡氏，吐著舌頭，滿身是水地看著她，如今說了出來，倒像是解脫。

「那麼，妳就是親口認罪了。」侯瑞峰盯著侯婉雲，目光複雜。

人證在前，她還能不認嗎？侯婉雲點點頭，露出嘲諷的笑。

「好。」侯瑞峰點點頭，而後從懷裡拿出一錠銀子來，對王嬤嬤道：「辛苦王嬤嬤了。」

那哭得泣不成聲的王嬤嬤立刻抹了把淚，眉開眼笑地接過銀子揣在懷裡，對侯瑞峰行禮道：「多謝侯將軍。」

而後起身站在太后身後，對太后福身行禮。

「做得好，王嬤嬤。」太后移開支在額頭上的手，看了眼王嬤嬤。

「這是怎麼回事?!」侯婉雲看著眼前發生的一切，大吃一驚！

王嬤嬤瞥了侯婉雲一眼，道：「奴婢十五歲入宮，已伺候太后多年。」

侯婉雲這才意識到他們演了場戲，誆騙自己認罪！可自己聰明一世，糊塗一時，居然認罪了！

侯瑞峰轉頭看著侯婉雲，目光深沈，吐出一句。

「兵不厭詐。」

第二十九章

「你居然詐我！」侯婉雲瞪著侯瑞峰，眼睛睜得滾圓。「我是你親妹妹，你居然用這麼卑鄙的手段對付我！」

侯瑞峰厭惡地看著她，冷冷道：「我不過是誆騙了幾句，妳就受不了，可胡氏是妳親生母親，妳只因一言不合就將她推下湖淹死，手段極端殘忍，胡氏又何其無辜？難不成只准妳害死別人，別人不能謀算妳？」

侯婉雲被侯瑞峰幾句話頂了回去，一口氣噎在胸口。而後侯瑞峰對父親安國公道：「爹，接下來孩兒要揭露之事，與母親和妹妹有關，請爹聽了莫要太過激動，萬萬保重身子。」

安國公對兒子點點頭。早先侯瑞峰就透露過口風，說是母親和妹妹之死都與侯婉雲有關，當時安國公剛剛長途跋涉回京，侯瑞峰怕父親一時間接受不了，就只淺淺點了幾句，讓安國公心裡有數。

事關安國公妻女，就連皇上、太后也格外重視起來，只見侯瑞峰從腰間掏出一個竹筒、幾疊信件。

侯瑞峰道：「前些日子，我離開京城去南疆之前，特地去母親和妹妹的墓前祭奠。當時遇見了一位故人，提醒了我母親的墓前寸草不生，所以我取了泥土，帶去南疆，請了當地非常有名的巫醫看看這泥土是否有問題。那巫醫說這泥土含有劇毒，所以寸草不生，根據那位故人所述以及我的推斷，這泥土中的劇毒是從母親屍身中所來，也就是說，母親並非病逝，而是中毒身亡。」

安國公的臉色逐漸變得一片慘白，他搖搖頭，道：「峰兒，可是你母親去世之前，我四處求訪名醫，都說是得了病，若是中毒，那麼多大夫怎麼都看不出來呢？」

侯瑞峰轉頭，看著地上的侯婉雲。侯婉雲臉色一片灰白。

「這就要問問咱們冰雪聰明的侯婉雲了。真不愧是第一才女啊！不光會吟詩作賦，甚至對藥理也研究頗深。」侯瑞峰蹲下，一隻手箍住侯婉雲的下巴，若是眼神能殺人，侯婉雲早就萬箭穿心了。

「我曾詢問過當朝第一神醫霍曦辰霍大夫，大致說了一下母親當年所服用的藥物、所吃的飲食。霍大夫告訴我，母親常年食用侯婉雲種植的蜜桃，可母親體質特殊，不宜食用蜜桃和接觸桃花，而且大閘蟹性寒，兩者長年累月食用會加劇母親的身體不適，到時只要再下些毒藥，就能致人於死，又不引起疑竇。而母親所得的症狀，與霍大夫所描述的一模一樣！」侯瑞峰死死盯著侯婉雲的眼睛。「而這蜜桃、桃花與大閘蟹，都是我的好妹妹特意種植、養殖，每日呈給母親的……」

侯婉雲的眼神，從憤怒到震驚，而後變得絕望。

侯瑞峰什麼都知道了，她根本就沒有辯駁的空間。

事到如今，就算她狡辯說自己對母親之死毫不知情，也沒有人會相信她。一個連親生母親都能害死的人，還有什麼事情做不出來？

「至於妹妹婉心之死……」侯瑞峰眼底浮上淡淡的哀傷。「妳的貼身丫鬟巧杏告發，說妳下毒害死了病重的婉心……巧杏當年多留了心眼，留了一部分毒藥藏在她家，如今那毒藥在我手上。人證、物證俱在，妳還有何話說？」

侯婉雲愣愣地看著侯瑞峰，又看了看一臉鐵青的安國公。安國公已經被這兩個噩耗震驚到說不出話來。

看來無論是侯家還是姜家，都是有備而來，他們查清楚了一切，就等著自己認罪。

「你們好卑鄙！無恥！」侯婉雲眼裡閃爍著瘋狂的火焰。

「你們這麼多人，都來欺負我一個弱女子！你們真不知廉恥！哼！沒錯，你說的那些事都是我做的！可我也是逼不得已，誰讓她們擋我的路！胡氏不過生下了我，有什麼了不起？她不但不幫我鋪路，還要扯我後腿，我除掉她有什麼不對？侯家太太表面上疼愛我，可是最疼愛的只有她的親生女兒！侯婉心那賤人，仗著嫡出的身分，就處處壓我一頭，我憑什麼要在她之下？我要出頭，就只能往上爬！擋我路的人，都該死！」

侯婉雲越說越激動，她掃視眾人一眼，大聲道：「你們別跟我假惺惺，你們有哪個是乾淨的？手上就沒沾過血？有什麼資格來說我？」

若非聽侯婉雲親口承認，誰能想到這個看起來純良無害的女子，竟然有這麼一副蛇蠍心腸？

太后和皇帝眉頭都緊鎖著，在內宮之中，誰的手都不乾淨，後宮傾軋，她不害人，人就要害她，不光是為了權勢，更是為了自保。可這與殺母親、姊姊之事，根本大相逕庭，後宮那些妃嬪鬥起來的心狠程度，在侯婉雲面前，根本就不值得一提。

安國公聽不下去了，他上前狠狠一巴掌抽在侯婉雲臉上，只見他氣到胸膛起伏，想罵都罵不出話來，只能喘著粗氣喃喃道：「畜生！我怎麼養出妳這麼個畜生！」

侯瑞峰怕父親氣出毛病，忙上去攙扶父親，替他撫胸，勸慰道：「爹，身子要緊，莫要為這畜生氣壞了身子。」

此時姜恒處理完公務，也趕了過來。

當姜恒進入審問室的時候，看見的就是安國公抽侯婉雲耳光的一幕。他瞧見安國公氣得不輕，忙上前去同侯瑞峰一起安撫安國公。

安國公一瞧見姜恒，拉著姜恒的衣袖，泣不成聲，掩面道：「我教女無方，養出這麼一個狼心狗肺的東西來，禍害了姜家！我愧對姜家啊！」

姜恒半路趕來，他只知道侯婉雲在姜家的所做作為，並不知道侯家之事。乍看安國公哭得如此悲痛，一時之間也不知如何安慰他。

侯瑞峰看姜恒不明就裡，在他耳邊輕輕說了句。「姜太傅，我母親、妹妹以及侯婉雲的生母，都是被侯婉雲害死的……」

姜恒眉頭緊緊皺著，他明白了為何安國公會哭得如此傷心。這事情不管放在誰身上，都會承受不住。

侯婉雲半張臉腫了起來，但她依舊笑著，面目可憎到了極點。

「是，擋了妳的人，都該死是嗎？」顧晚晴看著侯婉雲，輕輕道：「所以妳就提前布局，把妳的人安排進姜家。等我嫁到姜家的第一天，就把絕子湯端到我面前，免得我將來生了兒子會慫恿王爺讓我的兒子襲爵，這樣一來妳的平親王妃的夢就落空了，是不是？」

姜恒瞳孔猛地收縮一下，轉頭盯著侯婉雲。

侯婉雲狠狠瞪著顧晚晴。「妳既然都知道了，定是人證、物證都查得齊全，我也不用分辯什麼。妳說得沒錯，我是這麼想的，在妳嫁進姜家之前，我就安排好了眼線，準備好了絕子湯，就是要讓妳生不出孩子！這樣往後整個姜家就都是我的了！姜家啊，堂堂的姜家，名門望族、百年世家啊，就都是我的了！哈哈哈哈！」

侯婉雲突然大笑起來，笑得瘋瘋癲癲。

太后被她笑得發怵，指著侯婉雲道：「妳這孽障！不但害死了姊姊，還利用她的死作戲，博得哀家的信任和寵愛，利用哀家給妳賜婚！嫁過去不但不知道悔改，居然變本加厲，謀害婆婆、姬妾、子嗣，妳的所作所為，簡直人神共憤，天理難容！」

安國公看著笑得猖狂的侯婉雲，氣急攻心，跳起來撲過去，一雙大手像鉗子似的死死掐住她的脖子，口裡罵道：「我掐死妳個畜生！」

侯婉雲毫無掙扎的餘地，只覺得喉嚨被緊緊鎖住，一點空氣都吸不進去，不禁兩眼發直，翻著白眼，身子抽搐。

聖駕在前，安國公這麼魯莽行事甚為不妥。侯瑞峰趕忙拉開安國公，勸解道：「父親莫要衝動，孩兒知道您恨不得殺了她，孩兒又何嘗不是？請父親稍安勿躁，聖上和太后定會給咱們個公道！」

安國公深吸一口氣，強壓住心裡的怒火。

一旁的小太監忙上前去按住侯婉雲，在她頭上潑了盆冷水。

侯婉雲打了個激靈，一下清醒過來，乾咳幾聲，而後瞪著顧晚晴，大罵道：「都是妳這個賤人，壞我的好事！若不是妳從中作梗，我怎麼會落到這般田地？」

顧晚晴懶得和她多費口舌，轉身對太后、皇上道：「啟稟太后、皇上，此事事關重大，還請太后、皇上定奪。」

「這……」皇帝犯了愁。

侯婉雲不但是名滿天下的第一才女、第一孝女，更被他讚為「嫻德孝女」，如今若是傳出罪行，那讓天家的顏面何存？

所以這事從頭到尾都是秘密審問，就算是要處死侯婉雲，也得秘密進行，而後對外宣稱她暴斃而亡。

皇帝的顧慮，在場之人自然都清楚得很。

「依照天朝律例，應將侯婉雲處以凌遲。」太后道，復又頓了頓，補充道：「只是此事關係重大，不宜公開，就秘密執行吧，死後挫骨揚灰，不必葬入祖墳，隨後對外宣稱姜侯氏暴斃而亡。」

侯婉雲仰起臉盯著太后，又看了看皇帝，道：「太后、皇上，你們不能殺我。你們若是殺了我，天朝的江山社稷，就危在旦夕了。」

「妳在胡言亂語什麼？」太后看著侯婉雲，這女人莫不是聽見宣判，嚇瘋了吧？

侯婉雲哼了一聲。「關東爆發疫病，已經死了將近三萬百姓。此次疫病來勢洶洶，若再不控制，恐怕會致死無數，甚至蔓延全國。我朝剛剛結束戰爭，國力損耗嚴重，南疆、西北虎視眈眈，若是蔓延疫病……軍隊染病，戰鬥力下降，關東又是重要的糧食產區，經此疫病，糧食必定緊缺，到時候內憂外患，恐怕會經歷一番大劫難。」

關東前陣子確實爆發了疫病，起初沒人當作一回事，可是到後來發現，此病一旦染上，就很難存活，短短數月就讓很多人死去。等朝廷知曉此事，疫病已經在整個關東地區蔓延，各地名醫都試圖找尋醫治的法子，卻收效甚微。

顧晚晴知道侯婉雲穿越者的身分，更從空間裡的房間瞭解她的醫學知識遠不是這個時代之人所有。怪不得侯婉雲認罪認得那麼爽快，原來她留了後手，當真是有恃無恐。

皇帝一聽，知道她不是胡言亂語，於是追問道：「妳可有法子對付此病？」

侯婉雲點頭。「回稟皇上，我確實有法子醫治病症。只求皇上饒我一命，並保我後半生衣食無憂。」

按照常理來說，饒了一個婦人，換取十幾萬百姓的性命以及江山社稷的穩固，這是再划算不過的買賣了，而且侯婉雲所犯之罪，並非犯上謀逆這種罪行，對於皇帝而言，是不痛不癢的。

所以只要皇帝不是昏聵之人，這筆買賣他一定會答應。侯婉雲也是篤定了這點，才敢提了出來。

顧晚晴本以為侯婉雲此次必死無疑，誰知道竟然半路來了這麼一齣！

一想到若是皇帝答應了她，免她死罪，還要保她下半輩子衣食無憂，顧晚晴就感到一陣氣結。

皇帝確實陷入了兩難。赦免侯婉雲的死罪，對於皇帝而言只是一句話的事，可是他必須顧及姜家和侯家。

姜家和侯家這般地位，若是和天家產生嫌隙，那絕對是極大的隱患！要知道皇上是依靠這些世家來鞏固皇權，若這些世家離心的隱患埋下了，可比這次疫病死人嚴重得多。

皇帝看向侯婉雲，面上雖是不動聲色，內心卻厭惡至極。

原本皇帝聽聞侯婉雲所為，還有些看戲的姿態，畢竟針沒扎在自己身上，疼的不是自己，可侯婉雲這麼一要脅，卻讓皇帝親身感受侯婉雲的陰險惡毒。

侯婉雲以要脅的手段，不但給皇帝出了一大難題，更是挑戰了帝王的權威。若皇帝真的答應了侯婉雲的要求，就會寒了姜家、侯家的心。

侯婉雲不知道皇帝心裡的百轉千迴，她只認為若是皇帝金口一開，免她死罪，再將她保護起來，那麼今後她就不會再受姜家、侯家的牽制了。

皇帝猶豫了片刻，道：「此事事關重大，待朕權衡後再定奪。」

而後便令人將侯婉雲帶出地牢，換了間隱蔽又乾淨的房間，又派丫鬟和大夫服侍她。

至於從前幫侯婉雲作惡，而後成為證人的幾個丫鬟，都依照天朝律例處罰了。她們被打了板子，而後流放充軍，又由於怕洩密，這些人都被灌了啞藥。

作惡終有惡報，好人亦有好報。侯家稟明皇上，劉三娘為查明主子死因，不惜化名惜春，忍辱負重多年，為表其功，封賞良田千畝，黃金千兩。

跟著皇帝出了地牢，一路上顧晚晴都憂心忡忡，她不甘心讓侯婉雲逃過一劫！姜恒與顧晚晴並肩走著，瞧妻子一臉焦心，不動聲色地握住她的手，輕輕道：「莫擔心，一切有我。」

幾位大臣被安排到兩處院落休息，等待傳召，皇帝回去更衣休整。

當晚，皇帝召集安國公、姜太傅、侯瑞峰秘密議事，商定具體事宜。

翌日，源源不斷的藥材被送進皇宮一處偏僻的院落，還有一些依照侯婉雲所畫圖紙製造的器皿、儀器。

侯婉雲閉門不出七日，而後研製出一種奇怪的液體，說是能治療疫病。這種藥被快馬加鞭送去了關東疫區給病人服用，發現療效卓著，疫病被控制住了，不再有成百上千的病人死亡，預計到開春就能完全消除疫病。

皇帝聽聞後，心中一塊大石落地，幾次接見侯婉雲，詢問疫病相關問題，看在她救了那麼多百姓的分上，皇帝勉強壓抑住心中的厭惡，對侯婉雲和顏悅色。

畢竟疫病還未消除，那藥品配方和製作工藝獨特，就算是派去監視侯婉雲的人，也無法參透她是怎麼製作藥品的，侯婉雲還有利用價值，所以皇帝自然要籠絡她的心了。

但侯婉雲卻誤解了皇帝的心思，可悲她前世沒正經談過幾次戀愛，穿越後也沒機會花前月下、談情說愛，所以她對愛情的理解完全來自於無數小說、電視劇。在她的認知裡，皇帝似乎被她的醫術折服，愛上她了。

侯婉雲每日製藥，日子不知不覺過去了，姜家、侯家都沒有再提侯婉雲的事，似乎這事不曾發生過。

眼看著新年要到了，大家忙碌起來，年味越發地重。

顧晚晴的身子好了些，可是姜恒怕她太操勞，將家務事丟給姜惠茹處理，讓錢氏協助打理。

姜惠茹是姜家嫡長女，姜恒也存著讓她歷練的心思，而錢氏是姜惠茹親娘，自然不會為難女兒，也知道這是鍛鍊女兒的好機會，於是盡心盡力地幫助姜惠茹。所以雖然事情繁雜，倒也有條不紊。

霍曦辰對疫病束手無策，對此他很是懊惱。

雖說他天縱奇才，對醫術極有天賦，可他畢竟才剛接觸空間裡的醫學典籍，那些可都是現代的醫療體系，書裡都是專業術語，甚至還有英文書籍，讓一個古人自學這些，簡直難於上青天。以霍曦辰的進步速度，已經實屬難得，只可惜他畢竟是凡人，不是神仙，不可能一下子什麼都懂。

這些日子霍曦辰一直泡在空間裡，兩耳不聞窗外事。為了方便霍曦辰出入空間，顧晚晴還特地讓元寶給霍曦辰特權，讓他無須來找顧晚晴，就能進入空間。

霍曦辰做的是救死扶傷之事，因此元寶答應得很爽快。

自那次宮中審問侯婉雲之後，沒隔幾天，安國公、侯瑞峰就來姜家登門道歉。那次會面，姜恒也在，安國公對姜恒坦蕩蕩直言，說有事要和王妃單獨說。

安國公和顧晚晴單獨會面的時間並不長，可是出來的時候，兩個人眼眶都是紅的。特別是安國公，一大把年紀了，姜恒瞧著他的眼睛紅得似兔子，沒忍住直接笑了出來，倒把安國公鬧了個大紅臉。

而侯瑞峰當時正在花園裡私會錦煙，兩人不知道說了什麼，錦煙哭了一場，將玉珮還給了侯瑞峰，從此再不提與侯瑞峰之事。

錦煙身分尷尬，既不能做侯瑞峰的嫡妻，姜家又不可能讓她委身做妾，所以這才快刀斬亂麻。

侯家人走後，姜恒和顧晚晴無聲對視了好久，顧晚晴心裡忐忑，不知是否該將自己的真實身分告訴姜恒。好在姜恒也不逼問她，似是耐心等待著妻子有一天自己準備好了，開口告訴他一切。

自從安國公離開姜家之後，有好一陣子，只要他見到姜恒就躲得遠遠的，並用一種複雜的眼神盯著姜恒看。

每每安國公這麼盯著姜太傅的時候，侯瑞峰都會在旁邊揶揄。

「爹，別看了，再看也看不出朵花來！姜太傅人品學識都是天下第一，更是出了名的愛妻如命，妹妹嫁了個如意郎君，也算是不幸中的萬幸，爹也該放心了。別整天盯著人家瞧，不知道的還風傳您對姜太傅有意思呢……」

「呸，誰敢亂傳，看我不撕了誰的嘴！」安國公悻悻收回眼神，再不好這麼明目張膽地偷窺了。

待到了新年，趁著新年的喜氣，太后私下和安國公與侯瑞峰商量了，選了一位名門閨秀賜婚給侯瑞峰。有了侯婉雲的教訓在先，這次太后可是精挑細選，選中的姑娘性子溫婉賢淑，管家有方，和侯瑞峰正是良配，婚期訂在五月，又為了補償侯家，為侯瑞峰晉升官職。

而姜家已經榮寵極盛，太后與顧晚晴商量了一番。顧晚晴有自個兒的心思，就推說回去想想，而後回了家，叫了姜惠茹來。

經歷了種種，又接手了家務，姜惠茹一下子長大了不少，不再是個懵懂無知的小姑娘。顧晚晴一直操心她的婚事，如今套她的話。「惠茹啊，女大不中留，大伯母瞧著霍曦辰是個良人，妳覺得如何？」

姜惠茹對婚事不再像原先那般牴觸，羞怯地捂著眼睛。

顧晚晴瞧她羞紅著臉，故意打趣她道：「瞧我這記性，我記著惠茹曾經來求過我，說不想嫁人的，我怎麼就忘了呢？得，我就不牽這線了，咱們家惠茹誰也不嫁，姜家養得起！」

「大伯母！」姜惠茹卻當真了，一下子急了，她是個直脾氣的姑娘，此時雖然羞澀，可事關終身大事，還是鼓起勇氣扯著顧晚晴的袖子，聲音細得跟蚊子似的。「大伯母，惠茹、惠茹可沒說不願意嫁給霍家哥哥。」

「咦，妳當時不是說不想嫁人嗎？怎麼又改了主意了？」顧晚晴笑呵呵地把姜惠茹攬在懷裡，慈母一般摸著她的腦袋，問道：「跟大伯母說說，咱們家惠茹怎麼突然改了性子？難不成是那姓霍的小子給妳灌了迷魂湯？大伯母可不依，等會兒我找他算帳去！」

姜惠茹垂著頭，小聲咕噥道：「不怕大伯母笑話，惠茹就實話實說了吧。惠茹爹爹去得早，從小跟著大伯長大，把大伯視為父親。大伯乃是人中龍鳳，放眼天朝，沒幾個男子比得上大伯。惠茹小時候就暗暗發誓，要嫁就要嫁大伯這樣的男子。若是尋不見這般出色的男子，惠茹寧可終身不嫁，也好過同一幫鶯鶯燕燕搶奪丈夫。」

顧晚晴想了想，她這話倒也有幾分道理，姜惠茹出身高貴，從小見的都是她大伯、堂兄那般出色的男子，長久下來眼光自然要高上許多。尋常的男子拿來和姜恒一比，都被比到泥裡，入不了這位大小姐的眼。

姜惠茹頓了一下，眼裡忽然放出了光，繼續道：「可是霍家哥哥卻是不同的，他年少有為，醫術獨步天下。雖然出身世家，卻沒有一般世家公子哥的紈袴之氣，他雖不入廟堂為官，但仁心仁術、懸壺濟世。還記得大伯母在宮裡昏迷不醒，那時候突然走水，霍家哥哥本可以在火勢剛起時獨自逃生，可他卻沒有丟下咱們，反而叫我抱著元寶，他揹著妳，一起衝出去。霍家哥哥這般有情有義的男子，嫁給他是種福分。惠茹知道，大伯母已千挑萬選為惠茹選了夫婿，惠茹若是再拿喬，豈不是辜負了大伯母的一片心意。」

姜惠茹說完這番話，眼睛亮亮地盯著顧晚晴。

顧晚晴聽她這麼說，心下一塊大石頭也就放下了。這對小輩彼此的小心思，顧晚晴都瞧在眼裡。

霍曦辰人品好、家世好，霍家和姜家門當戶對，又都是嫡親的兒子、女兒。兩個人也彼此熟悉，互相有好感，把姜惠茹嫁給霍曦辰，顧晚晴是再放心不過了。

對這位姪女的事，顧晚晴極為上心，為了穩妥，她又親自套了霍曦辰的話，確定霍曦辰對姜惠茹的心意，這才進宮求太后為兩家賜婚。太后一口氣答應下來，又封了姜惠茹為郡主，身分更加尊貴。

姜家霍家聯姻，又是太后賜婚。兩家都滿意得不得了，錢氏更是喜孜孜地張羅女兒的婚事，也因此對大房的嫌隙盡除，對顧晚晴真心熱絡起來。

忙過了春節，等到開春，疫病全消，皇上龍顏大悅。

侯婉雲又進一步提要求，要皇帝昭告天下，說這疫病是天下第一孝女侯婉雲所治。皇帝猶豫了一下，答應了。

而後緊跟著，太后作了個夢，說是太上老君託夢，讓太后選一位德才兼備、身分尊貴的女子，進玄清廟供奉，為社稷祈福，可讓風調雨順，國泰民安。夢中太上老君又給了生辰八字，說定要此女供奉終生，否則會有災禍降臨。

太后醒過，將此夢告訴皇帝，皇帝在朝堂公布。

天朝素來迷信，眾人對此深信不疑，而後在高門中搜尋，尋得一人，恰好與太上老君所描繪之人完全吻合。

此女不但身分高貴，且才情了得，名滿天下，她便是立下赫赫戰功的安國公之女、姜家嫡長媳——侯婉雲。

第三十章

侯婉雲被選中之事，立刻傳遍了朝裡朝外，自然也傳到了侯婉雲的耳朵裡。

侯婉雲聽聞此消息，先是一愣，而後不禁喜上眉梢。

她是已婚婦人，若是皇帝看中了她，肯定要顧忌她的身分。

當年唐玄宗看中了兒媳楊玉環，最初也是令楊玉環出家。這個消息一傳到侯婉雲耳裡，她立刻就篤定皇上也是想先命令她出家，然後再想辦法弄她進後宮。

皇帝每日都來，對她噓寒問暖，而後詢問她一些與疫病相關的事。侯婉雲心裡不勝嬌羞，心中得意，她兵行險招，果然博得皇帝的青眼。她心中急切著想攀上皇帝這棵大樹，漸漸卸了防備，開始跟皇帝講述她製藥的方法，炫耀她的醫術。

每每侯婉雲講醫術的時候，皇帝都聽得格外認真，令侯婉雲以為皇帝對醫術感興趣，可誰知道皇帝前腳出門，後腳就去了書房，將侯婉雲所說記錄下來，並差人送去太醫院，讓那群太醫研究學習。

等到把侯婉雲肚子裡關於疫病的知識掏得差不多了，皇帝便不去她的院子了，此時距離去廟裡供奉的日子快到了。

三月初三，聖上下旨，送姜侯氏去玄清廟裡為國祈福。

這人一旦送了進去，一輩子都得在廟裡供奉神仙。侯婉雲明面上還是姜家的媳婦，太后的指婚，不能堂而皇之休了她。

可是背地裡，姜炎洲一紙休書送到侯婉雲面前，太后和皇帝也都默許了姜家世子休妻，畢竟這樣心腸歹毒的女子，再強迫人家收著，也太不近情理了。姜家已經退讓了好多步，犧牲了世子的幸福，讓侯婉雲掛著姜家長媳的名頭，姜炎洲今後也不能再娶正妻了。

滿朝文武都知道姜家大房還未出嫡子，正室就為國祈福去了，而姜炎洲並未表現出一絲不滿，所以百官都稱讚姜家簡直是國之棟樑。

因著這個原因，太后覺得更虧欠姜家。不過姜炎洲對此表示很高興，姜家不光有他一個嫡子，且他對爵位並無太大興趣，加之本就不願意娶妻，如今正好讓侯婉雲占著正妻的位置，再不用背負娶妻生子的責任。

聖旨一下來，侯婉雲喜孜孜地叫宮女、嬤嬤們張羅起來，又是沐浴淨身，又是盛裝打扮，就等著皇帝派人接她去參加儀式，而後送她去廟裡。

幾個宮女、嬤嬤都沒說什麼，侯婉雲讓她們做什麼，她們就做什麼。侯婉雲一直作著將來當皇后的春秋大夢，卻沒注意到那些丫鬟、嬤嬤看著她的眼神都充滿了同情和譏誚。

待侯婉雲打扮妥當，已經快到中午了，她怕用膳弄花了妝，連午膳都沒用，直挺挺地坐在廳裡，等著人來接她。

一直從中午等到了太陽下山，侯婉雲不禁焦急起來，詢問身旁的嬤嬤。「怎麼還不見皇上派人來接我啊？」

那嬤嬤白了她一眼，口裡滿是嘲諷。「哎呀我的大姑奶奶，您趕緊醒醒吧，別作夢了。」

侯婉雲皺著眉頭，拍了桌子，道：「妳怎地如此的沒規矩？妳可知道我的身分？我可是奉旨去供奉的人！」

那嬤嬤啐了一口。「您還作著您的春秋大夢呢！這會兒去玄清廟供奉的那位貴人，恐怕都快出了宮門。」

「妳說什麼？皇上不是說讓我去供奉嗎？我人還在這裡呢……」

侯婉雲說完這句，忽然臉色一變，想到什麼似的，一把推開嬤嬤，朝院子外頭狂奔而去。

侯婉雲一路奔到了東直門口，遠遠看見一隊人馬，正準備出宮門。

那隊伍最前面，四個宮人抬著巨大的軟轎，邊上掛著紗幔，裡頭坐著個年輕女子。

侯婉雲喘著粗氣，一把抓住一個在旁邊站崗當值的小太監，急切問道：「那隊伍送的人是誰？」

小太監瞧著侯婉雲面生，看她的衣著不是宮女，對她還算客氣，答道：「您沒聽說嗎？姜家長媳侯婉雲奉旨去玄清廟裡供奉神仙，這就是送那位貴人的隊伍。您瞧，軟轎裡坐著的，不就是姜侯氏嗎？」

「不是！你一定是弄錯了！她怎麼可能是侯婉雲！」

侯婉雲頓時嚇得滿臉發白，扭頭看向那隊伍。她才是侯婉雲啊！轎子裡坐著的是冒牌貨！

「我才是侯婉雲！那是個冒牌貨！」一陣氣血上湧，侯婉雲大聲喊了出來。

小太監嚇了一跳，連忙捂住侯婉雲的嘴，呵斥道：「妳胡說什麼？我看妳是哪裡來的瘋婆子吧？竟說些瘋言瘋語！別再大叫了，若是連累了我受罰，我可饒不了妳！」

侯婉雲雙目血紅，她忽然意識到自己上了當。侯家、姜家、皇上、太后，他們聯合起來挖了個大坑，就等自己跳進去！

全天下都知道侯婉雲被送去廟裡供奉神仙，把那個冒牌的女人當成了正牌，可自己的身分被人頂替了，自己又是誰呢？

侯婉雲雙目發直，喃喃低語。「她是侯婉雲，那我是誰？我是誰！」

「快，她在那兒呢，抓住她！」

被侯婉雲推倒的嬤嬤氣喘吁吁地帶著幾個小太監跑過來，看見侯婉雲愣在那兒，趕忙讓幾個小太監把她抓了回去。

回到居住的小院，幾個小太監把侯婉雲扔在院子裡，那嬤嬤雙手扠腰，喘著粗氣，罵道：「跑得倒是快，追得老娘累死了！妳還當妳是侯婉雲？我告訴妳，侯婉雲現在在廟裡呢，妳以為妳是誰？」

宮裡最不缺的就是落井下石之人，幾個小太監見侯婉雲失勢，也紛紛跟著欺侮她。見她身上穿金戴銀，都是價值不菲的首飾，他們眼睛一亮，對視一眼，齊齊撲上去將她身上值錢的東西，統統扒了個乾淨，就連裘皮披肩也不放過。

侯婉雲披頭散髮，衣冠不整地坐在院子裡。前一刻她還憧憬著迷惑皇帝，成為第二個楊貴妃的美夢，這一刻她就什麼都不是，連身分都被人頂替了。

侯婉雲胸口一陣劇痛，憋悶得一口血吐了出來。她突然想起來，今兒個她還沒服用逍遙膏呢！

逍遙膏，對，逍遙膏！

再不服用，毒癮就該發作了！

侯婉雲掙扎著要起來，往屋裡走。

幾個小太監看她搖搖晃晃地站起來，笑嘻嘻地過去胡亂踢她，將她踢倒在地。侯婉雲雙手開始止不住的顫抖，這是毒癮發作的前兆，她匍匐著往屋裡爬，腦子裡只剩下逍遙膏。

艱難地爬到屋裡，侯婉雲扒著櫃子站了起來，顫巍巍地打開櫃子門，取出逍遙膏來。

嬤嬤見她要開始吸食逍遙膏，忙走過去，一把將逍遙膏奪了過來。「這麼金貴的東西，妳也配用？」

侯婉雲一看嬤嬤搶她的逍遙膏，她毒癮發作，生不如死，她哀求道：「好嬤嬤，求妳把逍遙膏還給我！回頭我叫人給妳送金銀珠寶來！求妳把逍遙膏還給我啊！」

嬤嬤呸了一口。「妳哪來的金銀珠寶啊？妳瞧瞧妳現在的樣子，像不像喪家犬？喪家犬還有資格用價值千金的逍遙膏？呸！滾開！」

嬤嬤一腳將侯婉雲踹在地上，而後揣著逍遙膏就往門外走。

侯婉雲渾身抽搐，僅存一絲意識，撲過去緊拽著嬤嬤的裙角。

嬤嬤大罵晦氣，忙叫小太監來幫忙。

侯婉雲毒癮發作，手勁異常的大，抓住嬤嬤的裙角死不鬆手。嬤嬤急了，忙道：「都愣著幹麼？還不快把她手掰開！」

幾個小太監對她拳打腳踢，掰著她的手指，只聽見咯嘣一聲，侯婉雲一根手指頭被掰斷了，總算鬆開了嬤嬤的裙子。

侯婉雲口吐白沫，倒在地上抽搐。嬤嬤和幾個小太監都沒見毒癮發作的人，被她嚇了一大跳，忙去通知太后。

太后聽後，連眼皮子都沒抬，眉頭微微皺了下。「慌什麼慌？死就死了，這宮裡沒死過人？」

嬤嬤抹了把汗，太后的意思再明確不過了。

「可是，她有皇上欽賜的免死金牌……」嬤嬤擦了把汗。

太后睜開眼。「那金牌是賜給廟裡供奉那位的，關她什麼事？把她送出宮吧，省得死在宮裡，污了哀家的地界。」

當天夜裡，趁著夜色，幾個小太監趕著車馬，悄悄將一個女子送出宮去，馬車朝城西走了三十里，將那人扔在一處偏遠的尼姑庵。

剩下要怎麼做，就看姜家和侯家的打算了，不管他們怎麼做，太后都當不知道。

姜家和霍家的婚事開始辦起來，顧晚晴忙得腳不沾地，將處置侯婉雲的事擱置下來。

歷經一個多月的操辦，終於將姜惠茹嫁了出去！婚禮熱鬧非凡，隆重盛大。

姜惠茹出嫁後，三日後攜霍曦辰回門。

顧晚晴見姪女回來，高興得不得了。

姜恒瞧見姪女的神情，就知道她過得很幸福，心中甚感寬慰，親弟弟留下這唯一的血脈有了好歸宿，自己百年之後也能去面對弟弟了。

姜家的喜慶氛圍還完，一天傍晚，錦煙帶了個婦人來顧晚晴屋裡。

「這位是？」

「王妃，錦煙今兒個去郊外廟裡上香，路上遇見個女子想跳河自殺。我救了她下來，仔細盤問了一番，覺得有必要帶她回府裡一趟。」錦煙答道，而後又對那名婦人道。「鄭氏，妳有何苦楚，都說出來吧，我們王妃會為妳做主的。」

鄭氏一聽這話，嚎啕大哭起來，哭訴道：「我含辛茹苦幫扶丈夫，讓他從一個跑街串巷的小貨郎成為富甲一方的商人，可他嫌棄我人老珠黃、生不出孩子，甚至要休妻！我年輕時曾懷過孩子，可是那時家裡一貧如洗，我日夜操勞持家，孩子沒保住，從此不能生育。我陪著丈夫從貧賤到富貴，糟糠之妻不下堂啊！他曾經發誓今生不負我，可如今卻急著要逼死我，好給那狐狸精讓位！我娘家無人了，他要休了我，我除了死，沒別的路了，嗚嗚嗚……」

顧晚晴一聽，火氣就起來了。

鄭氏貧寒時嫁給她丈夫，從她面容就可以看出曾經十分操勞，丈夫今日的成功定然離不開她，可是如今丈夫富有了，卻要休妻。就算鄭氏無所出，可按照天朝律例，這種情況也是不可休妻的！

「妳丈夫可知道，若是休了妳，可是要吃官司的？」顧晚晴道。

「他如今財大勢大，我一介女流，又沒有兒女，他鐵了心要休我給那狐狸精讓位！我又有什麼辦法？」鄭氏哭道。

這時候錦煙走過來，伏在顧晚晴耳邊悄悄道：「鄭氏口裡的狐狸精，就是從咱們府裡大房出去的那位……」

顧晚晴眼神一下子陰沈下來。這些日子光操辦婚事，沒空騰出手收拾她，沒想到她居然又整出么蛾子！

顧晚晴對鄭氏道：「妳起來吧，我先讓人為妳安排住處，妳莫再尋死了，事情總有解決的方法，就安心候著吧。」

見眼前這年輕婦人衣著華美，談吐不俗，鄭氏是做過生意的人，有些眼力，便連連答應，退下了。

打發人都出去了，顧晚晴叫了翠蓮進來，修書一封，派人送去侯家。

先前託侯瑞峰尋的人，算著日子也該找到了，就是不曉得對不對侯婉雲的胃口……

幽靜的小樹林裡，一個身材矮胖的男子坐在亭子裡。男子年約四十多歲，大腹便便，身著華服，雙手戴著五、六個寶石戒指。

男子顯然在等人，而且等得異常焦心。

過了大約半個時辰，一個俏麗的身影在樹林旁出現，正是被秘密送出宮的侯婉雲。如今她住在尼姑庵裡，自稱曲曉婷。曲曉婷蓮步輕移，慢慢走到亭子邊，聲音柔媚，能讓男人渾身酥掉。

「文俊哥哥……」

劉文俊轉頭，一看見那朝思暮想的可人兒，忙撲過來，抱住曲曉婷嬌小的身子，在她脖子上胡亂親了起來。「曉婷妹妹，可想死哥哥我了！」

曲曉婷忍住心中的噁心，故作委屈，輕輕推開劉文俊，面上帶著淚痕。

「文俊哥哥，曉婷也想哥哥得很……只是……曉婷是好人家的女兒，早就發誓不能做妾。」

曲曉婷柔弱無依的模樣，讓劉文俊心疼不已。

劉文俊原本是個走街串巷的跑貨郎，後來慢慢發家致富，成了富甲一方的鄉紳土豪，可是有錢歸有錢，他始終因為自己沒唸過書，所以特別傾慕有才華的人。

有一日劉文俊來廟裡上香，就被曲曉婷看中了。

雖然劉文俊年紀比曲曉婷大上許多，而且長得肥碩醜陋，可是他有錢啊！曲曉婷當時正被毒癮折磨，為了弄到逍遙膏，她打定主意要吃進劉文俊這塊肥肉。

劉文俊素日裡見到的都是平凡的婦人，就算去青樓楚館，也不過是尋常的庸脂俗粉，可是曲曉婷不一樣，她年輕貌美，舉止大方，舉手投足間的名媛氣質，立刻吸引了劉文俊。

在曲曉婷的刻意安排下，劉文俊很快就被這位絕色美人吸引住了。

幾番接觸下來，劉文俊還發現這位美人竟然會吟詩作賦，出口成章的曲曉婷把劉文俊震懾住了。

屢次三番這樣刻意勾引，劉文俊很快就墜入情網，被曲曉婷迷得神魂顛倒，堅信這位紅粉知己就是自己在茫茫紅塵中尋找的真愛。

於是源源不絕的銀子、貴重禮物，送到了曲曉婷手裡。曲曉婷欲擒故縱，劉文俊送三次東西，她退回兩次。被美色迷了眼的劉文俊更加覺得這位美人不貪財富，清高似天上的仙女，更展開猛烈的追求。

曲曉婷見好就收，漸漸也對劉文俊表達了愛慕之心，卻說自己不能做妾，讓劉文俊很是為難。

因為糟糠之妻雖然容色不再，但年輕時跟著自己吃苦勞累而流產過，導致不能生育，自己於情、於理、於法都不能休妻。

可是曲曉婷的耳旁風屢次吹著，劉文俊慢慢動搖了，急著想把這位仙女娶回家，便越發看妻子不順眼，後來更為了曲曉婷，執意休妻，甚至還謀劃著對妻子用計，自己再來個捉姦在床，好名正言順休妻。

妻子鄭氏聽了風聲，不想受辱，就跑出去跳河自殺，至今還沒回來。劉文俊起初還擔心妻子的安危，後來一想，這鄭氏若是真的自殺了，豈不是正好成全了他和曲曉婷？於是連妻子也不找了，急著跑來告訴曲曉婷這個好消息。

劉文俊肥碩的手摸著曲曉婷的臉頰。「我家中那婆娘今兒個跳河自殺了，我回去準備準備，過幾日就迎娶妳過門，妳瞧著可好？」

曲曉婷眼睛先是一亮，反手握住劉文俊的手掌。「真的嗎？那曉婷就能和文俊哥哥廝守一輩子了！」而後又眼神一暗，道：「可是……姊姊她……真可憐……曉婷不是有意想搶她位置的，只是曉婷太仰慕文俊哥了……文俊哥相貌堂堂，身材魁梧，頭腦聰明，能嫁給文俊哥，是曉婷的福氣……」

「曉婷，別想那婆娘了……」劉文俊色急地將美人攬入懷裡。「妳不是說妳自小生病，需要逍遙膏調養嗎？上次我送的逍遙膏妳用完了嗎？我再叫人送去些吧。」

「嗯，文俊哥，你可真好。」

小樹林一陣窸窸窣窣，只剩下一對狗男女野合的聲音。

過了大約一炷香的時間，劉文俊心滿意足地整理衣服離去。

別了情郎，曲曉婷回了尼姑庵，瞧見幾個小尼姑對她指指點點，一臉鄙夷。

「那個誰，妳去把大殿的地板擦乾淨。」一個小尼姑看她衣冠不整，心想她定然沒做什麼好事。

一個來歷不明的女子，住在尼姑庵裡，卻每日搽脂抹粉，又有人送來好些貴重禮物，只要長腦子的，稍微一想，就明白是怎麼回事了。

曲曉婷心裡憋著口氣，她想著自己馬上就要嫁給劉文俊了，不用再受這幾個禿尼姑的鳥氣，可是她畢竟還沒嫁呢，人在屋簷下，不得不低頭，就只能不情不願地接過小尼姑手裡的水桶和抹布，朝大殿走去。

此時天色已晚，無人來上香了。曲曉婷跪在地上，擦著地板。

忽然，大殿門口傳來一陣馬蹄聲。曲曉婷聽見門口有男子的說話聲，那些人說話的口音極奇怪，不像是天朝人士。

「三王子，聽說天朝人都信奉菩薩，這裡的菩薩很靈的，您來拜一拜也好。」

三王子？一聽這聲音，曲曉婷的耳朵立馬豎了起來。能被稱為三王子的，定然不是簡單的人物。

曲曉婷輕手輕腳地走到窗邊，偷偷向外張望，院子裡有一群男子，那群男子個個高鼻藍眼，不是天朝人士。

「哈哈，好，天朝不是有句話叫入境隨俗嗎？我也來信信天朝的菩薩！」為首那個被稱為「三王子」的男子笑了起來。

曲曉婷看著三王子的背影，見他身材健美修長，一頭金髮微鬈，光這背影，就讓她看呆了。

隨後三王子轉身，朝大殿裡走去，正好面對曲曉婷。

她看見一張英俊無比的臉！她簡直不敢相信自己的眼睛！眼前這個三王子，居然跟她前世最喜歡的明星湯姆克魯斯年輕時有九成相似！

曲曉婷頓時腳下一軟，差點要摔倒在地。

她上輩子是阿湯哥最忠實的粉絲，收集了無數阿湯哥的相片，當成寶貝一樣放在盒子裡，藏在床頭。

前世無緣與偶像面對面，沒想到穿越後，竟然能見到和偶像長得一模一樣的男子！而且還是貴族，是個異國王子！

也許這才是她穿越之旅的真正開始！曲曉婷心裡興奮不已，腦子飛速運轉，十幾條唯美偶遇的計劃在腦海裡浮現。

曲曉婷趕忙藏在柱子後面，她決定主動出擊，一定要拿下這個神一樣俊美的王子！

春暖花開，萬物復甦，半夜裡野貓叫個不停，曲曉婷躺在床上，腦子裡全是早前看到的三王子殿下。

根據她躲在大殿後偷聽得知，這位三王子乃是樓蘭國王的兒子，此次來天朝是為了商談邦交之事，等到三王子圓滿完成來天朝的出使任務，就該回去接掌王位了。

撇開三王子俊美如阿湯哥的長相不說，光是他顯赫的身世，就夠讓曲曉婷垂涎的。若能攀上三王子這棵大樹，少說也能當個樓蘭貴妃，運氣好、手段高的話，說不定還能成為樓蘭皇后！豈不是比嫁那個矮胖禿頭好多了？

一想起劉文俊，曲曉婷就止不住的噁心。

若非為了他的錢，她才不會委身於那又老、又肥、又醜的男人，還要深情款款地與他談情說愛，簡直就是一種煎熬！

不過現在好了，曲曉婷一遇見三王子，就將劉文俊拋到九霄雲外去了。

曲曉婷一夜未睡，終於選出法子吸引三王子注意。

次日，曲曉婷挑了件飄飄如仙的裙子，這時節穿著雖然有些冷，外頭風一吹，凍得她一陣哆嗦，不過為了勾引貴人，曲曉婷咬著牙堅持下去。

精心化了妝，小心翼翼地將她面上那道傷痕遮了起來，綰起頭髮，打扮得清麗脫俗。曲曉婷懷中抱著古琴，走向尼姑庵後山的竹林裡。

竹林的景致極好，裡頭還有個小亭子，環繞著小溪，似是仙境。曲曉婷坐在亭子裡，放下古琴，搓著凍得發白的手，放在嘴邊哈氣。

這竹林離三王子的住所不遠，曲曉婷篤定他一定會聽見這琴聲，然後好奇地過來看看。強忍住寒冷，曲曉婷撥弄了一下琴弦。

這一世她養在高門，琴棋書畫自然都學了些，對於古琴她雖然不是十分精通，不過唬騙外行倒還是可以的。

一聲清冽的古琴聲在竹林中響起，竹林鬱蔥幽靜，琴聲迴響，更顯得飄飄渺渺，十分有韻味。曲曉婷保持著極為優雅美麗的坐姿，十指纖纖撥弄琴弦。

一曲響起，琴聲極為悅耳。曲畢，曲曉婷暗自四下張望，怎麼還不見三王子出現？難不成他今天去別處逛了？不對啊，他明明說這幾天就住在這裡的！

曲曉婷不會這麼輕易就放棄，她又素手撥琴弦，再彈一曲，可是三王子還不見蹤影。兩首曲子都彈完了，曲曉婷凍得瑟瑟發抖，若非臉上有厚厚的粉蓋著，早就看出她臉都凍得發紫了。

直到曲曉婷彈了五首曲子，一個腳步聲才在竹林邊響起。曲曉婷聽見腳步聲，心下大喜。

只聽見「啪啪」的擊掌聲，一個男子的聲音在身後響起。「真是天籟之音啊！沒想到居然能在此處聽見如此美妙的樂曲！」

曲曉婷聽出那是三王子的聲音。

上鈎了上鈎了！她激動得快暈過去了，但仍按捺住激動，輕輕開口，聲音婉轉。「公子謬讚了。小女子不過是心有所感，在此撫琴，不曉得驚擾了公子，真是罪過。」

曲曉婷背對著三王子，並不轉身，這更勾起了三王子的好奇，他走近，看見那曼妙俏麗的背影。

「能彈奏出如此天籟之音的人，必定是天上的仙女。」

曲曉婷輕笑。「小女子只是尋常女子，哪裡稱得上仙女。」說罷，優雅轉身，垂著頭，對三王子盈盈一拜，而後抬頭，微笑直視著三王子的眼睛。

三王子在看見曲曉婷的容貌後，眼裡明顯掠過一抹驚豔，上前幾步。

「哈哈，還真是遇見仙女了！我只聽人說這廟裡有菩薩，沒想到還有如此美麗的仙女。」

曲曉婷臉上微微一紅，側過身去，掩面作嬌羞狀。

三王子見到佳人嬌羞，更是風情萬種，趕忙走進亭子裡。「我仰慕天朝文化已久，不知是否有幸請姑娘傳授琴藝？」

一見三王子對自己有意思，曲曉婷自然不會拒絕，於是邀請三王子坐下學琴，兩人你來我往，有說有笑，不知不覺已屆太陽下山。

曲曉婷使出渾身解數，甚至邊彈琴邊唱蘇軾那首【水調歌頭】，並且謊稱是自己作詞作曲，讓三王子大為驚豔，一雙湛藍色的眸子黏著曲曉婷，連眨眼都捨不得。

曲曉婷看著三王子一副神魂顛倒的模樣，心裡暗暗得意。

初次相識，郎有情妾有意，轉眼間就過了七、八天。

兩人感情每日升溫，柔情密意好不甜蜜。三王子謊稱自己是西域跑貨商人的兒子，來天朝做買賣的，家境普通。

曲曉婷立即表示家境並不重要，就算他窮困潦倒，她也會與他同舟共濟，她只願得一人心，白頭不相離。這番話令三王子感動不已，直說娶妻就該娶曲曉婷這般不貪慕虛榮的純情女子。

而那被刮了很多銀錢的劉文俊，三番兩次來找曲曉婷，都被她以身子不適為由拒之門外。劉文俊一聽情人病了，趕忙送了好些銀錢和珍貴藥材，可是曲曉婷光收禮物，卻還是不見人。劉文俊以為曲曉婷是氣自己沒急著迎娶，也不敢逼得太過火，怕惹曲曉婷生氣，就在尼姑庵外五里客棧住了下來。

而曲曉婷一邊勾搭著三王子，卻也不敢完全將劉文俊拒之門外，畢竟三王子還沒說要給她名分，若是她貿然拒絕了劉文俊，將來三王子再負了她，豈不是竹籃打水一場空？所以隔幾日便差人送書信給劉文俊，吊著他胃口。

推算著火候差不多了，該下猛藥了。當天三王子來找她的時候，曲曉婷就閉門不出。這可將三王子急壞了，不住地敲門。曲曉婷在房裡，嗚嗚哭著，啜泣道：「恐怕我不能再與公子相見了。」

「這是為何？昨天不是還好好的嗎？」三王子心急如焚。

「嗚嗚嗚……」曲曉婷哭了起來。

「公子有所不知，我們天朝和你們西域的風俗不同。在你們西域，未婚男女往來，並不會被人說什麼，可是在我們天朝，卻是不許的。自從與公子相識，曉婷就被人指指點點，戳著脊梁骨罵。曉婷雖然行得正坐得端，可是她們卻以為曉婷是齷齪污穢之人，她們還說……」

「她們還說什麼？」三王子追問道。

「你我之間並無名分，我若是再與你相見，就要將我拉去浸豬籠！」

曲曉婷哭聲幽怨，聽在男人耳裡，恨不得答應她一切的要求，只求她別再落淚就好。

「誰敢將妳浸豬籠?!」三王子怒道。「不過是名分而已，我怎會不給妳？妳放心，我這次就帶妳走，回去稟明父親，要娶妳為正妻！」

「此話當真？」曲曉婷擦淚哽咽道，心裡笑開了花。

「自然當真，一言九鼎！」三王子道。「好曉婷，妳快開門，讓我瞧瞧妳。你們中原不是有句話，叫做一日不見、如隔三秋？我對妳可是一刻不見、如隔三十秋呢。」

曲曉婷擦了淚，開門讓三王子進來。

三王子一進來就緊緊抱著曲曉婷，彷彿怕極了會失去她似的，曲曉婷也抱著三王子，感覺到他的心跳越來越快，呼吸也急促起來。

曲曉婷知道他是動了情，不過她不會讓他這麼快得手，得吊著他胃口幾天。兩人說了會兒話，曲曉婷推說身子不舒服，就送三王子出去了。三王子臨走前，送了她一塊雞血玉珮作為定情信物，說明日再來看她。

當天夜裡，曲曉婷樂翻了天。

她躺在床上，滿腦子都是皇后夢。劉文俊又差人送了銀錢禮物來，她看也不看就堆在一旁。

她馬上就要成為皇后了，劉文俊送的東西，她才不看在眼裡呢。

第二天一早，曲曉婷剛梳洗完畢，就聽見敲門聲。

「昨兒個剛分開，就急急過來了，恐怕他想著我，一夜都睡不著呢。」曲曉婷整理了下衣服，微笑著開門。

豈料門口站著的不是她以為的三王子，而是一個肥碩的身軀。

劉文俊站在門口，喘著粗氣。

他被曲曉婷晾著好些日子，他的仙女情人只收銀子不見面，起初還送書信給他，可是這些日子連書信都斷了，再加上劉文俊聽到了風言風語，說曲曉婷和一個異國男子走得頗近，劉文俊一聽就受不了，天不亮就往尼姑庵走。

「曉婷妹妹，妳說，妳這幾日為何不來瞧我?!」劉文俊衝進屋子裡，坐在桌前。

「這位公子，你是不是走錯地方了？」曲曉婷驚訝地看著劉文俊，彷彿從不認識他。

「這是我的屋子，公子若要進香，應該去前面大殿。」

「妳說什麼?!」劉文俊一聽這話，勃然大怒，指著角落裡堆著的金銀禮物罵道：「我送的禮妳都收了，怎麼裝作不認識我？妳忘了妳前些日子是怎麼跟我卿卿我我的？妳不是要嫁給我當正妻嗎？走，跟我走，我這就跟妳拜堂去！」

劉文俊邊說邊要拉曲曉婷的手，曲曉婷躲瘟疫似的甩開他，離他離得好遠。

「你在說什麼？我聽不懂。」

她可不能承認，萬一傳到三王子耳裡，可不好交代，她得把這死胖子打發走了。

劉文俊氣急敗壞道：「妳不是說我是妳的真愛嗎？是妳茫茫人海中好不容易尋到的文俊哥哥？如今妳怎能這麼對我？妳若是不給我說清楚，我就不走了！」

曲曉婷見他這麼死纏爛打，索性攤牌。「那都是過去的事了，如今我對你毫無感情，你走吧，咱們好聚好散。」

劉文俊搖頭。「我不信！妳是不是勾搭上別人了？」

曲曉婷呸了一口。「關你何事？我的事，輪得到你來管？也不瞧瞧你的樣子，撒泡尿照照自己吧，哪能配得上我呢？你若是有點自知之明，就快些走！」

「妳、妳先前說的情話，難不成都不作數?!」劉文俊顫抖道。

「自然是不作數，你走吧。」曲曉婷指著門口。「你若是再不走，我就要喊人了。」

劉文俊看著心中的仙女，曾經以為像蓮花一般高潔無瑕的女子，不貪財富，清純可人，如今卻露出猙獰的面目。

他突然覺得，原來曲曉婷跟那些青樓女子沒有任何區別。不，起碼青樓女子世人皆知是為了錢，可是曲曉婷卻將自己掩飾得很好，她說她是為了情，可還不是一旦攀上了高枝，就將自己丟棄。

劉文俊垂頭喪氣地走出曲曉婷的房間，雙目茫然，不知所措。

回想起當初柔情密意的情話，再想想今日的場景，劉文俊止不住一陣心痛如刀絞。此時他忽然想到了髮妻，那個一路走來不離不棄的女人鄭氏。鄭氏投河自盡，至今生不見人、死不見屍，劉文俊甚至沒派人打撈她的屍首，就默認她已經死了，喜孜孜地打算迎娶新人過門。

劉文俊蹲了下來，抓著頭髮，悔恨萬分，忽然胸口一陣窒息憋悶，倒在地上暈了過去。

這劉文俊大腹便便，吃得油光滿面。曲曉婷一看就知道他是三高患者，只要她嫁過去劉家，在飲食上做些手腳，沒幾年劉文俊就會去見閻王，那時候他的家產便都是曲曉婷的了。此時原本就高血壓的劉文俊，受了刺激，一下子暈了過去，中風了。

等劉文俊被僕人找到，帶回家救治醒來，他已經歪著嘴巴，不能動也不能說話。待鄭氏回家，劉文俊癱瘓在床，整個家鄭氏說了算，劉文俊下半輩子都得躺在床上看鄭氏的臉色過活，也算是天理循環，報應不爽。

曲曉婷與三王子私訂終身，三王子三番兩次暗示想要春風一度，曲曉婷欲擒故縱，可是又怕拒絕得太狠了，讓上鉤的魚兒跑了，便羞澀地約三王子當晚去她房裡秉燭夜談。

當夜，曲曉婷沐浴更衣，穿了最漂亮的衣裳等待三王子到來，直到深夜，蠟燭都快燃盡了，三王子才姍姍來遲。

一進屋，三王子連門都忘了關，就猴急地抱住曲曉婷，在她脖頸上一陣亂親。「曉婷，等明天我就帶妳走，回到家鄉就娶妳，我發誓定會好好待妳！」

曲曉婷眼波盈盈，無限嬌媚地點點頭。

三王子抱起她，將她放在床上，在她額頭上親了一口。「小東西，門還沒關，妳等我去關門吹蠟燭。」說罷，放下帷帳。

曲曉婷在床上躺著，只覺得眼前一暗，她知道是屋裡的蠟燭滅了，然後她聽見關門聲，再然後，腳步聲從門口往床邊走過來，鑽進了帷帳。

「三公子……」黑暗裡，曲曉婷抱住那人的肩膀。

「唔……」三王子輕哼一聲，開始撕碎曲曉婷的衣裳，折騰她的玉體，毫不憐惜，如同飢渴的猛獸。

忽然，只聽見哐噹一聲，有人一腳踹開了房門，帷帳下方透出了隱約的火光。

「有人在佛門清淨之地行淫穢之事！」

還沒等曲曉婷反應過來，床帷就被掀開，一個大麻袋直接套在三王子頭上，將三王子整個人裝進麻袋裡。兩個小尼姑在麻袋上狠狠打了幾棍子，麻袋裡的人就悶哼一聲沒了動靜，似是被打暈了。

曲曉婷趕忙用被子將身子包裹住，驚恐地看著眾人。

門外站了好多拿著火把的尼姑，為首的是住持師太。

師太道：「阿彌陀佛，我好心收留妳，可是妳卻做出與人通姦的醜事。」

曲曉婷咬著嘴唇，她才不怕這些禿尼姑，有三王子保護她。

「我並未與人通姦！」曲曉婷理直氣壯地反駁道。

「那妳床上的男人是誰？」師太道。「妳可知道與人通姦，是要被浸豬籠沈塘處死的！」

曲曉婷露出不屑的笑。「這是我夫君，我與夫君行房，用得著妳來管？」

師太皺眉。「是妳夫君？妳何時有了夫君？」

曲曉婷道：「這是我的事，為何要告訴妳？我們是夫妻，行房乃是天經地義！」

師太冷笑一聲。「妳莫要狡辯了，若麻袋裡的人不是妳夫君，我就要將妳浸豬籠處死！」

曲曉婷得意洋洋道：「妳若是不信，自己問我夫君便是。」

師太皺眉，命人扒開麻袋。

幾個小尼姑上前，拽著麻袋一抖，從裡頭滾出個人來。

那人在地上滾了幾圈，然後摸了摸光禿禿的腦門，罵道：「奶奶個熊，是誰偷襲老子？」

曲曉婷看著麻袋裡滾出來的人，驚得嘴巴都合不上！

風華絕代、俊美無雙的三王子呢？怎麼變成一個醜陋矮胖、頭頂生瘡、腳底流膿、還瞎了一隻眼的瘸子?!

「你是何人？曲施主說你是她的夫君，可是真的？」師太看著地上那人問道。

「俺名叫李狗剩，是住在西邊三十里的獵戶。」李狗剩搖頭晃腦。「妳說什麼曲施主？就是那個嬌滴滴的小姑娘？」

李狗剩齜著一口黃牙，轉頭看著曲曉婷，曲曉婷一想到剛才自己竟然和這人苟合，胃裡一陣翻江倒海。

「不錯，就是她。她說你是她的夫君，可是真的？」師太問。

李狗剩點點頭。「是啊，俺剛才跟俺婆娘睡了好幾次呢。」

「不！不是！」曲曉婷瘋狂大喊。「我的夫君是三公子啊！就是那個異國來的年輕公子！妳若是不信，可以找他求證！」

「什麼異國來的年輕公子？我怎麼沒見過？」師太看著曲曉婷道。「妳莫不是瘋了，淨說些瘋話？」

旁邊的小尼姑紛紛附和，都用一種見了鬼似的表情看著曲曉婷。

曲曉婷呆坐在床上。

以三王子的容貌，而且又屢次進出寺廟，這些小尼姑們不可能沒見過他。

如今她們眾口一詞……曲曉婷突然意識到，自己落入一個巨大的圈套之中。是侯家？還是姜家？或者是兩家一起？

曲曉婷死死攥住拳頭。不過，此時就算想明白了是誰設計她也沒用，因為眼前她正面臨兩個難題——

此刻她被眾人捉姦在床，若是不承認李狗剩是自己的丈夫，就會被這群尼姑沈塘處死！可若是承認了……曲曉婷一看見李狗剩的臉，就止不住的噁心！若是讓她嫁給這個男人，不如讓她死了算了！

「曲施主，妳想好了嗎？」師太盯著她的眼睛。「他到底是不是？若他不是妳丈夫，你們就是通姦，我連豬籠都準備好了。」

曲曉婷死死咬著牙，咬出了血，硬著脖子，吐出一句——

「……是！」

第三十一章

春去秋來又過四年。

又是春暖花開的時節，霧濛濛的煙雨將整個碧水閣籠在霧裡，遠遠看去竟像是蓬萊仙境。

一個身子曼妙的年輕女子，撐著傘立在湖邊，倚著亭邊欄杆靠著。姜恒從遠處院子門口走進來，腳步極輕，走到她身後，攬住她的肩頭。

女子轉身，看著姜恒，綻放出一個雨後天晴的笑。

「這麼早就回來了，不是說兵部王大人設宴，怎麼沒去？」顧晚晴掏出帕子，擦了擦姜恒身上的水霧。

姜恒笑著，在顧晚晴額頭落下一個輕輕的吻。「家中有牽掛，怎捨得在外流連？這不一下朝就趕回來了。」

顧晚晴笑意舒展開來，比起四年前，她褪去了青澀，多了幾分成熟的韻味，歲月只讓她變得更美麗優雅。

夫妻兩人立在湖邊，顧晚晴靠在姜恒懷中，兩人低聲細語說著悄悄話，真是一對神仙眷侶。

忽地，聽見「啪嗒啪嗒」的腳步聲。
一抹濃濃的溫情同時浮現在兩人眼底。
雙雙轉身回頭，只見一個小肉團跌跌撞撞撲進姜恒懷裡，口裡咿呀咿呀喊道：「爹爹，苓兒要糖糖吃！」
姜恒彎著腰，將那小肉團抱起來，眼睛彎成了月牙，在苓兒臉蛋上親了兩口，然後指著自己的臉頰，笑道：「乖苓兒，妳親親爹爹，爹就給妳糖糖吃。」
小苓兒不過三歲，生得粉妝玉琢，玉雪可愛。她嘟著粉粉的嘴唇，歪著腦袋，煞有介事地考慮了一下。
自從得了這寶貝女兒，堂堂的平親王姜太傅，時常被個奶娃娃牽著鼻子走，甚至有一次趁著沒人的時候，竟然跟小苓兒玩起了騎大馬的遊戲。
「那、那爹爹讓苓兒親兩下，就得給苓兒兩顆糖糖！」小苓兒掰著手指頭，一臉嚴肅地看著她爹。
這人小鬼大的丫頭，什麼時候學會討價還價了？
「好，就兩顆糖糖，親吧！」姜恒笑咪咪地捏了捏小苓兒的臉頰，手感又滑又軟，帶著淡淡的奶香，讓人愛不釋手。
苓兒嘟著小嘴，在姜恒左右臉頰分別親了一口，然後伸出小小的手，可憐兮兮地看著姜恒。「爹爹，糖糖呢？」

姜恒被女兒逗得哈哈大笑，從懷中掏出兩顆松子糖放在苓兒手心。

顧晚晴看著那父女二人，心想若是被朝中之人知道了，當朝第一權臣姜太傅每日衣兜裡裝著的不是公文，也不是聖賢書，而是滿滿的松子糖，還是用來哄騙女兒親他的，不知那些文武百官作何感想。

如今在姜家，姜恒聽小苓兒的，小苓兒聽顧晚晴的，太傅大人何其悲哀！

太傅大人愛妻如命的名聲早就傳遍天朝，看這架勢，沒過幾年天下人就會知道，姜太傅還是個女兒奴！

苓兒得了糖，笑嘻嘻地吃了一顆，然後轉身張開雙手，對顧晚晴道：「娘，要抱抱！」要完了糖就不要他了？他每天好吃好喝好招待，陪玩陪鬧陪睡覺的，這小妮子怎麼還是跟娘最親？

姜恒頓時整個人都不好了，一臉嫉妒地看著妻子，不情不願地將女兒遞給妻子抱著。

「娘！苓兒最喜歡娘了！」小苓兒笑咪咪的，胖乎乎的小胳膊環住顧晚晴的脖子，然後小臉湊過去，在顧晚晴的臉上像小雞啄米似的連續親了好幾口。

顧晚晴被親得癢癢的，捏了捏小肉團的臉頰，面帶得意地看著丈夫。

姜恒一臉無奈地看著人家母女卿卿我我，又掏出兩顆松子糖，企圖引誘小包子讓自己抱。

「不！娘說了，苓兒一天只能吃一顆糖，不然會吃壞牙齒！」小包子堅決地擺著胖乎乎的小手。

引誘失敗，姜恒一臉挫敗。

他堂堂太傅，英俊瀟灑、風流倜儻，誰家的女子見了他都心如鹿撞，偏偏自己養的小女子壓根兒不吃那套，這讓姜恒很是不甘心。

「爹，您又在用糖哄騙妹妹了！」另一個小肉團站在亭子門口，雙手負在身後，皺著眉頭看著姜恒。

這是個極漂亮的男孩子，長得像極了姜恒。

在姜恒的幾個兒子裡，姜炎諾最像他，不光是氣質與長相，就連那天生聰穎的氣勢，也與當年有神童之稱的姜恒一般。姜炎諾與姜惠芩是龍鳳胎，肥嘟嘟的面孔上作出一本正經的嚴肅表情，顯得極為可愛。

「諾兒都知道，妹妹吃糖吃多了，牙會壞掉，爹卻記不住。」小包子氣鼓鼓的，十分不滿地看著他爹。

姜恒看著小包子，竟然沒來由地生出一股心虛，連忙藏於身後，將手裡的松子糖趁著諾兒不注意丟進湖裡。

「爹，您再往湖裡丟糖，湖水都要變成甜的了。」諾兒走過來，眼睛亮閃閃地盯著姜恒。

姜太傅頓時又覺得不好了，自從這兩個小魔星出生以來，他在家中的地位一落千丈。

「諾哥哥！」

小苓兒看見諾兒極為開心，在顧晚晴懷裡掙扎起來。顧晚晴就勢放她下來，小苓兒朝哥哥撲過去。兩個小包子笑嘻嘻地鬧成一團，姜恒夫妻兩人立在一旁，看著那一兒一女，心中說不出的平靜和幸福。

「哥哥，這個糖糖給你吃。」

「傻瓜，妳自己留著吃吧。」

兩個小包子鬧了一會兒，都睏了，被奶娘們抱著回去睡覺。

看著一兒一女遠去的背影，姜恒心有所感地摟住妻子的腰。「當年真是辛苦妳，一次為我生了對龍鳳胎。」

顧晚晴也感慨，她本以為自己不能生育，誰知道竟然懷上了孩子。懷的時候就知道是雙生胎，生下來竟然還是對少見的龍鳳胎！顧晚晴身子健壯，身材高䠷，雖然是頭胎，還是雙生子，卻沒受多大罪。

一雙兒女越長越大，都生得粉妝玉琢，集合了父母的優點，這讓姜恒夫妻很是欣慰。姜恒從前以嚴父自居，並不太親近兒女，可對顧晚晴生的這女兒，卻是愛得不行，一天不見就渾身難受，小兒子諾兒天性聰穎，更讓姜恒欣喜無比。

這四年，姜家的日子其樂融融。

姜恒家教嚴厲，年長的三個兒子都是謙謙君子，雖說因為大房的變故，將來襲爵的問題懸而未定，可是幾個兒子心高氣傲，都想憑藉自己的本事創出一番天地，並不謀算這爵位，所以兄友弟恭，從未因權勢地位而勾心鬥角，幾個哥哥對這最小的弟弟也極為照顧。

這四年，最忙碌的要數霍曦辰和姜惠茹夫婦了。

婚後，霍曦辰一邊研究空間裡的醫術，將古今醫術取長補短自成一派，一邊開設學堂，收些有學醫天賦的孩子，教授他們醫術。姜惠茹做起了霍曦辰的助手，也跟著他行醫。

姜惠茹聰慧伶俐，悟性極高，如今她也是小有名氣的女大夫，對於一些霍曦辰不方便親自診治的領域，例如婦科、產科，便由姜惠茹接診。

好些名門貴人請霍曦辰夫婦診治，給他們豐厚的酬勞，而霍曦辰則用這些診金，援助貧困無錢求醫的人。

夫妻二人夫唱婦隨，不做官不追利，一心治病救人，開設學堂傳授醫術。

這四年來救人無數，這對神醫夫婦的名聲也傳遍了大江南北，人人都誇讚他們仁心仁術。

「好些日子沒見到惠茹了，聽說前陣子他們去了湖北一帶行醫，也不知道什麼時候回來。」顧晚晴靠在姜恒胸口，閒話家常。

提到這個出嫁的姪女，姜恒笑了起來，從懷中掏出一封信。「喏，這是惠茹寫來的，我已經看過了，妳瞧瞧吧。」

顧晚晴接過書信拆開來看，而後一臉喜悅。

「惠茹有了身子了！都兩個月了！這妮子怎麼不早說？」姜惠茹一向身子病弱，霍曦辰說婚後須調理幾年才能要孩子，沒想到現在居然都懷上了，還兩個月了！

「是啊，惠茹都要當娘了。」姜恒笑呵呵地看著妻子，而後用手指頭點了點她的鼻尖。「妳自己也當了娘，兒女雙全，心中那件事，是否放下了呢？」

顧晚晴的眼裡忽然掠過一絲陰霾。

四年了，整整四年了，雖然姜家和侯家的人都在監視那人的一舉一動，顧晚晴也不曾問過那人的現狀，可是那人卻像胸口的一根刺。

「夫君，你等我，待我回來，我有話對你說。」

「好，妳去吧，我等妳。」

青山綠水，好一派田園風光。

幾十戶人家的房子，零星散落在深山裡。

房子大多破敗不堪，風光雖好，可是位於深山之中，這村子卻是十分貧困的，村民也多是獵戶。

一隊人馬走進村子，一看就是富貴人家出身。

顧晚晴坐在軟轎裡，身旁是幾十個姜府和侯府派來的健壯侍衛，還跟著幾個貼身侍女。

她眯著眼睛，遠眺那村子。

山路崎嶇難行，這裡幾乎沒有路，全靠當地的村民做嚮導，才能勉強在密林中尋到一條羊腸小徑，若無人指引，必定會迷失在密林裡，成為狼群的獵物。

「村子馬上就到了！」翠蓮對顧晚晴道。她已經走得雙腳都快斷了，如今看見村子，恨不得趕緊找個地方坐著不起來。

浩浩蕩蕩的一行人立刻引起村民的注意，不少村民躲在遠處好奇地看著這隊京城裡來的貴人。

「夫人，您要尋的人家就在村子西頭，院子裡有棵大棗樹的就是。」當嚮導的獵戶點頭哈腰地賠笑道。

翠蓮拿出銀子打發了他走。

顧晚晴叫人落轎，讓人馬在村口候著，自己帶著翠蓮還有六個護衛往村子西頭走去。其中兩個護衛一起抬著個東西，用紅布包得嚴嚴實實，看不出是什麼。

村子最西頭，那個長著大棗樹的院子，瞧著破敗不堪，院牆是用土糊的，斑駁不已。院子裡有三間房，兩間住人的，一間是柴房。院子一角搭了個棚子，堆著灶臺，算是廚房。另一角也有個樹枝搭著的棚子，裡頭有個磨盤，卻沒有拉磨的驢子，而是一個瘦弱的人被繩子套住身子，推動著磨盤一步一滑地繞圈推磨。

「快點！懶死妳！」一個獨眼的醜陋老頭坐在磨盤邊的乾草堆上，手裡拿著鞭子，往推磨人的身上狠狠抽了一鞭子。

推磨人身子一顫，腳下步子快了幾下，而後卻體力不支，又慢了下來。推磨人一慢，老頭就抽鞭子，如此往復。

顧晚晴定睛瞧著那推磨人。推磨人身上套著粗布褂子，已經髒得看不出材質和顏色。那人臉上、身上全是污垢，連原本皮膚的顏色都看不出，唯獨嘴唇的顏色能露出來一點，那是因為寒冷而凍成的青紫色。

顧晚晴目光下移，看見了推磨人的一雙小腳，而後抿了抿嘴唇。

一個侍衛走進去，與獨眼老頭說了幾句。

老頭一下子跳了起來，趕忙跑出來，在顧晚晴前跪下磕頭。「小的李狗剩恭迎夫人。」

翠蓮丟給李狗剩一塊碎銀子，李狗剩捧著銀子笑得嘴都咧到耳根，而後迎著顧晚晴進了院子。

推磨人聽見有人進來，身子忽然瑟瑟發抖，似是極為害怕。

李狗剩一見那人害怕發抖得不推磨了，忙跳過去，又是一頓鞭子，罵道：「又偷懶！妳是怕個啥？這會兒天還沒黑，又不是村裡的男人來了，妳哆嗦個啥？瞧妳那樣子，還以為自己是水靈靈的大姑娘呢，還不趕緊幹活！」

顧晚晴咬著嘴唇，對李狗剩道：「我要與她說話。」

李狗剩忙賠笑道：「夫人的話，小的這就去辦。只不過這賤人若是不綁著，總是傷人，小的去把她綁在柴房，夫人再和她說話。」

顧晚晴看了一眼四處漏風瀰漫著臭味的柴房，問道：「平日裡她都住在柴房嗎？」

李狗剩點頭道：「她總想逃跑，小的怕她跑了，又怕她傷人，平時晚上就將她用鐵鏈子拴在柴房。夫人，還是先讓小的把她拴起來吧，免得萬一她發癲傷了夫人。」

顧晚晴點點頭。

李狗剩將那人從磨盤上解了下來，接著將她帶進柴房裡，用鐵鏈子拴住她的脖子，然後出來對顧晚晴道：「夫人，人已經拴好了。只是柴房污穢，怕髒了夫人。」

「無妨，我要與她單獨說話。」顧晚晴道。

走進柴房，仔細來看，那人已經不能稱之為人了。

十根手指已經不完整了，有幾根斷了關節，手上都是凍瘡，潰爛流膿。身上的皮膚沒有一塊是完好的，雙腳異常地小，滿是泥濘，已經看不出容貌，只看到一張烏黑黑的臉。

看到昔日仇人如今成了這般模樣，顧晚晴心中百般滋味。

「侯婉雲，妳可認得我？」顧晚晴站在她面前，淡淡道。

那人似乎腦子不太清楚，半天才反應出來她的話，而後慢慢抬頭，一雙渾濁的眸子盯著那衣著華美的婦人，勉強看了半天才看清楚。

「是、是妳！」侯婉雲聲音嘶啞，不可置信地看著顧晚晴，彷彿如同作夢一般。

侯婉雲看著顧晚晴，腦子裡恍恍惚惚，似乎回到了五年前，她嫁入姜家的時光。那時候她是名滿天下的孝女、侯家的女兒、姜家的嫡長媳。

而這四年，簡直是一場噩夢。

四年前，侯婉雲不得不嫁給李狗剩，而後被尼姑庵的師太趕出廟，讓她嫁雞隨雞、嫁狗隨狗，同丈夫一同離去。侯婉雲本想著先假意屈從，待李狗剩大意，再乘機逃走，可是她卻料錯了一點——那些富貴人家都是飽暖思淫慾，可像李狗剩這種獵戶，平日裡想的都是如何餬口，美人對李狗剩唯一的價值就是傳宗接代。

李狗剩都一把年紀了，由於窮，娶不到媳婦，如今好不容易有機會得貴人點撥，白得了個媳婦，自然要帶回家生娃娃的。

侯婉雲相當於被拐賣了，還是賣到了深山裡，根本沒有出逃的可能。起初一年，為了防止侯婉雲逃跑，李狗剩將她綁在柴房裡，可是李狗剩萬萬沒有想到，侯婉雲根本生不出孩子。

於是李狗剩一怒之下，將侯婉雲租借給村裡其他單身漢。

這是個貧窮的村莊，村裡好些男人沒有媳婦，無處發洩。李狗剩每次收人家一點米，就放人進去跟侯婉雲做那事。

到了第三年，侯婉雲已經被折磨得沒了人形，就連男人也很少來找她了。李狗剩斷了這條財路，就開始鞭打她下地幹活。

這四年，侯婉雲三番兩次想尋短見，卻都被李狗剩發現了。這村裡也有別的被拐來的婦女，村裡對付這些女子的方法非常多，侯婉雲甚至連咬舌自盡的機會都沒有，因為李狗剩拔掉了她所有的牙齒。

求生不得，求死不能，是侯婉雲這四年生活的全部寫照。

「是我，我來看妳了，雲兒。」顧晚晴看著她殘破的臉孔，面無表情。

「母親！救我，救我出去！」侯婉雲彷彿抓住了救命稻草，發出嘶啞難聽的嗚咽聲。

「母親？」顧晚晴嘲諷地看著侯婉雲。「妳的母親，不是都被妳親手害死了嗎？如今妳倒是想起了她們，可惜都太遲了。」

侯婉雲渾濁的瞳孔縮了縮，是了，她如今的境地就是侯家、姜家聯手造成的，顧晚晴來，只是為了看她的慘狀，又怎麼會救她？

剛剛燃起的希望，就這麼無情地破滅了。

「雲兒，妳叫錯了稱呼，知道嗎？」顧晚晴看著侯婉雲失神的雙眼，慢慢道：「妳應該叫我『長姊』才對。」

「長姊？」侯婉雲喃喃低語，眼裡透著困惑。

「怎麼，只許妳穿越，不准我重生？」顧晚晴道。

侯婉雲彷彿意識到了什麼，張大嘴巴說不出話來，露出潰爛牙齦，而後眼淚大滴大滴地落了下來。

她竟然是侯婉心！怪不得她處處與自己針鋒相對！怪不得她的事情會敗露！竟然是仇人重生來復仇！這世界真是……

侯婉雲身子一垮，癱在地上。

「姊姊，求妳念在我們昔日姊妹情分上，殺了我吧！」侯婉雲哀求道。

她知道讓長姊原諒自己絕無可能，若是她能殺了自己，幫自己解脫，那也好過生不如死！

顧晚晴笑著，輕輕搖頭。

「不可不可。如今我是當娘的人了，為了我的一雙兒女，我不殺人。況且，妳不是向皇上求了免死金牌嗎？喏，我給妳帶來了。有了免死金牌，誰也不能殺妳，妳就好好地活著吧，我的好雲兒。」

說罷，顧晚晴從懷中掏出一塊金燦燦的金牌，轉身懸掛在門上的釘子上。

而後對侯婉雲道：「妳我既然是姊妹一場，姊姊我這次來看妳，也順便帶了禮物來給妳。」顧晚晴拍拍手，兩個侍衛將抬著的東西搬了進來，放在屋子一角，而後出去了。

顧晚晴走到那被紅布包著的東西旁邊，對侯婉雲道：「雲兒妳瞧，這可是珍稀的寶貝，放在外頭可是價值連城呢。」

顧晚晴用力一扯，扯下那紅布。

這是一塊穿衣鏡。侯婉雲一抬頭，就瞧見鏡子裡的自己。她簡直不敢相信自己的眼睛——昔日如花似玉的美少女，竟然變得跟鬼一樣！

「啊！」侯婉雲捂著眼睛尖叫起來，她根本不敢看自己現在的樣子。

「雲兒可還喜歡？這可是妳房裡的家具，如今我也算是物歸原主了。」顧晚晴調整了一下鏡子的角度，讓鏡子更完整地照出侯婉雲的樣子。

侯婉雲睜眼，這才認出這鏡子竟然是自己前世公寓裡的穿衣鏡！這麼說來，元寶真的認了顧晚晴為主人，隨身空間落在她的手裡！

自己所求的、所想的，全部都落空了。而那個被自己處心積慮害死的嫡長姊，如今正好好活著，還活得無比滋潤幸福。

侯婉雲絕望地閉上了眼睛，原本她心中還殘存一絲翻身的幻想，可是現在這幻想徹底破滅，她整個人如同陷入了無邊無際的深淵。

人最怕的，是所有希望都破滅了。

顧晚晴看著侯婉雲，輕輕轉身，走了出去，帶上柴房的門，頭也不回地離開了這個村子。

回到京城，顧晚晴去了母親的墓地，而後獨自立在母親墓碑前，屏退眾人。

手指輕輕觸碰那冰冷冷的墓碑，顧晚晴緩緩跪下，額頭抵著石碑，心裡默默唸著——

「娘，女兒為您報仇了。如今女兒嫁了個好夫君，兒女聰穎孝順，一切和和美美。父親和哥哥都很好，您留給女兒的織造坊，女兒亦打理得妥妥當當。娘，您在天之靈可以安息了。」

靜默了許久，顧晚晴收拾好情緒，抹掉臉頰上的淚痕，站起來打算離開，卻瞧見墓旁不知何時多了個人，一個她熟悉的人——劉三娘。

當年劉三娘得了皇家賞賜，可她並不貪戀富貴，依舊為主子守著墓，而安國公感念其忠義，破例收劉三娘為徒，傳授她侯家劍法。

「奴婢見過王妃。」劉三娘微微一笑，行禮。

「天要黑了，我該回去了。山路難行，三娘不必送了。」顧晚晴朝她點點頭，眼裡含著笑。她上輩子，雖然看錯了侯婉雲，可三娘沒教她失望，不愧是她的手帕交。

劉三娘道：「王妃慢走。」而後立在墓旁，瞧著顧晚晴款款遠去的身影，遲疑了一下。

「王妃，您很像三娘認識的一個人。」

顧晚晴腳下一頓，道：「哦？是什麼人？」

劉三娘笑道：「一個相知多年的朋友。」

顧晚晴回頭，莞爾一笑。「三娘若是不棄，與我亦能成為朋友。若是有空，不妨來姜府坐坐，我還想同三娘切磋劍法。」

侯婉心同劉三娘的姊妹之情，隨著侯婉心的離世而盡，可她以顧晚晴的身分，亦能與三娘再續姊妹前緣。

劉三娘眼睛一亮。「恭敬不如從命。」

顧晚晴哈哈笑著，腳下步伐越發輕快，整個人都輕鬆起來。

她要看的，都看到了。母親的仇、自己的仇，都報了。

顧晚晴終於可以放下心裡的仇恨，輕輕鬆鬆地活下去。她要讓天上的母親看到自己幸福，這才不辜負這重來一世的機緣。

回到姜家，顧晚晴親自下廚，燒了一桌子菜，燙了壺酒，等姜恒回來。

入夜，夫妻二人坐在房中。

顧晚晴看著姜恒的眼睛，姜恒同她對視。

自從她回來，整個人都不一樣了。姜恒能看得出，她似乎放下了什麼很沈重的東西。

「夫君，我有話對你說。」

「嗯，我在聽。」

「我並非顧家四小姐顧晚晴。準確地說，我的身子是顧晚晴的，可是魂兒卻是別人。我是安國公的女兒，侯婉心……」

顧晚晴抬頭看著姜恒，自己說出這樣的話，姜恒全信了。她說什麼，他就信什麼。

顧晚晴嘆了口氣，將她前世今生種種，悉數告知。他是她的枕邊人，他信她、愛她、護她，給她一世幸福，她決定也要信他。

姜恒聽完，默不作聲良久，而後起身，攬住顧晚晴的肩頭，聲音發澀。「真是苦了妳了……」

顧晚晴忽然心頭一陣酸，就算她被害死的時候，也從未這般想哭過。

她撲進姜恒懷裡嚎啕大哭起來，姜恒無言地拍著她的背，溫柔地哄著她。待到她停止哭泣了，姜恒才微笑地看著她，道：「不論妳是什麼人，我只認定妳是我的妻子。」

頓了頓，姜恒又意味深長地抿著嘴唇，道：「婉心？妳可知妳曾經糟蹋了我最喜愛的一套衣裳？」

「啊？」顧晚晴目瞪口呆，她身為侯婉心的時候，可沒見過姜恒，何談糟蹋了他一件衣裳？

姜恒笑著起身，走到一個箱子前，開箱翻找了一通，拿出一件月牙白的袍子。那袍子一直壓在箱底，年代久遠，有些發黃。

姜恒將袍子平鋪開來，指著袍子下襬一道水印。「妳可知這水印是從何而來？」

顧晚晴疑惑地看著那水印，搖搖頭。

姜恒無奈地敲了敲她的額頭，講出了一段塵封多年的往事。

十幾年前，當年姜恒還是個少年郎，那時他不是太傅，可是也前途不可限量。

當年姜恒參與當朝老太傅家的筵席，酒過三巡便去花園裡散心，偶遇了一個年輕婦人，那婦人懷中抱著個粉嘟嘟的女嬰。

那婦人正是侯夫人，而侯夫人懷中抱著的，則是剛剛一歲半的侯婉心。那時侯婉心一見姜恒，就咧著嘴笑嘻嘻的，張開手非要姜恒抱。姜恒見她玉雪可愛，就接過來抱在懷中，可誰知道這一抱，就丟不開了。只要姜恒試圖將侯婉心還給侯夫人，侯婉心就抱著姜恒的脖子哇哇大哭，看得姜恒心疼不已，就只能一直抱著侯婉心到處遊玩。

當年仰慕姜恒的名媛貴婦何其多啊，花園裡有好些京城貴女都偷偷看著姜恒，想與他搭話。

可是誰知道侯婉心這個小魔星，只要見到女子來搭話，就對著女子哭起來，跟見了妖怪似的。姜恒無奈，只能抱著侯婉心避開那群鶯鶯燕燕。

年幼的嬰兒需要經常進食，到了餵侯婉心吃飯的工夫，她還是扒著姜恒不肯鬆手，就連侯夫人來了也不行，更別說奶娘了，於是只能準備些米粥餵她，姜恒一個大男人，破天荒第一次餵一個小嬰兒吃飯。侯婉心吃得樂呵呵的，倒是苦了姜恒，米粥弄得滿衣襟都是。

吃飽喝足，小侯婉心終於眼皮打架，支撐不住想睡覺了，姜恒總算是鬆了口氣，可還沒等他高興完呢，就覺得身下一熱，一股熱流從懷中流出——侯婉心居然一泡尿全撒在了姜恒身上，然後小腦袋靠在姜恒懷裡，小臉蛋肉嘟嘟地帶著笑，嘴角流著口水，心滿意足睡著了。

這袍子，是姜恒過世的母親親手縫製，如今被小娃娃一泡尿撒上去，袍子不能穿了，可是姜恒捨不得扔，回去洗乾淨壓在箱底，壓了十幾年。

本來早都忘記這事了，可如今竟然得知朝夕相處的妻子，居然就是當年尿了自己一身的奶娃娃！

姜恒抖著袍子，一臉調侃。「沒想到咱們婉心從小就有出息！膽子可真大，居然尿了我一身！」

「我、我沒有！你胡說，我怎麼不記得？」顧晚晴羞紅了臉，被姜恒這麼一插科打諢，心中鬱結一掃而空。

「妳那時才那麼一丁點大，當然不記得了，但我可記得清清楚楚！」姜恒從身後環抱住妻子，下巴抵著她的額頭，皺眉道：「這可是我娘親手縫製的袍子，卻被妳給毀了，妳得賠我！」

「怎麼賠？」

「把妳的一輩子都賠給我……」

——全書完

為流浪貓狗加油

和貓寶貝 狗寶貝 廝守終生(一定要終生喔！)的幸福機會

對人來說，貓寶貝狗寶貝只是生活的一部分，
但妳（你）對牠們來說，卻是生活的全部，領養前請一定要考慮清楚——

黑黑

白白

▲ 黑黑白白的下站幸福

性　　別：男生
品　　種：米克斯
年　　紀：黑黑1～2歲、白白8～9歲
個　　性：黑黑調皮逗趣、白白穩重溫和
健康狀況：已結紮，注射過狂犬病疫苗，
　　　　　體內外皆已除蚤，吃防心絲蟲的藥。
目前住所：新北市三重區

本期資料來源：愛貓中途媽媽

第235期推薦寵物情人

『黑黑／白白』的故事：

一般的傳統菜市場裡，總會有流浪動物棲身，在某處有一黑一白的兩隻流浪貓，似乎特別親人、不怕生，牠們總是巴巴望著來買菜的歐巴桑、歐吉桑，像是想跟著他們的腳步回家，可是總被無情地揮趕到一旁，好幾次都不放棄，牠們落寞身影徘徊在菜市場內，等待著愛牠們的家人。

我就是在逛菜市場時，看到牠們在菜堆旁逗留，瘦弱的身軀卻互相照看著，彼此相依為命。擔心牠們這般流浪又無人照料會有危險，我先在菜市場內找到一處暫時可以安置的地方，買貓飼料餵食牠們，又帶牠們去給獸醫做初步的健康檢查，確定沒有大毛病後，才讓我懸著的心稍稍放了下來。

因為我本身住的地方，實在沒有多餘的空間可以安置牠們，只能趁空閒時候到菜市場去照看一下牠們。晚上黑黑、白白總是窩在一起，會相互舔拭著彼此，而白白就像穩重的大哥一樣，總是扮演著避風港的角色，會為黑黑顧前顧後，黑黑比較調皮，像是宮崎駿「魔女宅急便」裡的kiki一樣惹人憐愛，模樣逗趣。

牠們常和人撒嬌，與人親近，並且會自己找樂趣玩，所以照顧起牠們不會費力，很適合第一次養貓的人喔。但最近天氣炎熱，菜市場的環境很難給牠們良好的生活品質，所以真切地希望能有人去認養牠們。歡迎來信至a5454571@yahoo.com.tw，給牠們一個溫暖，真正永久的家。

認養資格：

1. 認養者須年滿20歲，有獨立經濟能力，並獲得家人與同住室友的同意。
2. 非學生情侶或單獨在外租屋的學生，須能提出絕不棄養的保證。
3. 須同意送養人日後之追蹤探訪。
4. 領養者需有自信對牠們不離不棄，愛護牠們一輩子。

來信請說明：

a. 個人基本資料：姓名、性別、年齡、家庭狀況、職業與經濟來源等。
b. 想認養「黑黑和白白」的理由。
c. 過去養寵物的經驗，及簡介一下您的飼養環境。
d. 若未來有當兵、結婚、懷孕、畢業、出國或搬家等計劃，
　將如何安置「黑黑和白白」？

重生婆婆鬥穿越兒媳 下

國家圖書館出版品預行編目資料

重生婆婆鬥穿越兒媳 / 蕭九離著. --
初版. -- 臺北市 : 狗屋, 民103.08
冊 ; 公分. --（文創風）
ISBN 978-986-328-341-6（下冊 : 平裝）. --

857.7　　103013224

著作者	蕭九離
編輯	余一霞
校對	林琍君　李文宜
發行所	狗屋出版社有限公司
地址	台北市104中山區龍江路71巷15號1樓
電話	02-2776-5889～0
發行字號	局版台業字845號
法律顧問	蕭雄淋律師
總經銷	知遠文化事業有限公司
電話	02-2664-8800
初版	103年8月
國際書碼	ISBN-13　978-986-328-341-6
原著書名	**《重生婆婆斗穿越儿媳》，** 由北京晉江原創網絡科技有限公司授權出版

定價240元

狗屋劃撥帳號：19001626

網址：love.doghouse.com.tw　E-mail：love@doghouse.com.tw